制咒師

SPELLMAKER

CHARLIE N. HOLMBERG
夏莉・荷柏格——著
清揚——譯

BEST 嚴選

緣起

在繁花似錦的奇幻文學花園裡，你或許還在門外徘徊，不知該如何抉擇進入的途徑；也或許你已經置身其中，卻因種類繁多，或曾經讀過不合口味的作品，而卻步、遲疑。

BEST嚴選，正如其名，我們期許能透過奇幻基地對奇幻文學的瞭解，以及對讀者的理解，站在出版者與讀者的雙重角度，為您精選好作家與好作品。

他們是名家，您不可不讀：幻想文學裡的巨擘，領域裡的耀眼新星。

它們最暢銷，您怎可錯過：銷售量驚人的大作，排行榜上的常勝軍。

這些是經典，您務必一讀：百聞不如一見的作品，極具代表的佳作。

奇幻嚴選，嚴選奇幻。請相信我們的眼光，跟隨我們的腳步，文學的盛宴、幻想世界的冒險，就要展開。

excellent bestseller classic

致瑪琳・史特林格（Marlene Stringer），我的表率榜樣

來自台灣及國外的推薦熱評

「《破咒師》有意思的地方，在於它建構了另一個世界，但仍討論著也發生在我們生活中的問題：階級是否爲『必要之惡』？維護規則是否比一切更重要？是否該遵守惡法？爲了正義而犯法是否值得同情？」

——死線，歐美小說愛好者

「無論如何，做爲一名寫作者我從《破咒師》當中獲得許多樂趣，故事的優點是教科書等級的，我看見作者精密地設計伏筆並將其串聯的技巧，以及如何利用貼近日常生活的描述使超乎尋常的魔法變得可信。」

——邱常婷，作家

「世界觀設定有點類似於電玩遊戲需要花錢修行法術、升級裝備的概念，但又因結合了維多利亞式歷史、清純浪漫愛情、懸疑、寫實等元素，而成爲擁有獨樹一幟風格且完全跳脫對於魔法既定構想的奇幻故事。」

——Amesily，台灣讀者

「雙手靈巧出色的破咒師可以宛如解繩結般，破解所有閃爍著光芒的符文，打造出更讓人耳目一新的奇幻因素……神祕的地下組織和接踵而來的連續謀殺竊盜案，都營造出濃厚的犯罪氣息，爲全書增添了不少的未知懸念，不能免俗的當然還有男女主角日漸升溫的曖昧情愫……」

——jrue，台灣讀者

「如果說魔咒是違抗現實的存在，那麼破咒者、制咒者都必須付出代價。然而，能將他人付出的成果『破除』，也必然承擔了另外的因果業力。我喜歡書中的這種設定，正因爲沒有完美的、絕對的魔咒，才有著這個世界的公平。」

——天海元淇，台灣讀者

「艾兒希對於被拋棄的恐懼，及巴克斯身處在各個環境都自覺格格不入的疏離，兩位主角除需找尋案件背後隱藏的眞凶外，亦時刻對抗著自己的心魔。」

——齊曦，台灣讀者

「如果在珍．奧斯汀的作品裡面加一點魔法元素，那就是《破咒師》了吧。」

——黯泉，台灣讀者

「艾兒希和巴克斯之間的感情發展，結合魔法和善惡的幻想，將吸引前作《破咒師》的粉絲，以及娜歐蜜．諾維克或凱薩琳．艾登《冬夜三部曲》的讀者。」

——《書單》雜誌

「一本娛樂性十足的讀物，它帶領讀者進入一個重塑的倫敦，具有獨特而巧妙的魔法系統，以及一個與傳統反派有著耐人尋味差異的角色。你會喜歡與之相處的英雄和令人興奮的動作場景……看著巴克斯和艾兒希的交往更是種純粹的喜悅，完全值得沉醉其中。」

——The Nerd Daily網站

「夏莉．荷柏格的這部雙集作品將吸引神祕主義愛好者、奇幻書迷，以及浪漫小說讀者。」

——Bookreporter網站

制咒師，能施展魔咒，佔據魔法世界的權力核心；
破咒師，具有解除咒術的天賦能力，也因此受到嚴密管控……

——四大宗派魔法——

物理魔法（造成物理性改變或現象）
理智魔法（操控他人心智）
靈性魔法（宗教祈福和詛咒，產生幻象和用於審訊）
時間魔法（更改時間對物體造成的作用）

1

布魯克利，英國，一八九五年六月

艾兒希．肯登坐在臥室的床邊，閱讀她最不可能擁有的一張紙。

紙上都是摺痕，一條縱紋，三條橫紋，摺痕隨著反覆翻摺的次數增加，而變得越發模糊。紙上潦草模糊的文字是紅色的——理智造像師的代表色，而創造並寫下此咒語的制咒師早已亡故。她很可能這輩子都不會知道這名制咒師是誰，也許不知道比較好。此刻她正在竭力翻譯著這位制咒師遺體的一部分。

她從教區牧師那裡借來的拉丁文詞典又破又舊，書脊部分都裂了開來。艾兒希已經查閱完幾行文字，並證實了自己先前的猜測正確，但她希望能對此魔咒有更徹底且全面的了解。

這無疑是個法師級魔咒，而且是某種遺忘咒語，專門竊取回憶。它能竊取一個人長期的記憶，但極限到底有多久，艾兒希並不確定，即使她已經研讀到紙頁最後的一個單詞——被翻譯成數年——她仍然不知道答案。所謂的「數年」，概念相當模稜兩可，也許這魔咒並沒有艾兒希原本想的那麼厲害，特別是在看見奧格登從碼頭之變、祕密被艾兒希發現等衝突事件中，看似大致恢復正常之後，艾兒希就更加懷疑它的法力。奧格登曾長達十年受控於某個靈性造像師之手，被逼無奈參與數起犯罪。艾兒希也同樣被利用，幕後主使人誆騙她，讓她以爲她在用破咒能力做好事；然而事實完全相反，她其實是助紂爲虐。不幸中的萬幸，他們兩人並未眞正動手殺人。只是在不知不覺間造成了如此多的死亡，仍然令他們內疚萬分。

幕後主使殺害了數名造像師、竊取他們的藝譜集，艾兒希眼前的這頁魔咒便是出自其中一本。也因此，留它在身邊十分危險，但艾兒希就是狠不下心將其扔掉。這頁魔咒價值連城，但她不能出售，也不能拿出來使用……

她嘆了口氣，將紙頁摺好並仔細地塞回衣服內，然後又深吸一口氣以驅散焦慮。

艾兒希實在難以接受，那個笑容可掬、精神抖擻的莉莉・默頓法師，居然會做出這些可怕的事。那個年長造像師甚至連說話都像是歌唱般地悅耳，對每個人也是和顏悅色。她是否有其他同夥？而那些同夥，是否跟亞伯・奈許一樣清楚所有的陰謀內情？默頓法師不太可能憑一己之力同時操控那麼多人。她現在已經找到新棋子來取代奧格登了嗎？她會不會想盡辦法，再迷惑奧格登為她效力？

自從艾兒希幫她的老闆破除默頓法師植入在他胸口的控制魔咒，事發至今已過一個星期，奧格登終於可以不再受制於靈性魔咒的奴役。現在……她總期盼著默頓能跑去自首，期盼警方去上門逮住她，期盼巴克斯……期盼他什麼呢？艾兒希像揮開惱人的蒼蠅，連忙甩掉這個念頭。現在要操心的事已經夠多了，不能再加上這個高壯又真誠的男人。

不過什麼事也沒發生。莉莉．默頓目前按兵不動，並未再犯案。這樣也好，只可惜無從將她繩之以法。奧格登五天前向政府匿名密告，箭頭直指默頓，但報紙至今隻字未提。長舌的萊特姊妹甚至連提都沒提到此事。艾兒希只能斷定，這次的密告肯定被人一笑置之、無視掉了。默頓法師對世人展現的形象，一直是個笑容滿面、和藹可親的年長女士，遊走於各大貴族世家的晚宴之間，吸收優秀的年輕女子進入靈性宗派學府。這樣的人，怎麼可能會是一連串事件的幕後主使人。這代表奧格登和艾兒希必須親自出馬，了結此事。

只是……他們兩人都不知該從何處著手。

若要舉報默頓法師，他們的祕密身分就不可能不被抖出。艾兒希和奧格登，一個是破咒師，一個是法師級理智造像師，兩人都未登記造冊。如果暴露身分，艾兒希或許可能只落得一個終身監禁或勞動苦力，但奧格登……只有死路一條。

艾兒希站起身，走到窗戶邊掃視著布魯克利小鎮，看到幾個路人經過。一切正常，沒看到有人鬼祟地逗留，也沒有殺手或執法人員。她深呼吸強迫自己冷靜下來，調整了下衣服和頭髮後便步出房間，下樓朝午餐的香味走去。

埃米琳正把一盤松雞胡蘿蔔派放到奧格登面前，奧格登屈肘撐在餐桌上，腦袋倚著拳頭，眼鏡低低掛在鼻梁上，正在翻閱檢視帳本。他抬眼看向走近餐桌的艾兒希，搖搖頭。看來他也一無所獲。艾兒希看著埃米琳準備的豐盛午餐，不確定自己是否能吃得下。這位年輕女僕烤的派餅，在去年有著極大的進步。

埃米琳轉身，眉開眼笑地說：「噢，艾兒希，有妳的電報喔。」

見埃米琳在圍裙口袋裡翻找，艾兒希心跳頓時加快。埃米琳拿出一個小信封，信封泛著灰色調。艾兒希的胃猛然一縮。兜帽人的任務來信一直都是灰紙、灰信封，而他們給她的指令——默頓給她的指令，那些命令全部出自於默頓——通常是夾帶於她的私人物品中。他們在信裡會寫明指派給她的任務，並說明該任務可以如何幫助窮人，而現在證明那些全是謊言。

但是，這不可能……她不可能再收到這種信才對。以前那些信都是奧格登親筆所寫，而他現在已自由、不再受控於魔咒。默頓法師當然不會冒險與艾兒希親自聯絡，以免留下證據。所以之前就算艾兒希沒有一讀完兜帽人的信便銷毀，那些信也只會證實艾兒希是自願參與犯罪，更何況，信中的字跡對奧格登十分不利。

艾兒希擠出一個微笑向埃米琳道謝，接過信封，坐下來拆信。埃米琳則繼續動手切派。艾兒希感覺到奧格登的目光正盯著她，不過事實證明電報與默頓法師無關。電報的字跡出自郵政局長之手，信息則是來自巴克斯．凱爾西。她一眼就看到了他的名字，胸口不禁一緊。

我想盡快與妳見面，有事商談。我們能約個時間嗎？

艾兒希緊抿雙唇，連忙摺好電報塞到大腿下方。她最後一次見巴克斯——如今要叫他**凱爾西法師**了——是在他從藝譜集魔咒製造出的水泥牢籠裡被救出後，他來到奧格登的病房探病。當時救他出來的警員們被那古怪場景搞得莫名其妙，所幸奧格登運用理智魔咒，阻止並反轉真相獵人的心智，因此奧格登、艾兒希和凱爾西法師才得以洗脫嫌疑。

艾兒希打從心底想見巴克斯，與他說說話、散散步……但也害怕見他。默頓必定——最起碼——已經在懷疑艾兒希知道了所有的真相，而巴克斯就是默頓的最新目標。如果將巴克斯牽扯進來，與他們一起設法將默頓送進監牢，那他很可能會再次成為默頓的目標。最好是讓巴克斯這個擁有葡萄牙血統的造像師置身事外。更安全的做法，是他立刻搭船回巴貝多島，儘管艾兒希必須忍受相隔一座海洋的思念之苦。

「艾兒希？」奧格登出聲呼喊，等著她把派餅傳給他。

埃米琳笑笑地說：「不會是凱爾西先生寫來的吧？」

艾兒希的耳根開始發燙。「是凱爾西法師，埃米琳。」

「好，好。」她在暗示她的朋友，巴克斯現在的社會地位遠高於她，但埃米琳壓根沒把這些放在心上，繼續追問：「所以是不是啊？」

她本想撒謊，但瞥了奧格登一眼後，便硬生生嚥下已到嘴邊的謊話。她和奧格登之間已有太多的謊言，無論是有意或無意。他需要知道眞正的答案。

「是的。」艾兒希回答，只見奧格登的肩膀微微放鬆。「他想在臨走前過來拜訪一下。」

埃米琳一臉沮喪。「他還是要離開嗎？」

艾兒希挺直身軀接過熱氣騰騰的派餅，回答：「他當然會離開。他來英國全是爲了晉升測試，現在他已順利晉升爲法師，目的既然達成，就沒必要留在這裡了。」

艾兒希的目光鎖定在從派餅流出來的肉汁，餘光瞥見奧格登對埃米琳搖了搖頭。奧格登阻止埃米琳繼續追問，是出於對艾兒希的了解？還是因爲他讀出了她的念頭？理智魔法作用於人的理智層面，讀腦術、心靈感應、撫平或激發情緒……但如果奧格登有對她制咒，她應該能感應到對不對？破咒師的法力包含了感測魔咒的存在。破咒師能看見物理魔咒，感受到理智魔咒，聽到靈性魔咒，嗅聞到時間魔咒。她上個星期簡直如坐針氈，一直等著奧格登對她制咒的感受出現。但什麼也沒發生。若不是奧格登克制住了，不再窺探她的心思，不然就是他十分擅長隱藏自己的法力，而過去十年來，他隱藏得很好。

無論如何，艾兒希就是無法停止自己不斷竄生的懷疑。巴克斯最好盡快離開，這不只是爲了他的人身安全，也因爲他牽過她的手。因爲她已開始直呼他的名字。

因爲她吻過他的臉頰，而那份觸感至今仍殘存在她唇上。

艾兒希放任他走得太近了。只要再靠近一些，他就會發現她身上人人避之唯恐不及的缺點，看見那個不值得被愛、多餘的她。阿弗烈德就是看到那樣不堪的她，才拋棄她離去；她的父母、手足也是。現在長年控制奧格登的靈性魔咒已被破除，所以奧格登很快也會看見她令人厭惡的那一面。

「噢，艾兒希。」埃米琳說著，並朝她伸手過去。「我沒別的意思，我只是好奇而已。」

艾兒希猛然回過神，打起精神並擠出一抹微笑。「沒事，埃米琳，我沒事。我只是想到最後一期的小說期刊，那個男爵看起來眞的沒希望了。」

埃米琳點點頭，好像相信了她的話，但艾兒希不太確定。「到最後只有一人活下來。噢，期刊應該這兩天就會寄來了！」埃米琳抓來茶杯倒滿茶，遞給奧格登。奧格登一如往常地加了一大堆的糖和鮮奶油。

艾兒希其實已忘記小說期刊的出刊日。又到出刊的日子了？

她拿起叉子往派餅進攻。派餅聞起來好香，她的胃口頓時大開。叉子叉進酥脆的派皮裡，埃米琳烤得實在太完美了。艾兒希都快想不起來上次自己一人做派餅是何時的事……也許是去年夏天？那時埃米琳扭傷了腳踝。當時她做的派味道尚可，但色香味遠遠不及眼前這塊。

艾兒希塞了一口進嘴巴。肉餡相當燙舌，但其中的奶油風味撫平了她緊繃的神經。她細細咀嚼著，微笑地稱讚：「埃米琳，妳太厲害了，這簡直——」

大門傳來一個響亮結實的敲門聲。

她嚇得叉子差點掉下來。大腿下的電報突然變得如灰燼般灼人。難道巴克斯指的是今天？也許電報昨天就已經送達，但埃米琳忘記拿給她了？她再度全身緊繃起來，肌肉和骨頭吱嘎作響。她連忙整理頭髮。他可以加入他們共進午餐。如此一來，她就能乘機平復無限遐想的思緒……

埃米琳正要坐下，聞聲頓住說：「我去開門。」她隨即快步走出去，去前屋的工作室應門。艾兒希看不到她，不過仍然停下手上的動作，安靜聆聽——接著全身一凜。

彷彿有羽毛輕拂過肌膚，她感應到了一個理智魔咒的生成，但那個符文並非朝她而來。沒錯，奧格登已經躺靠在椅背上，將全副注意力投向到前屋。餐桌距離大門仍有一段距離，他眞的能讀到來訪者的思緒？又或者，他拋出去的是另一種魔咒？四大宗派魔法裡，艾兒希最不熟悉的就是理智宗派的魔咒，畢竟沒有夠多的機會練習，她難以正確辨識出來。

「他們在說什麼？」艾兒希輕聲問，但奧格登正全神貫注，並沒聽到她的問話。於是她站起身將餐巾丟到桌上，決定自己去找答案。有可能是來送貨的，把預訂的鑿子等工具送來；艾兒希昨天已把奧格登完成的作品全部出貨，所以不可能是上門收貨的。

艾兒希一走進工作室，埃米琳便轉頭看向她，眼裡淨是惶恐不安。只見兩名警察站在門口，深藍色制服的鈕釦精準確實地扣到下巴處。

「是她嗎？」個子較高的警察問埃米琳，但女僕並沒有回答。

艾兒希感覺心臟已跳到喉嚨裡，一時說不出話來。「請問有什麼事嗎？爲什麼把我們的女僕嚇成這樣？」

「妳是艾兒希．肯登？」另一個警察問。

一陣涼意竄上艾兒希的手臂，但她強自鎮定。「我是。」

兩名警察交換了一個眼神，伸腳踏進屋裡。艾兒希這才發現門外還有其他執法人員。個子較高的警察拿起一副手銬。「妳因非法使用未登記造冊的破咒魔法而被逮捕。如果不想引來更多的注意，請配合地跟我們走。」

2

巴克斯・凱爾西抬眼一看，這才意識到大家都在看他。

這次的午宴只有家人，有肯特郡的公爵以賽亞・史考特、他的妻子艾比蓋兒，以及公爵夫婦的兩個女兒愛達和喬西。這幾個人正熱切地盯著他看，害他連忙抬手去摸嘴邊的鬍髭，確認上頭沒沾到食物。

所幸公爵夫人率先開口解釋了他們關注的理由。「親愛的，你剩下了一大半餐點，幾乎沒怎麼吃啊。」

巴克斯看著自己的盤子，而吃剩一半的羊肉和蔬菜可憐地回望著他。其他人的盤子都已被收走了。

他淡淡地笑說：「我今天有點心不在焉。」

喬西激動地問：「不是因爲肯登小姐吧？」

公爵夫人蹙眉。「喬西。」

巴克斯沒有回應，但的確被喬西說中了。他一直在想艾兒希。他早上剛發了一封電報去布魯克利，內容精簡且毫無保留。他早就想發電報給她，但斟酌後還是晚了幾天才發。唉，世上怎麼就沒有簡單可行的禮法教條，告訴他該如何慰藉一個劫後餘生的女子，而那個加害者還是她最信任、卻被精神控制的老闆。巴克斯離開倫敦那家醫院時，庫斯伯特・奧格登的狀況仍然不佳，而艾兒希則好一些。她把事情的經過全告訴給巴克斯，巴克斯當然相信她，但心中仍然放心不下地糾結著。

本以爲庫斯伯特・奧格登就是連環殺人案和藝譜集遭竊案的幕後主使，但事實證明他不是。

所以到底是誰？

巴克斯拿著餐刀，終於把心不在焉切了許久的肉塊切開。「只是臨時發生了一些事。」他終於出聲回應。

「這裡絕對歡迎你多住一段時間。」公爵的雙肘往桌上一撐。

「您眞是慷慨，謝謝。」巴克斯咀嚼著食物，吞嚥下去並想了想。「我應該能在這星期把事情都安排好。」巴克斯提醒自己，他在巴貝多那裡還有許多的責任和朋友，以及仰賴他養家活口的雇員。但是，英國這裡也有他放不下的人，他的心不想離開。有些問題還沒找到答案，而他的未來也充滿了未知數。首先，桎梏他半輩子的限制已被解除，此後將會一切改觀。再者，他不知道該如何接近某個女人——

此時，僕役總管霸克特走進這間備用的小餐廳，他的腳步聲迴盪在高聳的天花板下。這間餐廳不像平日用餐的大餐廳那麼寬敞，但那間大餐廳在亞伯・奈許襲殺巴克斯之際遭受到嚴重的損壞，目前仍在整修中。當晚，艾兒希差點賠上性命，拚了命才攔下奈許的偷襲。而巴克斯擁有的魔咒只能在地板上製造出大洞，至於填補回去他就束手無策了。即便他已是法師級物理造像師，能夠施咒改變世上萬物的物理特性，但也僅止於此。

僕役總管一鞠躬。「抱歉打擾各位用餐。會客廳來了一位訪客，指名要找凱爾西法師。」

巴克斯聞言立刻起身，刻意忽視喬西興致勃勃的目光。他心跳加快地問：「是誰？」

「從布魯克利來的奧格登先生。」

他壓制內心的驚訝。「他一個人前來嗎？」

「是的，先生。」

巴克斯瞥了公爵一眼，不過最後是公爵夫人擺擺手對他說：「去吧。也許待會兒喝茶時見？」

巴克斯點點頭，跟隨僕役總管朝會客廳走去。他內心無比焦急，就差沒推著總管要他走快點。總管推開會客廳的門，站在窗前的庫斯伯特．奧格登轉身過來。他的衣著樸素，但十分得體，頭髮往後梳齊；身材結實強壯，臉色已經恢復正常。他只比巴克斯矮幾公分，此刻兩手負在背後看著他。

庫斯伯特．奧格登微微一笑。「啊，凱爾西法師，我是想在你回鄉前，跟你討論一下你想要的裝飾品細節。」

巴克斯蹙眉。「裝飾——」

〈**請配合我。**〉

奧格登先生的聲音鑽進巴克斯的腦海裡，巴克斯立刻閉嘴，還差點一時噎到。他手臂上冒出雞皮疙瘩。所以這是真的。這個男人真的是一位理智造像師，一個能掌控心智的魔法師。當時他們在聖凱瑟琳碼頭上追逐時，艾兒希所發現的真相之一。

「是的，謝謝你過來與我商談。」巴克斯說完後對總管點頭，示意對方可以離開。總管瞥了訪客一眼，這才無聲地退下。「我希望你能幫我加緊趕工。」

奧格登先生點點頭。「沒問題。」〈**不能在這裡談。**〉

巴克斯朝門一指。「我們去樓下談好了。我的腿需要活動活動，不如去花園裡走走？」

「當然可以。」奧格登先生又微微一笑，朝巴克斯指的方向走去。兩人沉默不語地走下走廊，最後來到通往院子的第一扇門前。他們來到花園裡，走到距離房子夠遠的地方後，奧格登先生才開口說話。

「就我的了解，你知曉一些內幕。」他邊走邊說，雙手仍然負在背後。

巴克斯學著他的姿勢，加快腳步跟上去。「如果您指的是一星期前的事，那麼沒錯，我是知曉。」

「很好。」奧格登先生突然停住，朝房子瞥了一眼。「抱歉如此突然造訪，但我急須向你求助，凱爾西法師。我沒有足夠的資金，也不能出面幫她，我們需要所有可能的盟友。」

「幫她？」巴克斯的胃一陣揪起。他壓低聲音問：「是不是艾兒希出事了？」

奧格登先生的下巴繃緊。「她被警方抓走了。」

巴克斯鬆開手，後退幾步。「什麼罪名？」

「非法使用破咒魔法，不然還能有什麼罪名？」

奧格登先生又邁步開走，巴克斯愣了一下才追上去。巴克斯壓低聲音，嘶聲說：「出了這種事，你的反應眞冷靜。」

「我冷靜，是因爲我必須如此。」他的語氣像鍛鐵般冷硬。「因爲即便是我，也做不到鑽進每一個警察和治安官的大腦中，說服他們相信艾兒希是無辜的。我們最好趕緊上路；我不知道該怎麼救人，也不清楚她會多快被判刑。對於學府的行事風格，你比我清楚太多。」

巴克斯的心劇烈地怦跳，背脊變得像大理石一樣僵硬。「我馬上叫他們準備馬車。」

「不用。外面已經有一輛在等我們。我進來時說服了你們的一名僕人，表示事態緊急，要他立刻找人備車。」

若是在平常，聽到這個人侵入僕人的腦袋，以及他的腦袋，巴克斯應該會很反感。但現在的他滿腦想的都是艾兒希。「他們什麼時候抓走她的？」

「今天早上。我路上再跟你細說。」

兩人快步走到大門車道時，公爵的一位車伕正駕著一輛馬車繞過來。如果沒弄錯的話，那是府裡最快的馬車。很好，他們不能浪費任何時間，艾兒希命在旦夕。

就在兩個星期前，巴克斯還想親自把她送進監牢。然而現在，他只想救她出來。艾兒希救了他性命兩次，第一次是覺察到他身上的虹吸魔咒，並將其破除；這個虹吸魔咒從他青少年時期，便日日夜夜吸取榨乾他的體力和能量。第二次，則是爲他破除亞伯．奈許的引雷棍發射出來的致命雷擊。但即便沒有這些挺身而出的義勇舉動，她深藏在內心的勇氣、堅韌和善良，仍然觸動著他。她總能逗他發笑，激發他的思考，引導他敞開心扉去感受。只要一想到她可能將被絞索套住脖子，巴克斯胸中便一股怒火燃起。

他頓時加快步伐，奧格登先生連忙追上。但就在他們快接近車道時，奧格登先生問：「上個星期你應該沒見到莉莉．默頓法師，對吧？」

巴克斯放慢步伐。「對，怎麼了？」

奧格登先生死盯著前方。「因爲她是唯一可能告發艾兒希的人。」

艾兒希腦袋一片空白，不知道自己該做什麼，該盼望什麼，只能呆望著小牢房的牢門鐵欄，聽著偶爾房外響起的腳步聲。茫然、惶恐、淒涼籠罩著她。

被押解過來的路程又長又難受，那輛馬車甚至連最基本的長座椅都沒有。她以爲自己會被直接押送到倫敦物理宗派學府，但顯然學府議會不願意讓她靠近他們珍貴的典籍收藏。最後，她被帶到了牛津皇家監獄（Her Majesty's Prison Oxford），也就是倫敦四大宗派學府專門關押造像師的場所，防止這些男女造像師用魔法融化鐵牢、迷惑獄卒來成功逃獄。艾兒希注意到，在囚房外巡邏的人當中有破咒師，他們佩戴著紫羅蘭色的徽章，用以區別於制咒師徽章上的宗派色彩——藍色代表物理宗派、紅色是理智宗派、黃色是靈性宗派，綠色則代表時間宗派。

她被關在一間只有衣櫥大小的囚房，防護措施只有鐵欄和石壁。這些都是針對艾兒希的預防措施。不過，儘管她能破除所有監禁的魔咒，卻依舊無法施法制咒，將自己救出去。小囚房高度和長度各約一百五十公分，寬約九十公分。無論是躺平或站立，她都必須屈膝才能不頂到四周牆壁。或許這些都是獄方刻意安排。百年的古老石壁又灰又白、斑駁不已，天花板角落的灰泥也已剝落。沒有床墊，更沒有麥桿鋪著，只有一條質地粗糙的毛毯和尿壺。雖然牢籠般的牢門外無人站崗，但艾兒希仍然擔心自己撩起裙子使用時會有人經過。雖然膀胱越來越不舒服，她仍然做不到。

等到黑夜終將降臨，她便能放心解手了。她可以再等一等。獄卒剛剛已送來一份寒酸簡陋的晚餐，應該過不了多久就要天黑了。

其實對於黑夜的降臨，她又是期待又是焦慮。

假使她和其他囚犯共同監禁在一間較大的囚房內，而非單獨關押在此，情況或許會比較好些，最起碼還有人可以說說話。但那些囚犯應該都是一些土匪強盜、殺人犯或暴徒。

室內的寒冷最終凍得艾兒希受不了，她終於放棄掙扎，攤開那張粗糙的毛毯。毛毯的氣味不佳，卻還算乾淨，她用毛毯包裹住雙肩，側著身來放鬆久坐僵麻的一側臀部。起碼他們沒把她關進牲畜欄舍。在被押解過來的路途上，她見到了兩座畜舍，其中一座就是人畜共囚的畜舍。被關在畜舍裡的那個人，雙手被銬上大型的鐵手銬，以阻止他施放魔法。謝天謝地他們並未銬住她的手。尚未。

從通道的窗戶灑下來的陽光褪成了橘紅色，艾兒希的想像力瞬間豐富起來。他們會砍掉她的手嗎？將她發配到救濟院？又或者乾脆用繩索套住她的脖子，好一勞永逸？

一聲嗚咽卡在她喉嚨中。艾兒希不斷調整衣服試圖弄鬆束腹，好讓自己能大口呼吸。她雙手抱膝，額頭靠在膝上，用毛毯覆住臉孔。上帝保佑，她這輩子從沒這麼害怕過。小時候雖然被家人遺棄、送到救濟院，但至少那時的她不用害怕死亡。

一陣寒顫令她往身上拉緊毛毯。她好希望就此倒頭大睡，一覺醒來萬事俱了，但她惶恐驚疑的身體就是冷靜不下來。艾兒希很清楚，她再也睡不著了。

她緊咬牙關，嘗試集中注意力。

親愛的主啊，我知道我不是您最虔誠的信徒，但請幫——

「這是什麼見鬼的地方。」

一道十分熟悉的聲音傳來。艾兒希精神被拉回現實，坐直起身，毛毯因而滑落下來，頭頂也撞上低垂的天花板。她圓睜著雙眼，直盯著緊鎖的牢門。說話的女人就在房內，在左牆邊。寒冷滲進她的骨頭中，她瞠目結舌地瞪著莉莉·默頓法師。

這個女人將短鬈髮塞到一邊的耳後。「這不正好嗎，親愛的？我們都不想被打擾。」

艾兒希後退，直退到牆邊，退無可退。「原來是妳做的。」

默頓法師擺擺手。「我又不能直接去石器作坊找妳談話，是吧？有奧格登那個大塊頭在就不行。」她咋舌。「我這次的損失可不小呢。我真應該朝妳發一頓脾氣，艾兒希。」

艾兒希的胃一陣翻攪。「發脾氣？在妳做了那些事——」

她說到一半突然愣住，乾瞪著眼前矮個頭的女人。她的視線穿透女人的臉孔和雙肩，直透到後面逐漸發亮的牆壁；女人身上的紫羅蘭連身裙好似空氣做的，邊緣微微透著模糊。

是投射靈像。當然了。大部分的法師級靈性造像師都具有投射的能力。然而這道靈像的影像十分紮實，可見那個女人的本尊就在附近。可能不在監獄裡，而是在周遭的森林中？

艾兒希用力吞嚥。「妳在哪裡？」

默頓法師咯咯一笑。「我不會告訴妳的。」默頓瞥了艾兒希的背後一眼，艾兒希不知道那個女人是在打量鐵欄外的監獄，還是她真身所在之處的某物。也許那女人聽到了什麼動靜。

艾兒希屏住呼吸——如果她讓默頓法師一直說話，或許會有警衛經過並且發現！這樣她就能說出一切真相，執法人員將會逮捕默頓法師。只要不提到奧格登，艾兒希便無所顧忌。

艾兒希思量著，繼續說：「那天晚上，在公爵宅邸上——」

「我不是來閒話家常的，親愛的。」投射靈像回應著，音量只比輕聲細語再大一些。此刻牢房的上方及走廊通道之間，都沒有任何腳步聲傳來。難道默頓法師知道獄卒的巡邏時間，又或者，她事先引開了他們？「不過，我倒是有個提議。如果妳願意跟我走，我就幫妳洗脫罪名。」

艾兒希不可思議地瞠大雙眼。「為什麼我要跟妳走？」

投射靈像兩手一合。「妳大有用處呢，艾兒希，尤其是在奈許出事之後。」

艾兒希立刻反駁：「奈許的下場都是妳害——」

「我實在不想失去妳。」默頓法師逕自說下去：「眞的。對我來說，妳就像我的女兒。」

這話深深刺痛了艾兒希內心的脆弱。艾兒希曾把兜帽人視爲自己最珍貴的祕密——那些匿名的恩人，將她從無望的泥沼中拯救出來，指派重要的任務給她……直到最後，她才發現眞相。艾兒希搖搖頭。藏在束腹裡的藝譜集魔咒，不斷提醒她它的存在，但此時此地它派不上用場。「妳不只是殺人凶手，還是小偷。妳從一開始就在利用我！」

「不是這樣的，」默頓法師挪開視線，神情黯淡。「一開始，我沒打算把妳牽扯進來。我想要讓妳認識自己的天賦能力，並且發揮它、善用它。至於其他……發生的事，比我期望的遲了很多。」

艾兒希瞪著她。**一開始**。她指的是，艾兒希在童年時期接收到的那些任務？破除農田中央那面牆上的魔法，給那家孤兒院送麵包？難道她眞的以爲這些小善舉，足以抵銷謀殺這等罪行？

「比妳期望的遲了很多，這是什麼意思？」艾兒希謹愼地追問。

默頓挪回目光，直面她的凝視。「我本來是想領養妳的，女孩，就在我把妳救出救濟院的時候。但我知道，如果要借用妳的才能，這層關係會太過顯眼。所以我才把妳安置在布魯克利。」

「領——領養我？」默頓是在跟她開玩笑。但這個女人不論看起來或聽起來都很眞誠，眞誠得不能再更認眞。

艾兒希搖搖頭，甩掉任何萌生的心軟。「妳安排我去爲一個可怕的男人工作。」鄉紳休斯先生是艾兒希在布魯克利的第一個雇主，這個人跟羅賓漢故事裡的反派約翰王不相上下。

「之所以安排妳去替一個有錢人工作，是在幫妳做好準備，」默頓反駁：「讓妳就近體驗我們反抗的惡魔，究竟是什麼德行。」

聽到**惡魔**一詞從她嘴裡冒出來，艾兒希只感到虛僞，憤怒地咬緊牙關。她小心翼翼向前靠進。「妳奪走了奧格登的意志——」

「那是**妳的**傑作，親愛的。」默頓的神情又一次犀利起來。「如果妳按兵不動，我就不會知道他這個人的存在。」

艾兒希猛地後縮，好似被人甩了一巴掌。那**不是**她的錯。她內心深處很清楚，那不是她的錯。奧格登身上的魔咒不是她設置的；她也沒利用奧格登不爲人知的能力去殺害造像師，並竊取遇害造像師的藝譜集。

但在無意間，她卻將默頓引領向奧格登。

雖然不是故意爲之，但這並不能減輕她的愧疚。

默頓法師這時拍了拍裙子。「也許妳需要些時間好好想一想。」女人停頓了下又補上一句，但語氣明顯言不由衷：「**希望**那位法官是個仁慈寬大之人。」

那道靈像跟剛出現時一樣，就這樣突然從房內消失無蹤，留下艾兒希孤零零一人。

又一次。

3

牢房的鐵欄被人猛然一敲，艾兒希正夢到牲畜欄舍的場景，整個人頓時被驚醒。她把自己蜷縮在囚房角落裡，頭倚著冰涼的石壁，稍早前才好不容易睡著。她一時間意識迷茫，片刻後才清醒過來，想起自己不堪的處境，並認出了牢房外的來者。那個拿著警棍敲打鐵欄的獄卒模樣十分陌生，但艾兒希一看到他身旁的另外兩人，心跳不禁瞬間加快，一下徹底清醒過來。

「你不需要這樣叫醒她。」巴克斯低吼，但目光停留在艾兒希臉上。巴克斯的旁邊站著奧格登，奧格登也正不悅地緊抿雙唇，雙臂緊抱在胸前。

老天，她應該感到難為情的——滿頭亂髮，渾身衣裙皺巴巴，整個人像一隻邋遢的流浪狗蜷縮在牢房裡，但此刻的她只感到一陣釋然。她猛地站起身，因動作太過突然而腦袋一陣暈眩，連忙彎下腰緩一緩，正好避開了撞上天花板的慘劇。「我——我以為我不能有訪客。」

「沒錢的就不行。」獄卒說著，接著看向巴克斯。「你有五分鐘。」他說完便逕自走開了，最後消失在艾兒希的視線外。

奧格登伸手進來，艾兒希彎著腰穿過小囚房，伸手握住他的手。「這沒有你們想像的那麼可怕。」她說謊。然後她轉向巴克斯。「這應該不是你預期中我們約見面的場景吧。」

巴克斯取笑道：「看來他們還沒能沒收妳的幽默感。」

艾兒希聞言微微一笑……眼角餘光卻瞥見她的織物盆就在幾十公分之外，整個人頓時窘迫得雙頰漲紅。

「我都跟他說了。」奧格登指的是巴克斯。「他什麼都知道了。」

艾兒希用力吞嚥。「她來過，昨天晚上。」

巴克斯的臉色刷地發白。「默頓？來這裡？」

「是她的投射靈像。基本上她已招認一切——去到我的救濟院、操控奧格登的意志、告發我……她說，只要我自願跟她走，她就救我出去。」

奧格登蹙眉。「這麼說來，她仍然想要妳。」

起碼有人想要她了。她連忙在腦中喝斥自己壓下這念頭。巴克斯和奧格登這不是想盡辦法進來探望她嗎？

巴克斯幾乎是蹲著透過鐵欄看著她，低聲問：「沒人看到她？」

艾兒希搖搖頭。

巴克斯垂眼思量片刻。「單單是妳一人的證詞，證明不了什麼。但我有一個機會，能和地方治安官商討妳的案子。也許我們有辦法扭轉局面。」

艾兒希的心跳加速。「眞的嗎？」

「破咒師有所謂的寬限期，因爲你們的法力是與生俱來的。」巴克斯的聲音溫柔，但語速很快。「我查證過了。」

一股酸意湧進她嘴裡。她是到十歲時才知道自己是個破咒師。「寬限期多久？」

「一年。」

艾兒希兩臂環抱著自己。「巴克斯——」

「讓我跟他談談。」巴克斯堅持。

奧格登說：「在我們來之前，妳有招供任何事嗎？」

「沒有。」這是全然的實話。「我什麼也沒說。」

奧格登輕吁出一大口氣。「很好。」他一邊搓著下巴的鬍碴，一邊思考。「我差不多快想起來默頓指使我逃亡的畫面，還有剩下的藝譜集魔咒藏在何處。假如我能把它們找出來……也許就能作爲指控默頓的證據。最起碼，我們可以拿那些魔咒武裝自己，抵禦她的攻擊。」

艾兒希掃視著牢房外想確認獄卒的動靜，不過奧格登說得非常小聲，她懷疑對方應該什麼都聽不到。

「艾兒希。」她以爲巴克斯要伸手過來——她的心跳頓時加速——但他的大掌只是握住一根鐵桿。「無論如何，我們一定會把妳救出去。」

艾兒希咬唇，回望著背後的小囚房。「也許吧，巴克斯。但即便是法師級的造像師，也不能抹滅法律。」

「艾兒希，看著我。」

艾兒希抬眼直看向他，儘管牢房裡光線昏暗，他那對綠眸裡的光芒仍是閃閃發亮。這次被囚禁的人換成了她，不是他。在那一瞬間，她想起了雙唇下巴克斯肌膚的觸感。但這次，她不再能從他身旁跑走，也躲不過他給她的感覺。她什麼也做不了。

巴克斯的目光牢牢緊鎖著她。「我一定會救妳出去，就算要親手融化這座監獄也在所不惜，妳明白嗎？」

艾兒希凝視著他，好希望能相信他，想要忽視在胸口中化膿潰爛的恐懼和焦慮，並換上希望之光……但希望總是爲她帶來傷害和痛苦。不過她仍然點點頭。不算是希望，但至少有個盼望。

「與魔法相關的裁決和懲罰向來不會拖泥帶水，」奧格登低語：「我必須盡快去追蹤那些藝譜集的下落，想辦法證實它們和默頓的關聯。」

艾兒希點點頭。「去吧。埃米琳可以照顧好自己的。」

有腳步聲朝他們三人靠近。「時間到了！」獄卒大吼。

奧格登沒理他。「你跟她道別吧，凱爾西法師。」

巴克斯還來不及反應，獄卒就走了上來，兩個男人立刻退開。艾兒希感覺自己和他們兩人之間有著千絲萬縷的不捨，拉著她直走到牢門邊，雙手緊握住堅實的鐵欄。

巴克斯用他溫暖的雙手覆住她的手，立刻驅除了她周身的寒意。

「你要小心。」艾兒希低語。

「走了！」獄卒揮舞著警棍。

巴克斯和奧格登又望了她一眼，最後才轉身逐漸走遠。艾兒希將臉貼在鐵欄之間，注視兩人的背影，直到他們走出她的視線，聽著腳步聲逐漸消失。囚房再次陷入死寂，此時，囚房外的某個地方突然爆出一聲啜泣，隨即又消失。

艾兒希緩緩跪下，發現自己再一次地祈禱，祈求上帝出手幫她整理腦中矛盾衝突的思緒。

巴克斯越等越不耐煩。他現在人位於牛津東側，那位治安官的會客室裡。會客室陳設著的精巧家具以紅色和奶油色爲主，他很想出手改變它們的色調來打發時間。但是不行。他需要這個治安官喜歡他，而英國人總愛先入爲主，對他充滿敵意。他的外貌明顯帶著異國血統，也因此承受著外國人遭受的待遇。

他先在一張奢華的小沙發上坐下，然後又換了一張雕紋精緻的桃花心木扶手椅，但隨著時間滴答地緩慢流逝，他的神經也越來越煩躁。巴克斯只好起身，改成在沒有火的壁爐前踱步，然後又走到窗戶前，望著不算大但繁盛美麗的花園。若不是現在滿腦子都在琢磨該說什麼、又該如何說服對方，他會盡情欣賞那座花園。在倫敦物理宗派學府應試、晉升法師時，他都沒有這麼緊張。不過話說回來，當時的他畢竟很清楚自己要做什麼。

一個女僕端著托盤進房來上茶。女僕將托盤放在茶几上拿起瓷杯，但巴克斯擺手婉拒了，女僕便只爲治安官倒了茶，然後就退出房間。就在熱茶差不多要變涼之際，那個人終於現身。

巴克斯深深一鞠躬。「艾斯里（Astley）大人，謝謝您撥冗面見我。」這個人和艾兒希差不多高，以男人來說算是中等身形，看起來大約六十歲上下；兩頰和脖頸肌肉鬆軟下垂，顯示短期內體重大幅下降，但緞面禮服下方的肚子仍然圓滾滾的。他的鬢髮髮際線後退，幾縷髮絲泛棕，剩下的呈現出各種深淺的灰色。一副眼鏡橫亙在他的鼻梁上。

「凱爾西法師。」治安官對他點點頭。「僕役總管告訴我，你此次是爲了肯登小姐的案子前來。抱歉我剛才一時脫不了身。我尚未研讀此案的卷宗，而我女兒又纏著堅持要我參加公園的一場野餐。」他說完後無奈地翻了個白眼，然後指著那張小沙發。「請坐。」

治安官在最靠近茶几的椅子上坐下來，拿起女僕爲他準備的茶杯。他啜了一口茶，做了一個鬼臉，然後把茶杯放回到托盤上。

「所以您很清楚對於肯登小姐的指控，對吧？」巴克斯沒心思迂迴，他滿腦子都是艾兒希被關在那個簡陋囚房裡的畫面。他從未見過她如此脆弱，如此憔悴。那些緊閉的鐵欄徹底搾乾了她往日的靈氣。

治安官點點頭。「眞是太不堪了。居然對女人用那麼重的刑罰。」

「這其中一定有誤會。肯登小姐是最近才發現自己擁有破咒能力。她還在容許的登記期限之內。」

艾斯里治安官審視著他，巴克斯被看得有些心虛。「肯登小姐多大了？」

「二十一歲。」

治安官蹙眉。「破咒師通常是在青少年時期發掘自己的法力。」

「但不是每一個人。」巴克斯反駁：「艾兒希是一個月前才開始懷疑自己的能力。」

艾斯里治安官又倒了一杯茶，加進一些糖。「那她一個月前爲什麼沒向上呈報？」

巴克斯強迫自己放輕鬆；他感覺得到，自己的肌肉正隨著治安官的每一個問題而逐漸緊繃。「她當時只是懷疑，而且她沒有空閒時間，也沒接受過任何訓練來驗證自己的法力。您也清楚，肯登小姐平日需要工作。她的雇主指派下來的工作讓她十分忙碌。而且，普通民眾很少有機會接觸魔法這類事情，難免心存畏懼。」

治安官直視著巴克斯的雙眼。「如果她只是剛發現自己的法力，那她怕什麼呢？」

巴克斯選擇放手一搏。「害怕萬一她向上呈報，對方不相信她，認為她一定是在青少年時期就發現而隱匿至今，斷定她在說謊。」

讓巴克斯微鬆一口氣的是，治安官聽完後撇嘴認同。「有道理。但我手上的報告指出，她發現自己的法力有一段時間了，甚至會使用它。」

巴克斯沒有任何遲疑，立即回應：「我知道是誰舉報她，而這兩人最近才剛認識不久。」

地方治安官陷入沉思中，但眉頭仍舊深鎖。默頓法師應該是匿名舉報，她不可能會具名……否則，她要如何解釋她是如何知情的？她保護自己的祕密都來不及了，怎麼可能冒險面對真相獵人的審問。不過，正因為是匿名，巴克斯才有機會質疑舉報人的可信度。他暗中祈禱這個破綻能夠歪打正著。

艾斯里治安官緩緩拿起茶杯，一邊喝茶，一邊整理思緒。「這件案子的指控沒有這麼簡單。你要了解，那些都是十分嚴重的指控，不能掉以輕心。」

「控告她的人是誰？」

艾斯里治安官微微一笑。「你不是說你知道？」

「但您又讓我以爲我不知道。」他兩手一握。「我是目擊證人，案發時，我和艾兒希在一起。也因此我才會如此震驚，居然有人指控她刻意隱藏法力。我知道那些都是不實指控。」

艾斯里治安官挑眉。「就我的了解，你在六個星期前才抵達英國。」

巴克斯好不容易才壓制住內心的詫異。難道這位治安官也調查過他的背景？他很可能研讀過警方針對聖凱瑟琳碼頭案件的報告？

「我抵達英國後不久，在倫敦的一座市場認識了肯登小姐。」巴克斯把應付公爵夫婦的那一套說法搬出來。他思緒飛轉，試圖編出一個可信度高的故事，以免艾兒希被送上絞刑台。「我在追求她。」既然公爵一家人堅信如此，當然可以爲他作證。事實上，他們也是這麼慫恿他的。

「是嗎。」地方治安官把茶杯放回到托盤中。「一個法師級造像師，一個石器作坊的員工？」

「我們相遇時，我還沒有晉升法師。」巴克斯進一步指出：「其實她第一次發現魔咒時，我就在她身旁。當時我們兩人都十分困惑。我當下就推測，那應該是一個符文。她當然不相信我說的。」

艾斯里治安官往後躺靠在椅背上，直盯著巴克斯瞧，盯得他渾身不舒服。「你確定你足夠了解肯登小姐？你和她相處的時間長度足以擔保她是無辜的？請恕我直言，我沒辦法相信你的話，凱爾西先生。你沒有前科，而且你和肯特郡公爵交好，但懲奸除惡、還給無辜之人清白，這些是我的工作職責。我不可能單憑一面之詞……就做出公正的判決，但我們一定會鍥而不捨地追查出可信的證詞。」

巴克斯的掌心開始冒汗。「請您一定要相信我的人格，我絕對不會做僞證，而且我沒有理由說謊欺騙您。」

他現在有太多理由說謊了。

「這個舉報人或許也跟你一樣地有誠信，凱爾西先生。你既然眞心愛慕肯登小姐，就不太適合作爲目擊證人——」

「我們已經談及婚嫁，我向她求婚了。」巴克斯的心跳加速，腦袋發暈，但強行鎭定，面不改色。如果這還說服不了治安官，他會進一步加碼。「也因此我花了很多時間跟她相處。婚禮只差幾個星期就要舉辦了。」

艾斯里治安官搓揉下巴，直勾勾地盯著巴克斯，一副想把他的皮層層剝下，直視裡面的靈魂。巴克斯強迫自己回視。當時他在監獄時說的話並不是在糊弄艾兒希，他說到做到，如有必要，就算要他拆毀整座監獄也在所不惜，現在這種膽大妄爲的謊言又算得了什麼？

艾斯里治安官咯咯笑了出來。

巴克斯不禁一僵。「我們現在談的可是一個女人的生死，你覺得好笑？」

但治安官搖搖頭。「不，不，不是的。我並不喜歡判人有罪，我沒這個喜好。如果有，那我這個治安官的心態就有問題了。但我真的喜歡你，凱爾西先生。而且很奇怪，我居然很想相信你的話。」

巴克斯感到背脊一陣放鬆，但仍然不敢掉以輕心。

「如果你呈上你的證詞和品格證據，再加上至少其他三人的證詞來支撐你的論述，那我就放她走。」治安官繼續說：「不過當然了，她必須立刻去登記造冊，並且接受必要的訓練。」

巴克斯吁出一大口氣，要找三個證人非常容易。公爵一家人、奧格登先生，或許奧格登家的女僕普瑞特小姐也願意出面作證。「謝謝您，艾斯里大人。萬分感謝。」

「我不是不講理的人。」治安官一邊說一邊站起來，巴克斯也跟著起身。「我是又累又忙，但並非不講理。等等會有僕人在門廳等你，引領你離開。」

巴克斯一鞠躬。「好的，謝謝您。」他朝出口走去。

「還有，凱爾西先生。」艾斯里治安官喊畢，又拿起茶杯。

巴克斯停下腳步。

「你的婚禮一定要邀請我。」治安官瞇眼睨著手上的小碟子。「如此迅速墜入愛河的兩人，婚宴想必非常有意思，我想親眼見證一番。」

巴克斯品味著對方話裡的意有所指，聽出了治安官帶著善意的威脅。這暗示著，他的說法並沒有自己預期般地無懈可擊。艾兒希並沒有完全脫離險境。尚未。

巴克斯點點頭，走了出去。

他自己找到路，離開治安官的府邸。

4

奧格登很清楚出了倫敦後，不用走遠，就能找到默頓的藝譜集竊物；上次，他是在夜晚裡從藏書處走到聖凱瑟琳碼頭。問題在於他的記憶出現斷片，他只記得當時自己正在工作室爲幾件作品分裝黏土，接著他就和艾兒希在碼頭上了。這中間只剩下斷斷續續的印象：在黑夜中奔跑、雙手下的石頭觸感、那個又冷又黑的地方帶給他的壓迫感。靈性造像師不能刪除他的記憶——只有理智造像師才做得到。不過，默頓倒是絕對有能力干擾他、讓他無法回想，尤其在那晚如此陰暗的情況下。

上個星期，奧格登滿腦子都在琢磨這些記憶碎片，一整本素描簿上全是畫了一半的炭筆畫。他甚至做夢都夢到他在逃亡，儘管夢境並不可靠，但一覺睡醒後，他仍是還沒來得及盥洗，就立刻畫下夢境。他很確定默頓當時指引他去了一座墓地、墓穴或土窖，不過倫敦到處都是那類地方，可能的範圍過大。

如果默頓就在他面前，他必定親手挖出她腦海裡的訊息。他現在時時刻刻保持警醒，默頓碰觸不到他，自然也就不能再一次操控他的意志。他無比渴望操控她的每個想法，把她變成一具聽話的木偶，揪出她的祕密和悲傷，再讓她浸淫在這些祕密和悲傷中，讓她也嘗嘗他所遭受的痛苦。但只要一想到默頓，艾兒希就會浮現在他腦中，他只好收起怒火和恨意，專心解決眼前的難題。沒錯，他是想救出被監禁在囚房裡的艾兒希，但不止如此。雖然一開始是默頓將他們兩人牽扯上，但艾兒希總能讓他想做得更好、成為更好的人。她是他這輩子最接近女兒般存在的女孩。她和他相處的時間比埃米琳久，而且當時她還只是個孩子。她在無意中為他帶來了麻煩和束縛，最後又救贖了他、解脫他。

她也是一枚棋子。在她尚未恢復自由之前，庫斯伯特不能沉浸在復仇的情緒中。

探視完艾兒希後，他立刻去了默頓在倫敦的住宅，但屋裡空無一人，就連一個員工或僕役都沒有。他甚至前往靈性宗派學府，但也找不到她。如果探問她的行蹤，又可能害自己暴露，於是他違反自己的原則，潛入可能知情的人的腦袋中，撥開他們的目標和欲望、怨氣和粗野，尋找敵人的蹤跡。得到的結果是，在他重獲自由的那晚，默頓曾出現在肯特郡公爵府的晚宴上，之後便再也無人見過她。

奧格登期望默頓只是把他視為一個威脅，為了躲他而找地方躲起來，而不是著手去執行她瘋狂計畫的下一步。一個人究竟需要多少個魔咒？就算她取得了所有魔咒，她又要做什麼？

他抬手抹了抹臉，在公園的長椅坐下，細細思量。所幸過去十年裡他不斷更換教堂，在一座座教堂之間周旋，這才知道哪些教堂有地窖，哪些有足夠大的墓地來藏匿默頓的祕密。如果他是默頓，他不會把寶物藏在一個顯眼或經常造訪的地方，那樣很容易被發現。這個藏匿處必定偏僻，但同時又方便她取寶。

他閉上眼睛，在腦海中重播那晚的逃亡經過。他確定自己沒有往北方走，至少一開始沒有。如果他模擬那晚的情況會不會容易些？如果他在黑暗中搜找，不再藉助光亮呢？

光亮。他當時是朝光亮而去對吧？月亮從東邊升起……

他必須現在就得找到藏匿處，要趕在默頓意識到他們已查出她的身分之前，否則她必定親自搜遍藏匿處、取走贓物。

奧格登起身走出公園，搭上一輛公共馬車。他要求車伕行經東倫敦一帶最古老的教堂和墓地。他透過車窗掃視著街道，想著或許能在人群中瞥見她。

馬車來到了他手中地圖上的第一座村莊，他壓低帽沿。這座村莊不大，他的出現應該會被視爲陌生人而引來注目。他擁有的魔咒數量並不算多，而且幾乎是他非法取得的，不過它們都是法力強大的魔咒。腦中的畫面一幀幀閃過，他憑藉記憶穿過了街道和小巷子，一下就找到這座村莊的公墓和教堂。雖然他一眼就察覺出不是這個地方，但仍然進去巡視了一圈。他必須繼續查找，免得自己被焦慮感逼瘋。

他來到了第三個教區，手臂上瞬間起滿雞皮疙瘩。他停下腳步環視一圈，周遭的一切既陌生，卻又說不出地熟悉。奧格登感到無比挫敗，如果他能對自己制咒就好了。自我催眠，將答案從自己的潛意識中挖掘出來。但他有某種感覺：這裡有東西。

他看見了當地教堂的尖塔，於是邁步朝它走去，卻又覺得不太對勁。他退了回來，站回原地，就站在小鎮最高點的一條圓石路上。若不是那片濃密樹林遮擋住，這裡的視野相當不錯。

他緩緩轉身，看見東邊有道狹窄的樓梯，是一道上百年的古老石梯。一陣寒意竄上背脊，那道樓梯……他曾經踏上去過。它的倒數第二層階梯凹凸不平，他當時爬得太過匆忙，在那裡跌倒了……

太過匆忙地去……

他咬緊牙關邁開步伐跑過去，只爲了模擬，以協助自己回想。當時她逼迫得太緊，所以他走到碼頭時早已精疲力盡，默頓才會指使他使用藝譜集上的魔咒，拖緩追兵的速度。他跑上樓梯，儘管早已心知肚明石階的凹凸不平，但還是不小心因而被絆倒、雙膝跪了下去。奧格登兩手撐在地上。

他的右膝無比疼痛，之前摔跌的瘀青都還沒消退。那道瘀青肯定是在這裡弄的。

他緩緩爬起身，閉上眼，在正中午的陽光下回想那晚晚風吹拂頭髮的感覺。他感覺到有個路人投來納悶的目光，但他不予理會。

跑下山坡，朝煤氣路燈跑去。繞過那個轉角。在圓石路盡頭又跌倒了一次。

奧格登張開雙眼，順著剛才的感覺小跑步下去，在交叉路口發現一盞熄滅的煤氣燈。向左走是通往小鎮中心，向右……在小路的盡頭是片茂密的樹林，而小路在那裡縮小變窄，然後轉向一個高起來的土堆。

他朝右跑去。

快到樹林邊時，他放慢速度，彎腰屈身以躲避橫長出來的樹枝。他四下搜尋被折斷的樹枝，以及地上被踩踏過的雜草痕跡。但什麼也沒有。他沿著小徑跑了二百公尺後，來到了小路盡頭的一座古老石牆，有小野花從石縫中冒出來。

他差點就忽略錯過了右手邊有道陡坡。他坐下來，滑下陡坡大約十多公分，再沿著石牆邊走去。樹枝的最低高度正好足以讓他識別出那三座墓塚，石碑的石製十字架都已風化，再加上周遭都是石頭，那些十字架幾乎難以辨識出來。

就是那裡。

他屏息地朝第一座走去，四下張望確定無人後，用肩膀頂開沉重的墓門。一股濃濃的霉濕味撲鼻而來。墓室狹小，但那股刺骨的寒氣卻十分熟悉。他一一檢視墓塚。第一座墓塚裡只有遺骨和腐爛的衣物。下一座也是。但第三座……第三座比較大一些。再往深處走去有座石棺，石棺的後面還有座更小的石棺，是兒童的尺寸。他一觸摸到這座小石棺，就知道是它。他記得那古老石面的粗糙觸感，以及棺蓋的沉重。就是它沒錯。他兩手抓住棺蓋的邊緣，用力一抬並且一掀——他往旁邊一站，讓門外的光線能夠照到裡面。

這座棺材比其他的更深，至少有一公尺深。然而裡頭空無一物，甚至連具遺骨也沒有。

默頓已經來過，而這些亡者更無法告知她的去向。

艾兒希又開始打瞌睡。她猛然一驚醒來，胃部感到一陣疼痛。監牢裡雖然餐餐不缺，但她的身體始終難以適應，角落裡的桶子便足以作證。昨晚，獄卒允許她洗了個澡，她不確定是否因爲所有囚犯都洗完了終於輪到她，又或者那個獄卒大發慈悲。雖然洗澡水並不乾淨，但她總算能清理身體了。她仍然穿著被逮捕時的髒衣服，草草編成的髮辮依然濕答答。

今天是她被囚禁的第三天。不管是奧格登或巴克斯，都已經一天半沒來探望她，但她發誓默頓當天深夜裡肯定有來過。艾兒希記不太清楚——只有模糊的印象——或許也可能只是她在做夢。這三天的牢獄生活，她做了很多夢。片片斷斷的夢境並不眞實，有時是在黑暗中，有時是在大白天。她懷疑自己是否開始精神錯亂。總之，這些夢境都是相當不錯的小說創作題材，也許等她出去後，還能把作品賣給別人。

如果能出去的話。

艾兒希幽幽地凝視著鐵欄，伸手摸了摸脖子。不知道脖子斷掉是什麼感覺。她會立刻斷氣死亡嗎？或者是掛在半空中痛得死去活來，直到鮮血停止流向她的腦袋？

儘管她渴望有人作伴，但一聽到外頭傳來腳步聲，她的心不禁一沉，手指再度泛起冰涼。她按著不舒服的胃部緩緩起身。一名獄卒走到她的牢門前，從腰帶拔下一個鑰匙圈，目光穿過黑睫毛盯著她瞧。

「肯登小姐。」獄卒一邊開鎖一邊說話。這個獄卒彷彿是在宣告她的死期，語氣憐憫且客氣。他拉開牢門作勢要她跟著他走。

上帝啊，她的審判終於來到。她該對法官說什麼？應該說謊還是保有希望？或是老老實實並祈求上天憐憫，讓她被判勞動苦力而非死刑？但不能老實地全盤托出，更不能提到兜帽人，否則她只有死路一條。

艾兒希顫抖的十指緊緊交握，任由獄卒銬上手鐐，再領她走出牢房。她應該抬頭挺胸走出去，至少能保有尊嚴，但現在的她再也沒力氣去逞強了。獄卒踩踏的步伐響徹整座石頭迴廊，而她的腳步聲則悄無聲息，好似已化成一縷幽魂。

手臂和背部的雞皮疙瘩微微發麻。兩人走下一道狹窄的樓梯，這裡的空氣變得更加冰涼，隨後他們穿過一根根古老的大石柱，接著又繞過轉角，走進另一條走廊。艾兒希已經搞不清楚前後方位，迷失了方向感。她的目光透過一扇敞開的窗戶，看見一座小小的木製高台，高台正中央豎著一根柱子。她沒看見繩子，但知道一旦看見它，自己的死期就到了。

她試圖吞口水以滋潤乾澀的喉嚨，卻是徒勞無功。

獄卒終於領著她從另一道樓梯往上爬。他們從兩名穿著制服的獄卒之間走過去，而帶領她的獄卒用肩膀頂開一扇沉重的門。刺眼的陽光刺痛了艾兒希的眼睛，她身形微晃了下，好不容易才穩住自己。她幾乎是踉蹌地走下那道階梯。

她眨眨眼讓淚水流出來，這才得以視物，而眼前全是這座古老城堡的城牆。幾名警衛在城牆邊巡視，有一個人站在階梯的盡頭，那是——

「巴克斯？」她輕呼出聲。

獄卒抓住她的手腕，爲她解開手銬。

她的脈搏好似野馬般地狂亂怦跳。「怎麼回事？」

巴克斯跨上一步。「我跟治安官談過，也給他看了一些證人的口供。他決定放了妳。」

艾兒希緊盯著他。她整個人愣在原地，難以消化他的話語。直到手銬離開她的手腕，她這才領悟過來。

「我……自由了？可以離開這裡？」艾兒希驚叫。

巴克斯點點頭。

一股怒氣從她胸口冒出，艾兒希轉身對獄卒說：「老天，你可以先告訴我啊！」獄卒漠然地聳聳肩，朝裡面走了回去。

艾兒希雙膝一軟，砰地癱坐在階梯上。巴克斯連忙探身想扶住她，但來不及，便順勢在她身旁坐下來。

「我——這怎麼可能？」艾兒希搓揉著手腕，打量自己的雙手。她能清楚感受到她和巴克斯之間的親密，因為兩人並肩的那一側變得好燙。「你——你跟治安官說了什麼？我的意思是，謝謝，」她用力吐出一大口氣。「謝謝你。不過你到底說了什麼？是不是奧格登……」

「我還沒有他的消息。」他的語氣低沉，好似在謹慎斟酌字句。「首先，我要先確定，如果再發生這種事，妳能輕易地與我聯繫上。」他將手探進外套內襯的口袋，拿出兩根鉛筆。他將一根鉛筆頭尾反轉過來時，木製筆身發出一道閃光，變成了色調溫暖的綠色。他盯著兩根鉛筆片刻後，才將綠色那根交給她。

艾兒希遲疑地接下這份奇怪的禮物。難道他知道綠色是她最喜愛的顏色？她將鉛筆頭尾倒轉，發現另一根鉛筆也跟著在巴克斯手上倒轉過來。

「它們被魔咒連結起來了。」巴克斯向她解釋，然後謹慎地把手中的鉛筆收回進外套口袋。艾兒希稍微挪動了一下位置。「妳回家後把它放在一張紙上。遇到需要聯絡我的情況，無論妳在紙上寫了什麼，文字都會自動傳送到我這裡。」

她眨眨眼。「眞聰明，而且比電報便宜太多了。」她小心地檢視免得用鉛筆刺到巴克斯，或劃到他的衣服。這份禮物給了她一份安全感，也令兩人間又多了一層牽絆。她的拇指滑過只有破咒師才看得見的小小藍色符文，嘴角一勾笑了笑。

「第二件事……妳的赦免是有條件的。」

艾兒希立刻挺起身軀。「洗耳恭聽。」

「妳必須去登記造冊。」

她點點頭。「這是當然。」

「而且要接受另一名破咒師的訓練。」

艾兒希隨之愣住，欲言又止。她破咒已有十年的經驗了，甚至能在魔咒被召喚出來的瞬間破除它！要她接受訓練……

巴克斯擔憂的眼神投射過來。她不想再讓他操心，抗拒之心立刻煙消雲散。「好，沒問題。」

他這才放鬆下來，語氣更加柔和。「我說服了治安官，他以爲妳是在一個月前才發現自己的能力，所以這使得妳必須接受訓練。」

一個月前。「好，我可以把戲演下去。」如釋重負的顫抖竄上她背脊，頭皮一陣發麻。她的雙肩癱軟垂下。「噢，巴克斯，謝謝你。」她伸手握住他的手，捏了捏。「我不知道……我好害怕。」

巴克斯的嘴唇微微掀動，狀似微笑，但那副表情卻令她不安。「怎麼了？」艾兒希遲疑地發問，隨即臉色黯然。「巴克斯，你做了什麼？你是不是紆尊降貴，委屈自己支付了什麼罰款？」如果有必要，她會找個兼差賺錢還給他，再把值錢的家當變賣……

巴克斯搖搖頭。他站起身，撐著她的手肘扶她起來。當兩人手臂彼此穿過時，艾兒希感到的喜悅並未能完全沖散她的恐懼。巴克斯邁步穿過城牆朝出口前進，她又輕聲問了一次：「巴克斯？」

「還有……另一個條件。」巴克斯向一名從他們身旁走過的警衛點頭致意。

艾兒希輕咬嘴唇等著他進一步說明，但他始終保持沉默，她只好繼續追問：「什麼條件？」

兩人走到監獄大門前，等著兩名警衛爲他們開門。走出大門後，艾兒希瞬間感到心中的大石落地，全身一陣輕鬆。眼前的一切景象再次變得清晰無比，甚至比以前更加青蔥茂盛。巴克斯依然沒有回答。他挽著她走過剛冒出頭的苜蓿草，踏過砂礫小路。只見前方有一輛四匹黑馬拉著的馬車，艾兒希認出那是肯特郡公爵府的馬車。

恐懼如瀝青般厚厚地包裹住艾兒希。爲了救她，巴克斯究竟做了什麼樣的妥協，又放棄了什麼？金錢、土地，還是他的法師頭銜？究竟是什麼？

一定是這樣，所以他才會沉默不語，因爲內心有一股怒氣或怨氣。難道她最害怕的事終究還是發生了，巴克斯發現到她的缺點——令大家紛紛逃離的缺點——也可能是學府幫他發現的。他今天來見她，是爲了來告別。她自由了，但巴克斯……

淚水刺痛她的雙眼，但她把眼淚逼回去。別想了，只要微笑、點頭和理解就好。想哭等回家再哭。然後找奧格登幫忙清除這一段回憶，之後妳就不會有任何感覺了。現在只要再承受一下下……

她緊抿著雙唇。

巴克斯放慢步伐停下來。他放開她的手臂，轉身面向她。艾兒希用盡全力表現出欣喜和平靜，卻徒然地發現自己的演技在囚禁期間嚴重退步。

巴克斯嘆口氣，抓住她的雙肩。他的體溫穿過布料滲透進來，但他又突然放開了她。艾兒希感到濃濃的失落。這會不會是他最後一次碰觸她？

她的聲音變得好虛弱，虛弱得令自己都討厭。「巴克斯，你嚇到我了。」

他笑了出來。「我就是擔心嚇到妳。」

艾兒希一頭霧水，繼續等待著。

巴克斯抬手抹了抹臉。「我說服治安官，當妳發現自己的能力時，我是目擊證人，因爲我們經常待在一起。」

艾兒希眨眨眼。「這沒什麼不妥啊。」事實就是如此。

「我當然不能告訴他實情，說我們有工作交易。」巴克斯繼續說：「我呈報的口供上包含了肯特郡公爵夫婦，以及埃米琳．普瑞特小姐的證詞，他們證實我們……正在交往。」

艾兒希感到一股熱氣竄上脖頸，烘熱了雙頰。她好想拿冰冷的手指冰敷臉龐，但這會讓巴克斯發現她整張變得臉紅通通的。她只好清清喉嚨。「聽起來不算牽強嘛。」

巴克斯朝馬車望去。不算牽強……對吧？或者，眞正令他困擾的是……一名法師級造像師竟然追求一個石器作坊的員工？艾兒希心頭一酸，又一次迎上他的目光。

「艾兒希……」巴克斯似乎十分沒有把握。「妳必須了解我不得不這麼說。我必須找個說法，說服治安官相信我爲什麼會跟妳十分親近。他現在相信我們兩個已經訂婚了。」

艾兒希聞言大吃一驚，雙唇微微張開。

「還有，」巴克斯遲疑了片刻。「他要我們邀請他參加婚禮。」

艾兒希死盯著他看，又一次努力地試圖消化他的話語。訂婚？但他們沒有……然後就要舉辦婚禮了？

她不會因此昏倒，只有矯情的少女才會。

巴克斯繼續說：「他讓我以爲他對此仍抱持懷疑。當時我就在想，這場戲必須全部做足，艾兒希。只有這麼做，才能徹底消除他的猜疑。」

艾兒希知道自己現在一副目瞪口呆的模樣，但她不是故意的。

訂婚。

訂婚？

跟巴克斯．凱爾西訂婚。巴克斯．凱爾西**法師**。

她的雙唇發麻，結結巴巴地說：「你沒……」然後猛然停住。**你沒必要這麼做**，她想這麼說，但他必須**這麼**做，如果她想離開這座可怕地獄的話。而他已經這麼做了。爲了她。

巴克斯爲了她，放棄了自己的幸福。

噢老天，他一定恨死她。

她臉上流露出的情緒顯然不太對勁，因爲巴克斯明顯地更加退縮。「事情沒那麼可怕。我已經考慮過了……我們當然可以留在英國。」

「我……不是，我的意思是……」艾兒希兩手扭絞，斟酌著該如何表達。「我——我只是太吃驚，嚇了一跳。我沒想過——」

「我也沒想過。」

一道笑聲自她口中逃逸出來，一個出自緊張和不安的緊張笑聲。她好想把這個笑聲收回來。此時她的肚子咆哮一聲，她連忙兩手按住腹部。

「你做到了。」艾兒希不敢迎上他的目光。「你說過會想辦法救我出去，而你做到了。」她體內的五臟六腑都在扭絞。「但是巴克斯——」

「我們先上車吧，在馬車裡繼續談。」巴克斯輕聲說，屈臂讓她挽住。

艾兒希恢復了冷靜，挽著他往前走。

雖然說在馬車裡繼續談，但返回布魯克利的路上，兩人都沉默不語。

5

艾兒希回到家時，家中空無一人。不知奧格登是否去找遺竊的藝譜集，或是出門工作了。一開始她以爲埃米琳只是出門辦事，但直到太陽下山，年輕女僕仍然沒有回來，應該是去家人或朋友那裡過夜了。艾兒希只好鎖上門，獨自穿過漆黑的石器作坊上樓睡覺，但無論她如何翻來覆去，就是難以入眠。

她訂婚了。與巴克斯·凱爾西訂婚。然後，就要*結婚了*。

而他甚至連求婚都沒有。

我們一定可以解決，艾兒希，馬車駛入布魯克利的主街時，巴克斯這麼告訴她，*我保證*。

但他似乎很緊繃，好像快被腦袋裡的思緒悶死。不過，艾兒希也不清楚自己期望他有什麼樣的感覺。希望他放心？希望他瘋狂愛上她？一想到這裡，她放聲大笑出來。

太可笑了，要一個差點把她送進監獄的男人，為了保住她的自由，而犧牲自己一生的幸福。

淚水模糊她的視線，她眨眨眼，將它們擠了回去。**他的幸福**。噢，她好希望巴克斯能快樂。無比希望。她回想起為他破除他胸口中的魔咒後，他從頭到腳散發出來的喜悅。看到他快樂，艾兒希也十分振奮，感覺自己被人需要，感受到自己很重要。她想要他一直都如此地快樂。

然而這個訂婚等同於又在他身上下了一道魔咒，不是嗎？這種勉強、不情願的婚姻，會耗盡他的時間、精力及錢財。

艾兒希再一次翻身，把臉埋進枕頭裡大聲呻吟。如果這場訂婚是在其他情況下發生該有多好。如果她沒有被捕，如果巴克斯是真心想要她而留在英國，如果他們兩人就像一般男女那樣談情，也沒有祕密和凶殺在威脅著他們。是的，艾兒希承認，如果是在另一個完美的情境下，她也會興奮得睡不著，但那種失眠是一種享受。

「妳必須盡全力。」她喃喃自語，臉龐依舊埋在枕頭裡。「盡可能讓他不後悔做出這個決定。雖然這場婚姻是逼不得已，但妳可以盡全力做好一名妻子。」

不過話說回來，那個治安官很可能對此事失去興趣。那麼，巴克斯就能解脫了。

一想到這裡，她感到自己的心無比焦灼，彷彿吞下了一把滾燙的火鉗。她沒想到自己會如此地在意，如此地傷心。

老天，她到底該怎麼辦？他留下來，她會難受，但如果他走了，她也會很難受。現在最應該做的，就是做好心理準備，等著承受那份難受。所謂的悲劇，都是因爲事情發生得太過突然，心理沒做好準備。這次，她絕不會再讓這種事突然發生，絕不會重蹈被家人、阿弗烈德拋棄的覆轍。還有那個被她誤以爲是消失多年的父親，那個神祕的美國人，也打得她措手不及。這種事絕不能再發生。

她的喉頭一酸，固執的淚水硬是流了出來，滲進枕頭套裡。過去兩個星期以來，她一直強迫自己別去想那件事。她的父母是在霍爾家拋棄她，所以兩星期前她收到霍爾家發來的電報，被告知終於有人來尋她時，她興奮得無以復加。她立刻提領出全部存款，飛奔向朱尼伯唐，結果卻發現那個男人並不是她的家人，只是一場徒然。那個人甚至不是英國人，而且以爲艾兒希故意在報紙上發表一堆文章耍弄他。不過這件事艾兒希仍然一頭霧水。

就在她失望透頂之餘，她又發現兜帽人——或者說莉莉．默頓法師——多年來一直在利用她。這個發現簡直就像晴天霹靂，令她難以承受。

作坊後門處傳來門閂咔嚓一響，艾兒希連忙坐起來，擦乾淚水。後門打開，又關上，然後是熟悉的腳步聲。腳步聲太沉重，不會是埃米琳。

她抓起睡袍穿上，快步來到走廊上。

「奧格登？」她喊著。

樓梯下方一根蠟燭被點亮，映照出奧格登的面孔。奧格登聽到她的聲音後鬆了一大口氣。

「他成功了。妳回來了。」

艾兒希點點頭。「是啊，你也回來了。我們需要談一談。」

奧格登爬上樓梯。「我們可以隨便找個地方談。埃米琳要明天早上才會回來。」

艾兒希往旁邊一站讓路給他，然後跟著他走進他的臥房，在他床邊的大行李箱上坐下。

「你有找到什麼嗎？」

「她藏匿藝譜集的地方。」奧格登回答。艾兒希聽他這麼說，整個人精神不禁為之一振，但奧格登抬手示意。「那地方是空的，她已經先去過了。我沒找到她，但在回來的路上，我順道去了倫敦的靈性宗派學府……潛入幾個人的腦袋。顯然她已經正式退休，搬家離開倫敦，但沒人知道她搬去了哪裡。」

艾兒希莫名地呼吸急促。這麼看來，莉莉．默頓已經不再需要艾兒希了。艾兒希不應該難受的，她壓根不希望和那個殺人凶手有任何關聯，但她還是覺得難受。

「我會盡快找時間再回去尋找，密切注意她的動靜。一定有人知道和她有關的消息。」奧格登放下蠟燭，砰地坐到床上，床身震得床底的大行李箱也跟著彈跳起來。「她很聰明——她知道如果我找到她，我可以控制她的思想念頭。」

艾兒希一凜。「你可以？」

奧格登有些遲疑，清澈的藍綠色眼眸凝視著她。「是的，我可以。」

艾兒希緊抿雙唇，思索著。

「這讓妳不安了？」

「什麼不安？」

「我的法力。」奧格登進一步解釋：「我的法力能做到的事。」

艾兒希搖搖頭，頓了一下說：「你的法力並不會讓我不安，只是……還不習慣而已。」**我只是不知道，你是否曾經對我施咒過。**

她知道他曾經做過，但那是在默頓的命令下，不得不爲之。但現在她必須相信他不會故意對她制咒。他說過，他們兩人之間的互動都是眞誠無欺，默頓無法控制到一切。她必須相信，她需要讓自己**相信**。

「我在推測，」奧格登繼續說：「她是不是又找了新的打手，或是決定按兵不動。也或許一切就此結束，她是眞的退休了。」

艾兒希不可置信地看著他，而奧格登只是對她點點頭。有人遭到殺害，而這些人遇害後，藝譜集均遭到竊取。一個女人不可能花費那麼大的心血，然後就此打住。「問題是，」艾兒希不自覺地大聲說：「這個**結束**代表著什麼？」

「我不知道。」奧格登雙手互搓。「如果她拿到了所有的藝譜集……她就是英國法力最強大的人，我不敢說全世界。」

艾兒希雙手環抱住自己，寒意從內向外透散出來，跟她在囚房時一樣。

奧格登似乎感應到她的念頭——也許他真的感應到——他開口問：「他是怎麼把妳救出來的？付出了什麼代價？」

她的喉頭再度哽住。她用力呑嚥，喃喃地回答：「不是錢。」

艾兒希把經過一五一十地都告訴他，從獄卒開鎖，到巴克斯送她回到布魯克利，並保證盡快聯絡她。除了她內心的擔憂，以及不足向外人道的煩惱。

奧格登向後一靠。「有意思。」

「你這是幸災樂禍嗎？」

奧格登聳聳肩。「他是不錯的結婚人選，艾兒希。有頭銜，有身分地位，又有錢，身強體壯，很有男人味。」

艾兒希雙頰發燙。「很有男人味？」

奧格登咯咯一笑。「這不難看出來啊。」

艾兒希把臉埋進雙手之間。這太難爲情了。

接著她突然意識到一件事，胃部猛然一揪。

「噢，不……」她輕呼。

奧格登一凜。「什麼？怎麼了？」

她緩緩放下兩手，抬眼看著奧格登。「如果我嫁給他……」

奧格登傾前聆聽。

「那麼我就得改姓，變成艾兒希·凱爾西。」她一臉的害羞。

喔，萊特姊妹一定愛死這個發展了。

「我早就知道妳愛慕他！」埃米琳一邊收拾餐盤，一邊發表意見。今早是艾兒希準備早餐，反正她失眠也睡不著，不過埃米琳還是有及時趕回來幫忙。「多好啊，艾兒希！這簡直就像小說般夢幻。與一個法師級造像師訂婚，而妳還是個破咒師！多麼棒的組合。噢，妳就要變成上流階層了，而且還相當體面！」

艾兒希把桌上的麵包屑掃到掌心上。「被警方逮捕算不上體面啊，小埃。更何況我還被關進監獄。」

她望向窗外。經過一夜未眠的深思熟慮後，天還沒亮，她就用魔法鉛筆寫信給巴克斯了。

她需要知道默頓的目標、意圖及動機，而巴克斯認識可能知道答案的三個人——肯特郡公爵夫婦，還有另一個靈性造像師、東薩西克斯郡公爵的妻子，莫里斯夫人。艾兒希曾看見這位公爵夫人和默頓一起逛街。莫里斯夫人也是個心機重的女子，她對肯特郡公爵的農地施放詛咒，還爲了保持年輕美貌而雇用物理、時間造像師。艾兒希曾經破除這個女人在鼻子上設置的魔咒，讓她的原形畢露。雖然這個公爵夫人現在應該認不出她，但艾兒希還是反覆琢磨了下。沒錯，艾兒希根本不用擔心，因爲莫里斯夫人這種人壓根不會去注意那些階層比她低下的人。

艾兒希自然會先從肯特郡公爵府下手，巴克斯和公爵夫婦很親近，甚至正暫住在公爵府上。之後再想辦法找莫里斯夫人了。她現在是一名新晉的破咒師，被要求與四大宗派的造像師面談；假使能把莫里斯夫人安排進面談中，或許就有辦法套出她和默頓的交往情況。

這個計畫不錯，只是她不想單獨行事。巴克斯認識那個女人更久、更了解她，如果有他的幫助，事情會更容易上手。再者，艾兒希就是希望他在場。

艾兒希清理完廚房後，一邊擦手一邊快步上樓，要去看看綠鉛筆下的羊皮紙有無任何動靜。羊皮紙的最上方是她的親筆字跡，寫著：「不能說出名字的女人」應該已經退休並離開了倫敦，失去蹤跡。我必須找到她，巴克斯。我需要你的協助。我知道你已經幫了我很多，這麼要求有些過分，但她既然是公爵的朋友，公爵夫婦應該知道一些事情，可以為我們解惑。

她並沒有署名。因爲她懷疑巴克斯是否有把這種魔法鉛筆，也送給了其他陷入絕望的女人。至少她希望沒有如此。

幸好，她的字跡下方出現了新一行的手寫字，那些帶著微微花體字形的大寫字母，給人一種堂皇大器的感覺。**當然，我一定會幫助妳。事情進行得不錯，公爵夫人邀請妳過來喝茶。**

就這樣簡短俐落。艾兒希咬著下唇，寫下：**為什麼？**

片刻後，鉛筆從她手中掙脫出來。她不禁輕呼一聲，咯咯笑了出來。鉛筆自顧自地在紙上傾斜滑動：**因為她想幫忙籌劃婚禮。**

艾兒希的胃猛然一緊。公爵一家人當然會知道他們訂婚之事。看著鉛筆若無其事地寫出「婚禮」二字，竟讓她有種無比異樣的眞實感。

見她沒有立刻回應，巴克斯又補上：**公爵夫人的堂姊艾布蘭太太正好過來拜訪，她堅持要幫忙。她說：「我嫁了六個女兒出去。」一直說一直說。**

艾兒希微微一笑，從他隱形的手中搶過鉛筆，**我一定努力把救你出來。**

不到一個呼息之間，巴克斯立刻寫著：**我派馬車去接妳。一小時之內到。**

艾布蘭太太是個一板一眼的婦人，她的赤褐色鬈髮一絲不苟地中分，而那條中分線是艾兒希這輩子見過最直的一條線。她的嚴謹，以一種怪異的和諧與公爵夫人以櫻桃木爲主的晨間會客室、椅子和鋼琴相呼應。這間會客室的白牆四周有簡單的裝飾，白色壁爐的上方掛著一幅公爵府遠景的油畫，而在那之下是一塊玫瑰色的魚鱗紋飾地毯。艾兒希直挺挺地坐在一張淺粉紅色沙發上，靠坐在巴克斯身邊，艾布蘭太太和公爵夫人則坐在艾兒希左側的一張淺綠色雙人小沙發。中間的桌上放著茶托盤，大家都已端著茶杯在喝茶，艾兒希則將茶杯捧放在大腿上。她擔心自己太緊張而把茶水抖濺出來，所以先喝掉了許多，導致現在肚子有些裝不下茶水。

「就我所知妳有**工作**？」艾布蘭太太問。她的一雙眼睛好大，簡直要從眼窩裡凸出來，眨也不眨地死盯著艾兒希。婦人說著「工作」二字時，彷彿那是某種酸東西。

「是的，我在一家石器作坊任職。」艾兒希好想挪開視線，但這麼做會被視爲無禮。

公爵夫人微微一笑。「有個責任在身上，對女性來說還是不錯的，尤其是對一個即將步入婚姻的女性。」她的目光移向巴克斯。「我眞是爲你高興，巴克斯。這麼看來，我不得不承認我丈夫是個預言家，預言得眞準。我們邀請妳共進晚餐的那一晚，他就預測了你們兩個的可能性，肯登小姐。」

艾兒希只感到喉頭發癢；她啜了一口茶順順嗓子，這才傾身向前，穩妥地把茶杯和茶托放到桌子上。「是的，公爵眞是……嗯，直覺敏銳。」

公爵夫人提到的共進晚餐，當然是艾兒希被正式邀請的那次，而非她擅闖進餐廳大叫警告的那晚。巴克斯因為她的警告，才得以躲過從窗簾後方偷襲的亞伯・奈許。但這件事沒必要再提出來。

「他是。」巴克斯簡短地附和。他張嘴正要接著說下去時，艾布蘭太太搶過話頭。

「現在來說說婚禮吧。幸好五月已經過去了，那可是十分不吉利的結婚月份。」

「唉，艾莉森。」公爵夫人輕聲制止。

「沒錯啊！」艾布蘭太太放下茶托。「我女兒——我親手送我的六個女兒出嫁，妳也知道的，全都嫁得很好——」

艾兒希和巴克斯交換了一個眼神，艾兒希勉強憋住笑意，憋得雙頰都開始發疼。

「——她就不聽我的話在五月二十七日結婚，結果第一個孩子就流產了！」

艾兒希立刻正襟危坐。「噢天啊，這太可怕了。」

「她早該聽我的話。」艾布蘭太太搖搖頭，鬈髮跟著她的動作彈跳著。艾兒希現在確定自己不太喜歡這個女人，更別提讓她插手他們的婚禮計畫。但艾兒希不會在這裡表態，她現在要做的，就是把話題帶到默頓身上。

但艾布蘭太太沒有給她機會。「多奇妙的組合是吧？一個制咒師，配上一個破咒師，哈！你們是在凱爾西晉升法師之前認識的？」

巴克斯回答：「是的。」

「好，好。這樣那些貴族就沒什麼好說的了。」她點點頭，啜了一口茶。

艾兒希蹙眉。這個女人居然當著她的面，指出他們和她的出身階級不同？

「至於婚禮呢，」艾布蘭太太逕自說下去，完全沒理會公爵夫人臉上的歉意。「大約多少人參加？倫敦有幾家大教堂，但路途比較遠，車資昂貴，而且還有那些禮品。我相信你們會需要禮品。」她意有所指地看著艾兒希，害得艾兒希脖子一陣發燙。「妳父母住在附近嗎，肯登小姐？我猜他們也有工作。」

燥熱感爬到了艾兒希的下巴。「他——他們沒有，艾布蘭太太。」她本來想說他們已經過世，藉此打斷這個話題，不過就她所知這點滿有可能的。

「沒有？噢。」艾布蘭太太點點頭。「那妳為什麼出去工作？可能是要還債。」

巴克斯這時說話了，語氣帶著嚴厲。「艾兒希沒有任何債務，艾布蘭太太。她父母已經不在她的人生裡了。」

「已經不在……」艾布蘭太太困惑地看著公爵夫人。

「噢，這些細節並不重要，對吧？」公爵夫人尷尬地出來打圓場。

「怎麼不重要？」艾布蘭太太反駁：「你們斷絕關係了，肯登小姐？」

燥熱逐漸爬上艾兒希的臉頰。「可以說是從一開始就沒什麼親情關係了。如果您一定要知道，我很小就跟他們分開了。這就是我為什麼出去工作的原因。我把自己照顧得很好。」

「嗯。」艾布蘭太太躺靠在椅背上。「聽妳這麼說我相當震驚。妳發現了自己的法力，現在看來，也只有這個優勢能幫助妳撇掉最難聽的閒言碎語。」

現在公爵夫人也臉紅了。「哪有什麼閒言碎語——」

「閒言碎語無所不在，艾比蓋兒——」

「艾布蘭太太。」巴克斯的口氣變得強硬；他伸手過來握住艾兒希的手，嚇了艾兒希一跳。他指間的溫暖如電擊般衝上她的胳膊，又一次徹底讓她雙頰泛紅。「我很感激您的熱心相助，但我們只會有場很小的婚禮，所以不怎麼需要籌備。我的雙親都已過世，我也沒有什麼值得一提的手足，所以婚禮的交換儀式會很簡單。我想您的能力那麼好，會有其他地方更需要您。」

噢，艾兒希好想給他一個吻。

艾布蘭太太咋舌。「婚姻才是一種商品交換，凱爾西先生，但婚禮本身不是。我的第五個女兒——我必須再說一次，我有六個——她就舉辦了一場小婚禮，這件事到現在都還是小鎮裡的談資。婚禮要找唱詩班、要考慮到現場花卉和來賓服裝的搭配——」

「我不認為來賓的服裝需要那麼講究吧。」艾兒希再也受不了，不客氣地脫口而出。

艾布蘭太太被打斷話頭，瞪了她一眼。「怎麼不需要，是太重要了。我就不想穿和新娘同樣顏色的禮服出席。」

巴克斯放下茶托。「那正好，因爲您不會收到我們的婚禮邀請函。」會客室的空氣瞬間凍結。艾兒希屏息，被壓抑住的驚呼和大笑在喉頭裡打架。她意識到自己緊握著巴克斯的手，卻實在說服不了自己放開他。巴克斯蹙眉盯著艾布蘭太太，一雙綠眸變得犀利。艾布蘭太太的眼睛彷彿更加凸出眼眶，而公爵夫人的嘴唇則凍結成O字型，但她是第一個率先回神的人。

「艾莉森，」公爵夫人的語音發顫。「別忘了，我還有天竺葵的種植問題想請教妳呢。天竺葵在東側，妳先去那裡等我好嗎？」

「這是當然。」艾布蘭太太猛地站起身，下巴抬得老高，又瞪了艾兒希和巴克斯一眼，這才轉身朝房門走去。她一副高高在上、自以爲是的姿態，可能以爲公爵夫人遣開她是爲了訓斥這兩位年輕客人。

艾布蘭太太離去片刻後，公爵夫人咯咯笑出聲。「你眞是快刀斬亂麻，巴克斯。」

艾兒希終於才敢吁出一口氣，低語著：「謝謝你。」巴克斯的目光挪過來直視她，她的胸口一熱，連忙看向別處。

「我都不知道她會這麼冒失又沒分寸。」公爵夫人繼續說：「我向你們兩位誠摯地道歉。」

「沒關係。」巴克斯說。他仍然握著艾兒希的手。他一定是忘了自己還握著她的手。現在把手抽回來會不會很尷尬？艾兒希並不想那麼做，但如果巴克斯只是演戲，嗯……他們的觀眾已經走了一半了。

艾兒希允許自己再享受一會兒他掌心的溫暖，直接把話題轉移到重點上。「公爵夫人，我對我們的一個熟人有些好奇。我，呃，看到了有關她退休的報導，很捨不得她離開。」

「喔？」公爵夫人撫平衣裙。「噢！妳說的是默頓法師。」

艾兒希點點頭。「從我們認識以來，她一直很照顧我。我希望能多了解一些她的出身背景。」

公爵夫人搖搖頭。「坦白說，我並不太了解她。我丈夫是這兩年才跟她比較熟稔起來，但眞正有來往是在愛達的滴幣測試後。」

艾兒希聞言一陣洩氣。這條路似乎行不通。

「聽到她突然說要走，我吃了一驚。她一直很熱心，想要栽培愛達……雖然我認爲愛達並不想走造像師這條路，但失去了她的關照和疼愛，愛達還是有些失落。」夫人微微一笑。「我把她的住址給妳，妳可以跟她通信。不過……我聽說她已經離開倫敦，搬去鄉下了。」

巴克斯問：「您知道她搬去了哪裡嗎？」

但公爵夫人搖搖頭。「我一點頭緒也沒有。」她看了看茶杯。「我去叫人來收拾一下，然後我們好好地來討論婚禮事宜。」她起身，朝旁邊牆上的喚人拉鈴走去。

巴克斯靠過來低聲說：「我今天會聯絡莫里斯夫人，約她見面談一談。」

艾兒希點點頭，克制住自己轉頭過去的衝動。他靠得很近，如果此刻她轉頭過去，兩人的鼻尖就會碰到彼此，但她希望他對此也能感到自在與心甘情願。想到這裡，她輕輕地從他掌心中抽回手，放回到大腿上。「謝謝你。」

兩人沒有再繼續討論這個話題。

當晚，巴克斯用魔法鉛筆通知艾兒希，他將於翌晨過來接她，一起去拜訪莫里斯夫人。艾兒希一大早就起床，在窗邊足足等了四十五分鐘，就是希望當富麗的黑色四輪馬車駛進小鎮、停在石器作坊旁時，她能立刻下樓上車。她抓著隨身小袋，檢查頭上的帽子有夾牢，又撫整了下衣裙，這才走出作坊前門。巴克斯正朝作坊走過來，準備接她上車。好一個紳士。

巴克斯對她輕柔一笑。「肯登小姐——」接著他勾起手臂挽住她。

艾兒希見他如此正經八百，感到有些吃驚，不過仍然挽住他，任由他領著自己朝馬車走去。她爬上馬車後，才注意到亞莉珊卓．萊特正走出馬具店疾行而來。她是本地銀行家兩個長舌女兒之一。那個女人兩眼圓睜，直盯著巴克斯瞧。

艾兒希嘆口氣地坐到雙人座椅上。眞希望這是一輛密閉式馬車，她實在不想面對小鎮裡最八卦的長舌婦，但事與願違。巴克斯跟著她爬上馬車，拿起兩匹駿馬的轠繩。馬車經過那個小長舌婦時，艾兒希刻意避開她的目光，卻能感受到那個女人的瞪視。看來到了今天晚上，全布魯克利的人都會談論這件事了。

其實，如果他們之間的發展跟其他情侶一樣，她才不會在意別人的閒話。被人看見和一位高大俊帥的**法師級**制咒師在一起，壓根沒什麼好丟臉的。她完全不在乎巴克斯的黝黑膚色和長髮。她其實還頗喜歡他黝黑肌膚所帶來的野性奔放氣質。而且她就是喜歡看到他的狂野豪放，震驚住亞莉珊卓・萊特這一類正經呆板又愛管閒事的人。

只是一旦巴克斯找到辦法擺脫她、乘船回鄉，將她留在英國，到時整座小鎮的人都會知道她被拋棄。那些竊笑、耳語和謠言，只會讓艾兒希破碎的心更加沉痛，她好怕。

馬車駛出了小鎮朝西而去，艾兒希拋開煩惱專注在當下。「我不知道你會駕駛馬車。」

巴克斯若有所思地揚起嘴角。「妳是覺得我太落後，不可能會駕車？還是認爲我太嬌貴，拿不動轠繩？」他換上了巴貝多口音。

艾兒希微微一笑，在椅子上又放鬆了一些。「可以以上皆是嗎？」

巴克斯放慢車速往路邊靠去，讓一輛運貨馬車先通過，接著再催馬小跑步起來。「那妳自己來吧。」

「我真的可以？」

巴克斯看著她說：「如果妳想，就可以。」

艾兒希微微一笑，轉頭看著前方。「也許回程的時候吧，就當我上了一堂駕駛課。畢竟奧格登並沒有馬車。」

「公爵有很多馬車。」

她的思緒一閃，想起了自己在倫敦潛入的那座停驛站。她在兜帽人——應該說是默頓的指示下，破除了其中一輛馬車上的魔咒。她的指示信上寫明，馬車內載運的都是迫於生計鋌而走險的盜獵者，只要破除車上的魔咒就能拯救他們的性命；結果卻是，這個舉動反倒促成了亞珥瑪．迪格比法師的綁架案。那位法師的藝譜集，現在應該也躺在默頓藏身處的某個行李箱中。

艾兒希心情瞬間沉下。

片刻後，巴克斯也注意到了。「艾兒希，妳是不是在擔心？我應該先等艾里斯夫人回信後再去拜訪才對，不過她一向很喜歡被人看重的感覺，肯定歡迎我們的造訪。」

「噢是啊，她是。」艾兒希用力扯緊手套，把手套拉得緊貼住她的指間。「我是在想，該怎麼開場比較合適。一開始當然會是正式的寒暄之類的。」

「先不要提到破咒魔法，先向她請教關於靈性造像魔法的問題。」巴克斯提議：「讓她感覺自己是整個談話的中心，這樣她會比較願意配合。」

艾兒希點點頭。「她的確是那種人，以爲宇宙以她爲中心。」

巴克斯微微一笑。這樣跟他說笑是如此自然又美好。只要話題能避開那場步步進逼的婚禮，兩人就能談笑自如。如果她能直接把婚禮從他們的故事中撇除，她可以跟巴克斯聊到天荒地老。

「我應該這樣開場，『您爲什麼選擇靈性造像魔法，而您明明比較偏愛物理性的魔法？』」艾兒希逗著他。

巴克斯輕笑出聲。「那我得睜大眼睛好好看她的反應。」

「但是……唉，如果可以的話，我希望能在她的會客室多待一些時間。」艾兒希嘆口氣，突然沒了開玩笑的心情。「說實話，我滿腦子都是默頓法師的事。」

兩人陷入沉默。片刻後，巴克斯說：「她犯的錯與妳無關，艾兒希。」

他的話讓她感到溫暖，至少他看這件事的角度讓她放鬆不少。「這你說過了。」

「妳一直被蒙在鼓裡。」

「我是一枚棋子，」她糾正他：「一枚被徹底利用的棋子。但這不是藉口，這並不能抹除我做過的事。」

「艾兒希——」

「現在不重要了。」她擠出一個微笑，兩眼死盯著前方。「木已成舟，現在只能盡力彌補。我想莫里斯夫人應該也不知道默頓的藏身處，但至少可以幫助我們了解她。奧格登也還在找她，但尚未蒐集到有用的消息。」

巴克斯點點頭。「他把朱尼伯唐的事都告訴我了。」

她的胃一揪，馬車剛好經過一個土墩顛簸了下，塞在束腹裡的藝譜集戳著她。

「包括那個美國人？」

「對。他也把那個美國人的素描畫像拿給我看。」

那張素描上畫的，是曾用槍指著她腦袋的那個陌生人。當時在那生死交關的瞬間，艾兒希仍舊不死心地看著那人的五官，試圖尋找與自己相似的特徵，想找出他是她父親的跡象。但事實早已擺在面前。

她並沒有和其他人談過此事。沒有寫在日記裡，沒有對著天空放聲大叫。因為隨後發生的事……兜帽人、奧格登、默頓，還有奈許的事，全部打得她措手不及。她的人生被猛然翻轉，轉向一個全然不同的方向，她壓根沒有時間傷感。

「我以為他是我父親，我跟你說過對不對？至於我為什麼去……奧格登有跟你說嗎？我認識朱尼伯唐的一戶人家，他們通知我有人去朱尼伯唐尋找我。我以為是我的父親，十多年了，他終於回來找我……結果不是。」

巴克斯緩緩放鬆韁繩。「艾兒希，我難以想像——」

艾兒希聳聳肩，擠出一聲大笑接下他的話：「——如果你是我，對不對？這應該能拿來寫一本精采的小說了。」

兩人再次沉默下來，氣氛變得尷尬。幾滴雨水從密布的烏雲解開束縛，掉落在馬車車頂上，但或許是看到艾兒希已經夠抑鬱，雨水立刻收住勢頭，延後傾灌剩下的傾盆大雨。

艾兒希深深吸氣。「抱歉，我並不想——」

巴克斯也同時開口：「公爵夫人在——」

兩人同時停住。馬蹄穩定的踩踏旋律安撫著兩人的神經。

巴克斯率先鎮定下來。「我想說的是，我把……訂婚一事告訴公爵夫婦，是因為他們可以幫我們……向治安官澄清。」

艾兒希點點頭。「他們是好人。」

「公爵夫人聽完後興奮得不得了。」巴克斯嘆口氣。「我今天出門時，她簡直像個女教師一樣不停對我嘮叨。」

艾兒希想像著優雅的肯特郡公爵夫人穿著一身黑衣，手裡緊握一把教師長尺的模樣。她輕笑出來。

「只是……」巴克斯頓了一下。「艾兒希，我不想讓人以為我做事欠缺考慮，不顧及別人的感受——」

「我知道你都是好意，巴克斯。你一直都是。」她想伸手去碰碰他的膝蓋，或者他的手，但她沒有。怯懦膽小又一次啃蝕著她的心。

「夫人提醒我，傳統上的訂婚晚宴是由女方家舉辦。」現在換巴克斯直盯前方了，儘管前面的道路相當筆直。「我必須提前告訴她，以我們的情況那是不可能的。」

艾兒希沒吭聲。

「所以她堅持，由她親自來操辦。」

「這……她人眞是太好了。但其實眞的不需要這麼做。」

巴克斯躺靠到椅背上。「也許吧，但那是傳統。還有，治安官會從旁審視我們，對此我一點也不訝異。」他突然停下，臉部肌肉微微抽動，但艾兒希不確定他這反應是因爲治安官會追蹤調查，或是馬車的搖晃所導致。

但巴克斯的話倒是點醒了她。這個編撰出來的愛情故事並非無懈可擊，再者，還有司法體系在旁邊虎視眈眈，要確定他們兩人實際執行了訂婚儀式。巴克斯只有兩條路可走，不是娶她爲妻，就是把她送上絞刑台。

「還有一件事。」片刻後，巴克斯說：「如果妳不反對，我會在報紙上刊登結婚啓事。」

艾兒希點點頭。「當然。」

然後她突然爆笑一聲。

這一笑太過唐突，她連忙把嘴閉得緊緊的。不過胸中的壓力倒是緩解不少。

巴克斯凝視著她，天空黑壓壓的烏雲襯得他的雙眼好似一片汪洋大海。「我沒明白妳的笑點，解釋給我聽？」

艾兒希搖搖頭，好希望此刻有一把扇子可以搧搧風。「我不知道，只是……在報紙上刊登結婚啓事，好像太正式了吧？跟我想的完全不一樣。」

艾兒希看得出巴克斯正在咀嚼她的話。她知道巴克斯在思考的時候，眼神裡會帶著一片漠然。「那妳原本以爲會是什麼？」

她輕咬著唇，兩手緊抓大腿兩側的椅緣。「我也不知道。我從沒想過我會結婚……嗯，除了那次差點成眞之外。」

「差點？」

艾兒希聳聳肩，有些難爲情。「那次……我以爲我要嫁人了。嫁給另一個人。」

巴克斯精神一振。「喔，是誰？」

「算了，他不值得一提。」阿弗烈德的面容從她腦海裡跳出來，對她嘻嘻笑著，而那抹笑容隨即幻化成冷笑。艾兒希又笑了一聲，但這次是苦笑，帶著些許心痛。「眞可笑，他就在我以爲他要求婚的那天拋棄了我。他找了一個有錢的寡婦來陪伴他、打發時間。他們現在已經結婚，我前陣子在鎭上看到他們。」

「艾兒希……」

「我的人生就是一場接著一場的悲劇，是不是？」艾兒希坐挺起身，撫平裙襬，調整帽子。「巴克斯，請別怪我這個被關在牢裡三天的女人，我就是太閒了才會胡思亂想。我還無法完全恢復正常。」她清了清嗓子。「我知道你的雙親都已過世，但你母親那邊……會來參加婚禮嗎？」巴克斯跟她說過，他的雙親並未結婚，他是私生子。但艾兒希不確定他和他母親的關係是否親密。

「不會。我跟我母親並不熟。事實上，我不知道我在阿爾加維那邊有哪些親戚。」

「噢。」艾兒希抿起唇。「我真的很容易把事情搞砸對吧。」

「別這樣說自己，艾兒希。」巴克斯伸手過來，大拇指劃過她膝蓋。「妳不是。」

艾兒希不相信他的話，但仍然擠出一抹微笑。幸好此刻光線昏暗，遮掩住她在他的碰觸下滾燙發紅的肌膚。他只不過是在安慰她，但他將手抽回去後，四周氣溫彷彿變得更冷了。此時，雨水終於嘩啦啦地傾灌而下，艾兒希感受著馬車此起彼伏的節奏，一直到他們抵達公爵夫人瑪緹妲·莫里斯的府邸。

6

「你們是有些突然。」莫里斯公爵夫人說。她的女僕遞給巴克斯一杯茶。「但我畢竟經過正式訓練出身。四大學府做事就是欠缺妥當，又沒分寸。」

莫里斯夫人的會客室又大又敞亮，儘管屋外陰雨綿綿、灰濛濛的，但昏暗的光線仍透過大面積的窗戶灑落進來。室內一面牆上掛著一幅公爵夫人本人的巨大畫像，對面牆上則是一幅明顯瘦小許多的老先生畫像，艾兒希推測那應該就是她丈夫。地板和壁爐全都是大理石製成，簾幔和地毯是海軍藍，天花板繪有鳶尾花花紋。莫里斯夫人坐在一張精緻的扶手椅上，艾兒希和巴克斯則坐在硬挺的天鵝絨沙發上。艾兒希此刻穿著她最體面的連身裙，但在這棟豪宅裡，仍然顯得相形失色。

莫里斯夫人提到了「妥當、分寸」，目光來回掃視沒帶女伴護同行的艾兒希和巴克斯，甚至落到了艾兒希的手上。所有維持她美貌的時間、物理魔咒，包括之前被艾兒希設法破除的，全都再次牢固地設置在原位。「你負責監督她的訓練過程嗎，凱爾西法師？這表示妳是個祕密的破咒師？」

祕密的破咒師，這種說法太貼近事實了，艾兒希不禁繃緊神經。

所幸，巴克斯若無其事地接過茶杯，回應道：「不算是。肯登小姐是我的未婚妻。」艾兒希擔心把茶水抖出來，拒絕了女僕的上茶。

我的未婚妻，這幾個字如秋日微風般輕拂過她。

「這樣啊。」莫里斯夫人一下來了興致，又一次打量起艾兒希。「嗯，眞有趣的一對。」

艾兒希很想脫口問她那句話是什麼意思，但想了想還是閉嘴，少說話爲妙。截至目前爲止，莫里斯夫人並沒有**認出**她就是帽店裡那個笨手笨腳的客人；如果想套出關於默頓法師的消息，她就必須跟眼前的女人保持友善關係。

「我很幸運，」艾兒希五味雜陳地說著謊：「在發現我的能力時，身邊正好有一個造像師。」她當時其實是在爲這位造像師**工作**，但莫里斯夫人並不需要知道這種細節。

「我想也是。想想看，妳突然某一天醒來，接著……魔法就發生了！」莫里斯夫人咯咯笑著。「妳眞是幸運，肯登小姐，不用經歷從年少時期開始日日夜夜的苦修。」

「但是，凱爾西法師——」她接著把注意力轉向巴克斯。「我不知道你是如何忍受肯特郡的。我聽說那裡的農作物都爛掉了。」

艾兒希感覺到巴克斯全身一僵。肯特郡公爵領地上的腐壞魔咒，很可能就是莫里斯夫人的傑作——不過那些魔咒後來都被艾兒希破除了。她一手放到巴克斯的手臂上，替他回答：「噢，那地方並不大，但還算溫馨舒適。不過，我倒是被您的宅邸震撼到了呢，莫里斯夫人。這裡眞是……太時髦新潮了。如果您有空的話，我很想參觀一下。」

公爵夫人微微一笑。「我可以幫妳安排。妳的品味不錯，肯登小姐。」她放下茶杯。「現在，妳的問題是什麼？」

艾兒希早上已準備好幾個算是嚴謹且符合破咒師身分的學術問題，並做了排練，現在一一照搬出來。她從比較簡單的問題開始，詢問對方關於靈性派別的魔法，以及它的影響等等，然後逐漸涉及到私人方面。莫里斯夫人當初爲何選擇靈性宗派？魔法對她人生的影響？最後再繞回到——莫里斯夫人在什麼樣的情況下，會需要破咒師的服務？那些破咒師的效率如何？

「我很少雇用破咒師。我現在實質上已從制咒師的職位退下來。像我這樣階級的女性，無須爲了工作而再多一個頭銜。」她的食指捲繞著一縷黑色鬈髮，隨後又鬆開。巴克斯說過，莫里斯夫人的魔法已達滿溢，這表示她自身法力到達極限，無法再更上一層樓，但艾兒希知道最好繞開這個話題。夫人繼續說：「不過，雇請來的人有時會把事情搞砸。這種情況還滿常見的。」

或者妳直接換掉現在鼻子的造型，還比較省事，艾兒希心想。一感受到公爵夫人現在情緒輕鬆自在，艾兒希便試著進一步推進。「公爵夫人，也許您會覺得我此唐突，但我必須說，您身上有某種氣質讓我感到十分熟悉。您的氣質相當獨特，極具辨識度又與眾不同。」

莫里斯夫人聞言相當開心。「噢是嗎？」

「是的。」艾兒希看著巴克斯。「您該不會正好和默頓法師是好朋友吧？」

莫里斯夫人面容一亮，有些激動。「**是啊！**妳怎麼知道？」

巴克斯說：「默頓法師經常參加肯特郡公爵府的家庭晚宴。」

莫里斯夫人翻了個白眼。「噢，當然，我一點也不吃驚。她忙著招收學徒，尤其是女子。我搞不清楚，也不想搞清楚她爲何這麼做。她大可去任何地方。她沒有自己的房產或莊園需要照料，也沒有組織家庭，所以有大把的時間可以運用。」

艾兒希捏捏巴克斯的胳膊，好似在說，**我知道她在雞同鴨講。但再等一等，讓她說完。**

她細細琢磨公爵夫人的用詞，再從自己覺得最有利的地方下手。「沒有房產或莊園？她不是從制咒師的職位退下來一段時間了？」

「喔，是啊。比我再早一些。」莫里斯夫人又開始捲弄頭髮。「但她沒有家產可以繼承。她甚至不是英國人。」

艾兒希吃了一驚。「她不是？」默頓看起來就是英國人，口音也是。

「噢，她不是啊。」公爵夫人不耐煩地擺擺手，好似失去了興致，注意力開始失焦。「她是在戰爭中跟父母從俄國逃過來的。父母雙雙過世後，她流落到這附近的一家救濟院。她很久以前在學府時提到過一次。」

艾兒希思緒飛轉。俄國？莫里斯夫人說的是克里米亞戰爭（注）嗎？默頓想必快六十歲了，從年齡推算，絕對會遇上克里米亞戰爭。她當時應該只有……那場戰爭發生時，她大概跟埃米琳現在的年紀差不多？

「她的身世眞是不幸。」巴克斯見艾兒希在發愣，連忙接話。

「噢，是啊。」艾兒希趕緊點頭。「眞是不幸。」

莫里斯夫人聳聳肩。「那是很久以前的事，她之後也沒再提起過。有些人啊，總是把悲傷的往事掛在嘴邊，想搏取別人的同情，但莉莉不是那種人。」

艾兒希放手一搏地問：「您記得她是如何取得資格、進入學府的嗎？救濟院的過去……很難被抹滅。」她自己也是出身自救濟院，很清楚這點。更何況，制咒師的學費十分昂貴。

公爵夫人嘆口氣。「窮苦的人只有一條路可走啊，肯登小姐。她獲得了資助。」

巴克斯說：「之後您就把她收入羽翼之下。您眞是好人，願意伸手幫助比您階級低這麼多的人。」

一抹悲傷居然閃現在莫里斯夫人臉上。「噢，當然了。當時……」她坐挺身軀。「嗯，現在都不重要了。妳還有別的問題要問嗎？」

「噢，拜託，公爵夫人，」艾兒希兩手緊緊交握在一起。「我實在想聽聽您的慈善事蹟。」**把妳知道的都說出來吧**，拜託。

莫里斯夫人噘嘴打量著艾兒希，害得艾兒希有些心虛，擔心自己講得太過頭。但好聽的恭維話顯然派上用場，公爵夫人的肩膀微微放鬆下來。「那是好久以前的事了。就算是我那個愚蠢的父親頭腦發熱吧，讓全家跟著他威信掃地，一敗塗地。」她哼了一聲。「所以，我和莉莉應該是彼此照顧、互為庇護，直到我結婚。」她虛指了下牆上的公爵畫像。「莉莉是個好人，虔誠的基督徒，為了和平努力奔走，還有捐贈食物給窮人，以及一些亂七八糟的人。她比任何人更知道報恩，甚至在她的資助人年邁時，在經濟上給予援助。後來他去世，莉莉為此還相當傷心。我已經有段時間沒見到她了，大概是從……」

莫里斯夫人的手指輕敲著下巴。如果她是在回想，那她很可能會想起那家帽店，接下來就是在店裡發生的那場意外——

艾兒希輕輕踢了踢巴克斯的腳。

注 一八五三～一八五六年間在歐洲爆發的戰爭，俄國與英國、法國為爭奪小亞細亞地區的控制權而開戰。

「謝謝您撥冗面見我們，公爵夫人。」巴克斯連忙告辭。他起身朝艾兒希伸手，艾兒希扶住他的手也站起身。他在會客室裡顯得特別高大，也許是因爲莫里斯夫人頂多只有一百五十公分高吧。不過，從莫里斯夫人表現出來的姿態來看，她顯然並不覺得自己個子嬌小。

「噢，這是我的榮幸，助人爲樂。」莫里斯夫人微微一笑。艾兒希沒再提起參觀府邸的事，夫人好像也忘記了，沒有發出邀請。公爵夫人送他們來到門廳，然後由一個穿著體面的僕人送他們離開。

艾兒希心不在焉地跟著巴克斯朝馬車走去。**克里米亞戰爭、遠離故土、熱心助人。**這實在不像是一個連續殺人犯。

巴克斯將馬車駕駛上路後，艾兒希問：「你覺得她宣誓效忠大不列顚的時候，心裡會不會糾結？她居然是俄國人！她的言談舉止優雅，穿著打扮全都跟得上英國的潮流——」

「艾兒希。」巴克斯下巴一揚，提醒著附近還有別人，只見前方另一名僕人爲他們打開入口大門。「一個外來人必須想辦法融入，否則會遭受排擠。有時，妳甚至意識不到自己有在刻意融入。假若默頓法師想在倫敦的靈性宗派領域中有所作爲，就必須徹底被同化，不能讓別人感受到一絲異樣。對我們這種人來說，是不得已爲之。」

艾兒希愣住。她看著巴克斯，他的深色肌膚、長髮、高大的身形。他剛剛一直使用英國口音，沒有像之前那樣換回到家鄉口音。他的父親是英國人，但母親是葡萄牙的阿爾加維人，卻又從小在巴貝多島上長大。他穿著像英國人，說話像英國人，但外表看起來一點也不英國。艾兒希都忘了他的與眾不同。

難怪亞莉珊卓．萊特會盯著他瞧。

「我有沒有冒犯到你？」她意識到自己屏息地等著他的回答。

「沒有。」巴克斯把韁繩換到左手上，右手伸過來，將掌心覆住她的手指。「妳沒有。」她不知道他現在的巴貝多口音是自然流露出來的，又或者只爲了安慰她。「不過當妳完全融入了上流階層，妳就容易忽視身爲異類所帶來的痛苦。」

艾兒希點點頭，大著膽子用另一隻手覆在他手上。「我沒經歷過這種事，所以難以體會，但我想你說得沒錯。」她想起了奧格登，想起他對她的坦白。他也是異類，也隱藏得很好。「不知道默頓法師這種一輩子都擺脫不掉的痛苦，會不會扭曲了她的心態，才使得她做出那些殘酷行爲。」

因爲如果莉莉．默頓法師眞希望世界和平，就像莫里斯夫人說的那樣，她怎能殘忍地殺害那麼多人？又爲何想要奪取權力？

還有，那個美國人在這一切之中又扮演了何種角色？

艾兒希感覺距離眞相越來越近。只是在每一個轉彎處，都有更多的問題等著她。

經過牢獄之災後，要想回到常軌竟是如此困難。

艾兒希想辦法讓心情沉澱下來，專心為奧格登訂購所需的各項材料，因為奧格登十分幸運地又接了兩個案子。其中一個是那個討人厭的鄉紳所委託，休斯先生想做一尊自己的半身像，他似乎擔心造訪的客人會不清楚他的樣貌。另一個案子則是來自鎮外，案主並非小鎮居民。奧格登跟艾兒希一樣，都需要找事情做好分散注意力。最近，他若不是在倫敦潛行、窺探陌生人的念頭，就會異常地一邊默默作畫，一邊嘀嘀咕咕。

上午，艾兒希滿心歡喜地步行到鄉紳的府邸，儘管她不喜歡那個人——真可惜他不是凶手——但她滿喜歡他的管家派克先生。派克先生彬彬有禮，很有效率地把她所需的尺寸等相關資料一一告知。艾兒希納悶，如果她在安置雕像前偷偷動手腳，例如點上一枚不為人知的痣，或一顆歪掉的牙齒，不知奧格登會不會發現。不過，如果她害奧格登就此丟掉飯碗，她也得跟著挨餓了。

幸好，她現在有個丈夫可以倚靠。

艾兒希頓時猛然絆了一下，好不容易才穩住自己，沒把裝著畫紙的側背包甩到地上。**丈夫**。這一切就像一場怪夢，對吧？最糟的是，他們兩人仍然沒有討論婚後的計畫。巴克斯要如何分配和平衡他在巴貝多和英國的日子？又或者，他壓根沒想到要分配。就她所知，巴克斯可能打算讓她住在倫敦的宅邸，他自己則跑回巴貝多找個情婦，或者一個不夠就找兩個。這是個不錯的折衷辦法，不是嗎？

想到這裡，她的胃彷彿破了一個大洞。如果巴克斯有誠心跟她求婚過，那就完美了。只有這樣，她才能確定巴克斯是真的想要她。

「噢，肯登小姐！」

艾兒希一聽到後方傳來那個熟悉的聲音，整個人一凜。她連忙假裝沒聽到，繼續往前走，越走越快。

「肯登小姐！」

艾兒希咬咬牙，隨即深吸口氣，再轉身抬手假裝遮住陽光，但其實她的帽子早就做了這件事。「喔，萊特小姐們，妳們今天好嗎？」

蘿絲和亞莉珊卓・萊特匆匆忙忙走上前來，裙子揚起一陣塵土。「我們眞是開心呢。」亞莉珊卓興奮地微踮起腳尖。

艾兒希挪了挪側背包的位置。「開心什麼呢？」

「開心什麼？」蘿絲・萊特說，一手捂住胸口。「當然是因爲妳訂婚了啊！」

他們的婚禮啓事應該還沒上報吧。艾兒希來不及開口詢問，亞莉珊卓・萊特已經逕自說出答案：「昨天妳走了以後，我們去找埃米琳確認過了！我不得不承認，那眞是一輛不錯的馬車。」

「是啊。」艾兒希敷衍地回應。

「一輛十分不錯的馬車。」蘿絲．萊特附和：「還有一位高大的男子。」

「一個外國人。」亞莉珊卓說得彷彿艾兒希不知道一樣。

「沒錯。」蘿絲說：「快跟我說說，他是土耳其人嗎？」

艾兒希好想脫口警告這兩個女人，她們沒有權利過問她的私事。她們壓根不在乎她的幸福，她根本不是她們關心的重點。「他來自巴貝多島。」

「巴貝多島！」蘿絲輕呼出聲，她妹妹則追問：「那是在哪裡啊？」

「土耳其附近。」艾兒希說謊。

亞莉珊卓轉向蘿絲。「嗯這說得通是吧，妳又猜對了。」

「他是政府官員嗎？」蘿絲問。

艾兒希四下張望，希望有人上前來打斷這場探聽。「官員？妳是指軍官嗎？」

「不是，她指的是警官。」亞莉珊卓說。

「上個星期，我們在石器作坊看到警察了。」蘿絲補充解釋。

艾兒希的臉色蒼白。「他——差不多吧。」

「但是，」亞莉珊卓更像是在對她的姊姊說：「一名警官怎麼能有那麼好的馬車？」

艾兒希清清嗓子。「不好意思，我還有工作要做。」

「噢是啊！」蘿絲大喊。「妳是職業婦女，我都忘了。這不是很好嗎，有人可以照顧妳。」

艾兒希蹙眉。「的確。」

「記得請我們喝茶。」亞莉珊卓毫不客氣地說：「能夠迎頭趕上也不錯。」

艾兒希皮笑肉不笑地回答：「我會的。」

姊妹倆咯咯笑著揮手道別，艾兒希連忙快步走開。她寧可生吞茶葉，也不願浪費時間和這兩個蠢蛋喝茶。她深深嘆口氣。

船到橋頭自然直，別擔心了。

只要她堅信如此。

她打算抄捷徑回家，從郵局後面繞過去。就在此時，她看到一個女人站在雙輪輕便馬車前，舉高一張紙讀了讀，又掃視著銀行附近的房子。女子看起來三十出頭，淺棕色頭髮向後夾起，頭上戴著時髦的帽子。她鼻梁上的銀框眼鏡折射出陽光。艾兒希不認識這個女子，她應該不是來自布魯克利南方的鄰鎮克朗林。女人的穿著太過文雅，而且她後面的馬車上並沒有車伕，這表示那輛車是她自己所有。

艾兒希來回張望，然後快步過馬路朝女子走去。

「不好意思。」艾兒希試探著。「您是不是迷路了？」

女人看著她猛然鬆了一口氣。「確實是，謝謝妳。我已經問了兩次路，一定是那位紳士指錯路了。」

艾兒希微微一笑。「男人的確會指錯路。您要去哪裡？」

女子把手中的紙遞過去給艾兒希看，紙上寫著一個熟悉的地址。「我要去這家石器作坊。那裡有個石匠對吧？否則我得回到倫敦重頭再找一次。」

艾兒希輕笑出聲。「有的。我現在就要過去那裡。」

「真是太感激妳了。」女子接著收好紙張，跟著艾兒希前進。「我聽說他是一個造像師。」

艾兒希心裡頓時警鐘響起，後來才想起來奧格登用來掩人耳目的花招。「是，他是初階物理造像師。他的魔咒只用來協助創作，效果十分出色。」

「那太好了。噢，妳看，」女子指著窄路通往的高街。「我剛才應該直接走過去，沒有注意到那條路。」

兩人經過了鞋匠店鋪，繼續往前走。今天的雲朵呈現鬆散狀，一朵朵地分散，任由陽光直射下來。一進到屋裡，艾兒希終於鬆了一口氣。她扶住作坊前門讓陌生女子進門。

埃米琳正在工作室裡，手裡拿著一根掃把，她抬起頭來看到女子。「噢，哈囉。」

「哈囉！」女子大喊，繞過桌子，走進工作室，朝埃米琳伸出一隻手。「我是艾琳．普雷斯科（Irene Prescott）。妳一定是艾兒希．肯登？」

埃米琳搖搖頭。「您才剛跟她一起進門呢，女士。」

普雷斯科女士轉身過來。「噢，老天，我剛才應該做自我介紹的。」

艾兒希的手腕開始發癢，就像破解了四十多個魔咒一樣。「我也是，應該先做自我介紹。」**妳想要做什麼？**「請問您有什麼事嗎？」

普雷斯科女士走了過來，朝艾兒希伸出一隻手，艾兒希遲疑地與她握手。「妳有收到我的信嗎？」

「今天的郵差遲到了。」埃米琳說。

「噢，這樣啊。」普雷斯科女士放開艾兒希的手。「我是委員會派來的，來爲妳登記造冊，並且開始幫妳進行破咒師的訓練。」

艾兒希聞言瞪大雙眼，隨即回神並趕緊閉上張大的嘴。「噢——噢，原來如此。」

普雷斯科女士打開小包包，拿出一捆紙放到櫃子上，然後轉向埃米琳說：「親愛的，妳有筆嗎？」

埃米琳點點頭，放下掃把快步走到書桌旁，從桌子下方拿出鋼筆和墨水。

「請妳填一下資料。」普雷斯科女士把那疊紙推過來給艾兒希。艾兒希快速翻閱了一下，全是一些個人問題，例如年齡、外貌特徵、身高，以及她的家族歷史等等。嗯，她不知道的事也無從告知了。

艾兒希緊抿雙唇，拿起鋼筆並默默提醒自己不用緊張；登記造冊的手續本來就在他們的計畫內。登記造冊、受訓一段時間，然後她就自由了。以後就能正大光明地使用她的能力。她可以賺更多的錢，那樣就不會成爲巴克斯的負擔。

巴克斯。

艾兒斯這才意識到，她在某一欄裡寫了他的名字，於是連忙擦掉換成她自己的年齡。

普雷斯科女士見狀微微一笑。「我也經常忘了自己幾歲。」

艾兒希點點頭，翻到下一頁。

「妳的家族歷史，能幫助我們追溯妳的魔法傳承鏈。」普雷斯科女士進一步說明。

「我是個孤兒。」艾兒希說，但她也不敢肯定。她接著開始填寫第二頁的資料。

普雷斯科女士還算知情達禮，知道自己有些莽撞，不好意思地說：「我很抱歉。」

艾兒希填寫完畢，最後簽上姓名。普雷斯科女士也在上面簽了名，然後將紙張整理整齊。

「我本來要請妳去倫敦辦理手續的，但我知道學府對妳來說太陌生，妳不太方便，所以我決定親自前來。」

艾兒希挺直腰背，搓著手上沾到的墨水。「謝謝，您眞是好心。」

「但是，爲了妳的訓練課程，我們還是要出門跑幾個地方。」她繼續說：「當然是要去四大宗派的學府了，如此才能蒐集妳所需要的魔咒，進而用來練習破解。必要時，我們需要一位制咒師從旁協助，但他們通常都很忙。」

「我還要上班呢，普雷斯科女士。」

對方理解地一咋舌。「我知道，但是妳的訓練很重要，擁有優先權。魔法，即使是簡單的破咒魔法，如果沒有經過恰當的指引和約束，是十分危險的。」

簡單的破咒魔法。艾兒希差點哼了一聲。在她看來，破解魔咒遠比施放魔咒複雜得多。制咒師甚至都不知道自己施制的魔咒長什麼模樣呢。他們看不見符文、聽不見符文，對符文一無所知。但普雷斯科女士有句話說得**對**——如果沒有接受訓練，魔法是很危險的。艾兒希十歲時，因爲還不知道自己擁有破咒法力，就在無知的情況下間接燒燬了那座救濟院。

她想起了默頓法師。

「當然。」艾兒希回答，努力抓回自己的注意力。「只是，嗯，我一個月內就要結婚了。」她的胃猛然一揪，他們甚至還沒訂下日期。她是不是把巴克斯推進一個更加密不透風的牢籠中？

「噢，恭喜！嗯，也許我們可以避開婚禮那天。」

埃米琳插話進來：「新郎也是一個制咒師。一個法師級物理造像師。」

普雷斯科女士聞言，不禁圓睜著雙眼。「眞的嗎？」

「他最近才剛成功晉升。」這樣聽起來比較有說服力。像她這樣的平民，贏得的是當時還是一個高階造像師的心，而非法師級造像師，兩人之間的階級不至於太過懸殊。不過，現在她即將成爲正式的破咒師，她本人的階級也會隨之提升。雖然破咒師沒有獲得頭銜的資格，但這個職業在社會上有一定的聲望。破咒師稀少卻有其存在的必要。而且身爲一個破咒師……單單是這個職稱，就代表這個人有富足的錢財。

「嗯，也許我們會需要他的服務。」普雷斯科女士把資料收回包包裡。「我很快會再跟妳聯絡。我剛才看到這裡有郵局，所以收發電報應該沒問題吧？」

艾兒希點點頭。

普雷斯科女士又伸手過來，艾兒希與她握手。「很高興認識妳，肯登小姐。別擔心——再過幾年，妳就能準備好把世界扛在肩膀上了。」

艾兒希微微一笑，克制住心裡的詫異。幾年？

老天，這將會是她這輩子做過歷時最長的僞裝。

上天保佑她。

7

當晚，在埃米琳上床睡覺後，艾兒希敲了奧格登的門。

她等了一會兒，頂著一頭亂髮的奧格登這才打開門。「抱歉把你叫醒。」艾兒希說：「但我可能想到一個辦法了。」

奧格登嘆口氣。「妳沒吵醒我，我根本沒睡著。我現在無法像以前那樣入眠了。」他朝埃米琳的房間瞥了一眼。「我們下樓談。」

艾兒希用手護著燭火，帶頭朝樓下的廚房走去。她了解奧格登的困境——她也同樣輾轉反側、難以入睡，而且很早就醒來，滿腦子胡思亂想。她擔心未來，也擔心當下面臨的問題，而且替奧格登感到惋惜。經過九年的操控後，他終於重獲自由意志，但似乎依舊煎熬其中。

來到廚房後，她又另外點燃兩根蠟燭，然後坐下，把睡袍外的披肩緊緊拉攏。奧格登坐在她對面，搓揉著雙頰上茂密的鬍碴。

「我想了一遍又一遍……我是指朱尼伯唐的事。」她同時留心著木階梯的動靜，如果它發出吱嘎聲就表示埃米琳醒了要下樓，不過此刻屋子裡十分安靜。「那個美國人說，他知道我的名字，是因爲從報紙上看來的。那上面刊出了我的文章，但我這輩子從沒刊登過一個字。」

奧格登點點頭。「這我記得。」

艾兒希傾身向前。「有沒有什麼方法，可以用作者的姓名搜尋報紙上的文章？」

奧格登坐挺身子。

「那個美國人說是歐洲和美國的報紙。所以，其中一些文章必定在英國刊登過。」

幸好奧格登點點頭。「沒錯。在科林達（Colindale）那裡有個報章收藏館，收藏了數十年以來的報紙。如果那裡有人專門負責歸檔記錄，我們應該可以用妳的名字來搜尋。」

艾兒希興奮得全身一陣酥麻。也許那些報紙可以揭開這個謎題的另一部分。「科林達不算太遠。」如果她沒搞錯，它就在倫敦的北邊。

奧格登點點頭。「我們可以早上過去。」

艾兒希咬唇。「我可以去，你現在手上的案子還有交件期限呢——」

「我跟妳一起去。」奧格登重申：「如果鄉紳發牢騷，我會讓他知道他管太多了。」

艾兒希愣住。「可以嗎？」

奧格登只是盯著她瞧。

「好吧。」艾兒希輕手輕腳地站起來，以免椅子刮到地板。「科林達一定會是個不錯的起點。我們天一亮就出發。」她轉身要走，又突然停下來。她轉過身。「奧格登？」

奧格登正好掐滅其中一根蠟燭的燭火。「嗯？」

艾兒希內心交戰著，但比起自己瞎猜、焦慮害怕，還不如冒險得罪他。至少，此時此刻她就能解決掉這層顧忌。「我要你答應我，你永遠不會改變我的心智。除非我要求你。」這樣要求自己的老闆實在放肆，不過坦白說，庫斯伯特・奧格登早已不只是她的雇主了。

奧格登撇嘴。「我如果那麼做，妳應該會察覺到。」

「但你有辦法讓我察覺不了，對吧？就像以前那樣。」

奧格登緊抿著唇，下巴撐在兩手上。「也許吧。但是妳現在的內在力量增強了，艾兒希。妳的能力……讓人敬畏。」

「不過，」艾兒希努力鎮定，免得自己得意忘形。「我還是需要你給我一個承諾。」

「好，我答應妳。」奧格登的聲音帶著一絲哽咽。「我答應妳，艾兒希，我以雙親和我自己的墳墓發誓，永遠不會用魔法影響妳的心智。」

那張藏在她束腹下的藝譜集瞬間變得好沉重。她想起默頓操控她做的那些壞事，想起巴克斯——巴克斯對她的理解和耐心一定有底線——而她正在逼近那條底線。但她完全不知道藏起的這頁魔咒，究竟能抹除掉她多少污點……

「除非我自己開口要求你。」艾兒希輕輕地補上一句。

奧格登挑起一道眉毛。「除非妳自己開口要求我。」

艾兒希滿意了，拿起蠟燭走上樓梯。奧格登留在原地，坐在微弱的燭光中沉思。

大英博物館的報章收藏館完全與宏偉堂皇搭不上邊，它的外觀保守樸素，不過艾兒希對此一點都不在意。奧格登扶住大門，她側身閃了進去，迎面而來的是一排排的書籍、抽屜和櫃子。它們都經過有人用心的管理。

沒一會兒，奧格登指著某處。「這邊。」

艾兒希跟隨著他。「你是不是潛入某個管理員的大腦？」

奧格登無奈地看著她，抬手指著一塊分區標示牌。標示牌明確寫出報紙區，以及報紙的年份。艾兒希頓時感到難爲情，只能不吭聲地跟著奧格登往前走。

現在的問題是，她不知道她要找的是哪年哪月。那個美國人究竟花了多久時間才把她找出來？還有，如果這些文章並不是以作者姓名作爲索引，那要想找到目標報紙簡直是天方夜譚。

尤其這裡的管理員絕對不可能允許她將報紙抱回家一一翻找。

一名老先生從旁經過，瞥了他們兩人一眼，又繼續往前走。

「這裡。」奧格登指著老先生走來的方向，那裡的牆邊排列著一個個小型木抽屜。艾兒希克制住跑過去的衝動。那些抽屜的分類有日期、地區，還有——

「作者。」艾兒希輕呼，手指觸摸著一個抽屜上手寫的姓氏。她連忙瀏覽一遍，然後跪低身子，來到C的分區前。她拉出一個小抽屜，抽屜上寫著：卡、科、肯、康、凱……

奧格登在她身旁也蹲了下來。這個抽屜比她預期的瘦長許多。裡面塞滿上百張小卡片，上面全是手寫的姓氏，只不過字跡和墨水的顏色不一樣。她聯想到了造像魔法，但這裡並沒有設置任何魔咒。她謹慎地用指甲撥開一張張卡片，很快就找到了她的姓氏。

然後是她的姓名，**肯登，艾兒希**，這幾個字潦草地寫在一張卡片的上方。她抽出那張卡片。卡片上標明的文章只有三篇，不過每一篇都清楚寫明存放區塊。她連忙和奧格登分配工作開始搜尋。艾兒希最後來到收藏愛爾蘭報紙的區域，花了一些時間才找到她要的報紙，而奧格登已經找到那兩份英國報紙。他們沒回到入口附近的閱讀區，就地把報紙放在索引櫃上方。

「這裡，」奧格登說著，指著一篇報導文章。「就刊登在頭版。」

艾兒希靠過去，讀著標題：**美國宅邸失竊珍品**。

她疑惑了一聲。奧格登看著她。

「這種報導爲什麼會登上倫敦一份報紙的頭版？」她指著粗寫字體：**曼徹斯特衛報**（*Manchester Guardian*）。日期是一八八七年四月五日。八年前。

兩人默默讀著那篇報導。文章並不長，甚至沒有塞滿這一版面。它所提供的信息更是讓人莫名其妙，不僅沒指出是什麼珍品遭竊，也沒提到是哪座宅邸。不過有一段話十分古怪：**事主將會出高價追回那些黑鳥**。這句似乎意有所指，但文章中沒有其他地方再提起這些鳥。就這麼突然冒出這一句，相當突兀。

奧格登開始翻找下一份報紙，《每日電郵報》（*Daily Telegraph*），艾兒希的姓名出現在第二頁，就在大標的下方。大標是：**靈性造像魔法越過池塘**。篇幅同樣簡短，也同樣沒有重點，沒有閱讀的價值。報紙的出刊日期是在去年，其中有一句文法邏輯都不通順的句子：**好可惜，如果一個特納無辜承受，萬事俱休**。

「我隨便寫寫都比這篇文章好看。」艾兒希邊說邊把報紙翻回頭版。

「因爲這些爛文章都是小人物寫的——噢，我不是針對妳。」奧格登附和：「這個作者應該就是莉莉・默頓，她應該花了一筆錢才讓文章登上頭版，讓人一眼就看到。」

艾兒希翻開那份愛爾蘭的《通訊報》（*News Letter*），想當然爾，她的姓名出現在頭版上。標題是：**洲際旅行的危險**，旁邊還附上一張豪宅的照片，但沒有照片說明。這篇是三篇裡篇幅最短的。文章提到的是波士頓的危險之行，但具體什麼也沒有講到。這篇是四年前所寫。

艾兒希輕敲著櫃子。「這些一點都沒有幫助啊。」

奧格登從後臂上的小腰包裡抽出一本素描簿。「我們把它們抄下來。」他撕了一張紙給艾兒希，自己拿起愛爾蘭報紙開始抄寫，甚至把那張褪色的豪宅照片也臨摹下來。艾兒希則用鉛筆抄下那篇造像魔法的文章，然後反覆檢查三次，確定沒有任何遺漏，才繼續抄下一篇美國宅邸的文章。

「一定不只這些。」她小心地摺好紙，不想抹到鉛筆的石墨。「一定還有什麼，才會刺激那個美國人跨海來找我。某種暗語之類，而且是我們看不出來。」

「我們需要深入追查。也許找找美國報紙。」

艾兒希搖搖頭。「從美國寄信過來，起碼要一個月後才收得到。」

「我使用靈訊（spirit line）。」奧格登闔上素描簿。

靈訊是十八世紀美國獨立革命前不久，由靈性造像師們開發出來的通訊系統。造像師可以用攜帶信息的投射靈像，與海外的造像師——例如冰島、格陵蘭、加拿大——聯繫，通訊速度比船運甚至是電報快上許多。

「費用太昂貴了，奧格登。」艾兒希咕噥著。

但奧格登搖搖頭。「我樂意花這筆錢。只是妳這個月的零用錢要變少了。」

艾兒希深吸一口氣。「我很樂意。謝謝你。」

兩人順道去倫敦傳了靈訊，因此比預計的回家時間遲了一些。奧格登傳訊去美國的國會圖書館，另外還挑選了幾個歐洲國家的圖書館。他換幣支付郵費時，艾兒希看著那麼多的英鎊就這麼一去不復返，心不禁揪在一起；看來接下來的幾個星期，他們都要吃包心菜了。**我越快成為合格的破咒師，就能越快開始賺錢。**

而艾琳・普雷斯科似乎也同意艾兒希的想法，因爲艾兒希一回到房間，就看到床上放著對方寄來的電報。普雷斯科女士希望明天與她在倫敦碰面——這位女士還眞沒把她需要工作的事實放在心上——開始破咒師的訓練課程。而床頭櫃上還有一封魔法鉛筆寫下的信息。一看到那上面熟悉的筆跡，她的胃微微一揪。

> 希望這能引發妳的興致，請妳明晚過來七橡園用餐。妳可以藉機進一步詢問公爵夫婦，還有，我向妳保證，艾布蘭太太絕對會缺席。

艾兒希微微一笑。

「埃米琳，我想請妳幫一個忙？」那三篇報紙文章一直壓在她心上，她迫切地想要再重整思緒，更仔細地研讀一番。

「當然，要我幫什麼忙？」

「幫我跑一趟郵局，回信給普雷斯科女士。」艾兒希把那份電報遞給埃米琳。「問她願不願意到肯特郡的七橡園爲我進行訓練。告訴她，那裡會有一名造像師協助我們的訓練課程。」

埃米琳會心一笑。「十分樂意。那……**那個呢？**」

她指著艾兒希枕頭上新到的小說期刊。艾兒希完全沒留意到它。

艾兒希愣了一下，這才想起男爵和他的紅寶石故事。「妳拿去看吧，小埃。」埃米琳一聽頓時眉開眼笑。「我最近有些私事得先處理。」

8

翌日，就在午餐過後，貼心的紳士巴克斯派了一輛馬車過來接她。艾兒希穿上了第二好看的連身裙。巴克斯上次已看到她穿了最好的那件，所以今晚不能再穿同一件了。她擦亮一顆顆鈕釦，戴上漂亮的帽子，期望能配得上公爵夫婦的晚宴。她誤打誤撞擠進了上流社會——不過等她完成破咒魔法的訓練後，也能晉升階級，但在眞正的貴族光芒下，仍然會感到相形失色。她也擔心自己會不小心說漏嘴，洩露他們訂婚的細節。如果她說的與巴克斯的版本不同，到時怎麼辦？公爵夫婦如此看重凱爾西法師，如果他們發現艾兒希嫁給他只是爲了活命，又會有什麼樣的反應？

前往七橡園的路上，她一直憂心忡忡、滿腦子胡思亂想，只能盡可能讓自己鎭定下來。管家引領她來到會客廳，普雷斯科女士和巴克斯已經坐在裡面等她了。艾兒希一走進去，原本正在交談的兩人立刻停住，巴克斯一如往常地彬彬有禮，起身迎客。艾兒希的目光首先移向他，他穿著他們上次去尹普斯威奇那件藍色背心。也就是他當著她的面脫下的那件，只爲了讓她破除他胸口中的時間和物理魔咒。一想到這裡，艾兒希的臉頰開始發燙。室外的太陽高高掛空，但尚未直射進來，室內的光線使得他的膚色更加深沉。他的長髮向後梳成一條反摺的馬尾，就懸掛在他的後頸上。

普雷斯科女士一身時髦的紫蘿蘭禮服，比起艾兒希的連身裙體面太多，精心上過髮捲的淺色頭髮也一絲不苟地盤夾起來。

「希望我沒有遲到。」艾兒希又瞥了巴克斯一眼。

「妳沒遲到。」普雷斯科女士回應：「是我早到了。我習慣早到。」她兩手一拍，轉向巴克斯。「凱爾西法師，我們要從哪裡開始呢？」

巴克斯往兩人之間的矮桌一指。「就在這裡吧。」

「太好了。」普雷斯科女士伸手往地上的一個大袋子裡翻找。艾兒希有些尷尬，走到巴克斯身旁站著。

「謝謝你。」艾兒希低語。

「我想親眼看看妳如何應付。」巴克斯回應。他沒笑出來，但話語帶著濃濃笑意。

艾兒希翻白眼。「抱歉，這一點都不好笑——」

「來吧！」普雷斯科女士在矮桌上放了一個小錫盤和一瓶水，然後跪到桌子旁邊。巴克斯拉來一張椅子給艾兒希，艾兒希感激地坐下，免去也要一起跪著的尷尬處境。

「我和凱爾西法師剛才聊過他的專長，我想我們可以直接開始。」普雷斯科女士拿起瓶子，倒了三分之一的水到小錫盤上。「首先，艾兒希，我想和妳討論一下符文。妳知道每一個魔咒都有一個符文。」她伸手從大袋子裡拿出一本薄薄的書，遞給艾兒希。艾兒希翻開封面，只見書頁裡有各式各樣的符文。它們按照顏色分類：藍色是物理符文，紅色是理智，黃色是靈性，綠色則是時間符文。艾兒希幾乎認得書上每一個符文，有硬化魔咒、軟化魔咒、控情魔咒、好運魔咒、植物熟成魔咒等等。

她突然意識到，她必須假裝不認識這些符文。

「造像師看不到這些符文——」普雷斯科女士指著巴克斯。「嚴格來說，我們也看不到，除非那是物理符文。可以這麼說，每個宗派的魔法都有各自的脾氣。我們能看見物理符文，正好這裡又有一個物理造像師，所以第一堂課就從物理宗派開始吧。而靈性符文是聽覺性的，時間符文是嗅覺性的，理智符文則是觸覺性。以後我們學習到這三個宗派的時候，妳就會明白我在說什麼。」

艾兒希瞥了巴克斯一眼，巴克斯似乎聽得津津有味，但也許他只是假裝得很好。**我早就知道這些了**，艾兒希想這麼說，卻不得不把話嚥到肚子裡，但即便是嚥下去了，這幾個字仍然不安分地懸在喉中。普雷斯科女士會把破咒魔法的所有基礎知識一一搬出來，鍥而不捨地傳授給她，而艾兒希只能默默照單全收。如果她一抱怨，就會露出馬腳、等著被丟回去監獄裡。

「肯登小姐？」

艾兒希的目光猛地看向普雷斯科女士。「噢，對，這相當有趣呢！」

普雷斯科女士微微一笑。「來，我會讓妳明白我在說什麼。凱爾西法師，請你把這個凍結。」

巴克斯傾身向前，伸手碰了碰小錫盤。水凍住的剎那，魔法令艾兒希全身一陣微微麻癢，一個閃著藍光的符文跳出來。這個改變水形態的魔咒只是個初級咒語。但以巴克斯的能力，他可以施放一個較強的魔咒——一個更加複雜的符文，也更難以破解——不過，巴克斯知道普雷斯科女士打算從最基礎的魔法開始，所以只是單純的把水凍結。

艾兒希絕對能在彈指間破除那個符文，但她只是說：「眞美。」

「是啊，我一直都覺得它們很美。」普雷斯科女士把小錫盤推到艾兒希面前，向艾兒希說明符文是如何形成的，破咒魔法又該如何施用，接著又說所有的魔咒都像是代數公式——

代數……什麼？什麼鬼？艾兒希向來是把符文看成需要被解開的繩結，與數學沒有任何關係。普雷斯科女士如此比喻簡直是化簡爲繁。先用什麼總和，再用什麼除法，然後確定著手點……而艾兒希單純就是拉扯符文纏結，直到線頭鬆動露出來。她十分懷疑，這種算數得到的結果會比她的方法更快。

她還在講，艾兒希心中無比哀怨無奈。她太囉嗦了，現在連巴克斯都應該知道如何解開這道魔咒了。

「來，妳在書裡找出同樣的符文。」普雷斯科女士說。

艾兒希忍住咬牙切齒的衝動，翻開了書。她一下就看到那個凍結符文，卻要假裝花了一番工夫好不容易才找到。「在這裡。」

「很好。現在，我要妳拿這個符文做練習，計算一下，然後告訴我，妳覺得應該從何處下手。」

艾兒希克制住哀號的衝動。**從右上角**，毫無疑問。她只好安撫自己繼續演戲，但也很清楚，自己殘存的耐心正在瓦解崩潰中。

又過了十五分鐘，**整整十五分鐘**，普雷斯科女士才讓她試著破解那道符文。艾兒希再一次裝笨，故意犯錯重頭再來，最後才把冰化回成水。

然後，她又練習了一遍，一遍又一遍。

艾兒希就快要抓狂。

課程進行了整整兩個小時，在冰化回水之後，巴克斯又硬化了一塊茶點、透明化一枚硬幣，全都是初級的物理魔咒。每一個魔咒、每一次的練習，普雷斯科女士都要從頭講解破解方法；每一個魔咒、每一次的練習，艾兒希都要假裝聽得入迷。她裝得極具說服力，所以贏來普雷斯科女士一邊誇讚她，一邊收拾裝備。三人道別後，艾兒希耐住性子等了幾分鐘，直到那名破咒師的腳步聲走出會客廳、繞過另一頭的轉角。那裡的牆上有一面牧羊草原圖樣的掛毯。

巴克斯一切都心領神會。「妳做得太好了。」他嘉許地說。

「我這輩子從沒做過這麼滑稽可笑的事。」她嘶聲說：「就算是小孩子，也會覺得這太可笑了。」

他的嘴唇一勾，微微一笑。「但妳表演得不錯。」

艾兒希兩手環抱自己，沒去理會發癢的雙腕。剛才雖然沒有破解大型魔咒，但仍是破除了多到數不清的小魔咒。「她說好幾年，巴克斯。她說我得受訓好幾年，但我演不了那麼久……」

「也許妳會學得比別人快許多啊。」

「但我不行。」艾兒希放下兩隻手。「我不能學得比別人快，巴克斯。絕不能讓他們起疑，然後對我展開深入調查。」

他臉上的微笑消失了。「是啊，沒錯。」

艾兒希嘆口氣，看向窗外。那裡有一條美麗的步道，步道兩側是開得燦爛的橘花和粉色花朵。再過去，就是那晚艾兒希偷偷潛入公爵府邸的樹林。就是在那一晚，艾兒希被巴克斯抓到非法施用破咒魔法。那晚，艾兒希被指派的任務是破除僕人房門上的魔咒。她以為那些僕人受到主人壓榨，她是來解救他們的；但事實是，默頓企圖破壞公爵府邸的保全魔咒，而她這麼做的目的很可能是為了潛入刺殺巴克斯。謝天謝地，當時巴克斯阻止了艾兒希。謝天謝地，巴克斯給了她機會將功贖罪，沒把她移送處刑。

「但她為什麼非要你啊？」艾兒希大聲質問。

「什麼？」巴克斯一頭霧水。

「兜帽人——默頓——當時派我來破解僕人房門上的魔咒。」她投降了，開始搔抓手腕。「你那時只是個高階造像師，而且才剛到英國。你以前並不認識她。她為什麼想要你的藝譜集？」

巴克斯傾身向前，雙肘撐在膝蓋上。「也許她想要的不是我。公爵有一本繼承來的藝譜集，是從他的曾……曾叔公那裡繼承的。那是一本時間藝譜集，就放在藏書室裡，一個上鎖的玻璃櫃中。如果默頓真為了壯大自己而四處蒐集藝譜集，那本應該會成為她的目標之一。」

艾兒希點點頭。「她一定是來這裡拜訪愛達小姐時，看到了那本藝譜集。」

「或許吧。四大宗派學府都擁有所有藝譜集的紀錄，她也可能是在學府裡翻看過那些紀錄。我們也許永遠也不會知道答案。」

艾兒希撇了撇嘴，努力想像若是那天巴克斯沒有攔阻她，她會不會到現在都還是接受默頓擺弄的棋子？想到這裡，她不禁打了個寒顫。

「幸好那天被你抓到。」艾兒希沒看向他，只是死盯著附近一張桌子上的瓶子。「雖然得接受你的恐嚇，任你差遣。」

巴克斯輕哼一聲，把艾兒希的目光吸引回來。「妳那天是眞的讓我吃了一驚，而且妳相當狡猾。」

她朝他微揚嘴角。

巴克斯停頓了下，謹愼地接著說：「妳這個魔法訓練的困境，還有另一種解決辦法，就是離開英國。」

艾兒希看著他。「什麼意思？」

「我的意思是，我們可以在巴貝多島爲妳聘請一個破咒師家教，然後胡編一份時間表。過了幾年後，再回來接受測試查驗。這樣妳就可以省去這些基礎的訓練。」

艾兒希眨眨眼，**巴貝多島**。她從沒去過熱帶地區。住在那裡會是什麼樣的生活？

巴克斯把她帶過去後，他的生活又會變成什麼樣子？和他**一起**生活又是什麼模樣？坦白說，她從沒想過這件事。在沒脫離牢獄之災前，她不允許自己去幻想和巴克斯結婚；她一直認爲巴克斯會獨自乘船離去。然而現在……她十分擔心他們的謊話會被拆穿，擔憂巴克斯會因這場不得已的騙局而憎惡她，所以除了婚禮，她什麼也不敢多想。

「不行。」艾兒希轉移視線。「默頓還逍遙法外。」

巴克斯點點頭。

她搓揉著鼻梁，突然覺得那裡一陣酸楚。現在她連累他回不了家，要遠離家園。「巴克斯，我很抱歉。我不是故意——」

此時，會客廳的門被推開，僕役總管走了進來。「如果肯登小姐方便，公爵夫人想見見她。」

艾兒希滿含歉意地看向巴克斯，希望他能讀懂她的心思：**我很抱歉連累你捲進這些麻煩。很抱歉讓你不得不承擔起我這個包袱。很抱歉害你必須娶我，一輩子與我綁在一起。**

但巴克斯只是說：「她現在方便。」然後牽起艾兒希的手。艾兒希感到一股暖意向周身四散。「待會見。」

巴克斯吻了吻她的手背。他嘴唇的觸感像火花般竄上她的手臂。她的聲音梗在喉嚨和舌頭之間，一時間說不出話來，只能點點頭，順從地跟隨總管離去。她的手十分緩慢地從巴克斯的手掌中抽出來。

一來到走廊上，艾兒希立刻檢查手背上是否被下了魔咒，她發誓那裡的肌膚底下有強烈的跳動。但什麼也沒有。她搓揉著手背，希望能搓散胸口的疼痛，但毫無用處。

公爵夫人親切地迎接她，讓她坐在一張厚絨小沙發上，面前的桌上放滿了各式各樣的茱肴。「我想把事情都趕快確定下來，立刻把晚宴辦了，我知道你們兩個有點趕時間。」她朝艾兒希眨眨眼。「這次沒有堂姊。」

艾兒希仍然說不出話來，只是點點頭。

「喔，親愛的。」公爵夫人伸手過來。「妳的手怎麼了？」

艾兒希這才意識到她仍緊抓著手，於是連忙鬆開，把兩隻手放到大腿上。「沒有，沒事。」她又臉紅了。「沒有什麼事。」

公爵夫人說到做到，她真的承擔起一切的婚禮安排。接下來的週末，在艾兒希和那個破咒師完成訓練課程後，巴克斯和艾兒希的訂婚晚宴開始了。

應該說是即將開始。

巴克斯這才意識到自己正在七橡園裡一圈又一圈地踱步，兩手不是負在身後，就是不斷調整衣服，再不然就是梳頭又重綁頭髮。這幾個星期稀里糊塗地過去了，而他仍然在調整適應、計畫，設法讓未來的路盡可能平直好走。

他跟艾兒希提議過，要帶她回巴貝多島生活，但艾兒希期望等到默頓被繩之以法後再做打算。他知道艾兒希生長於英國，習慣這裡的氣候，可能承受不了巴貝多海島的烈陽和潮濕，尤其在穿著英國服飾的情況下。但他希望艾兒希能像他一樣，也被巴貝多島的美景征服。那座島會在她心裡佔有一席之地嗎？就像紮根在他心裡那樣。艾兒希會願意脫掉鞋子、赤腳踏在島上的沙灘上散步，看著落日沉入無垠的大海嗎？

不過話說回來，他們也很可能會留在英國，哪裡都不去。或許不是無限期地待在這裡，但至少要待一陣子。法師級造像師在這裡的工作機會比巴貝多島上充裕，除非他想去美國發展，願意承受往返的海上奔波。他是沒有這個打算。事實上，他以前之所以想得到那道法師級移動魔咒，只是爲了能繼續照管領地裡的農作物和佃戶，但現在……計畫趕不上變化，他的人生出乎意料地來了個大轉彎。他即將有一個妻子，隨後還會有孩子要養育。他之前的小兒痲痺症，現在證明只是一場烏龍；他有了新的人生、新的選項，以及新的責任。

艾兒希的整個人生都在英國，雖然沒有家人，但有朋友、同事。她和奧格登先生、普瑞特小姐的關係親密；她甚至要求邀請他們一起參加今晚的晚宴，但後來考慮到這麼做並不恰當，這才不了了之。

他見識過她的陰暗面，看過她的恐懼和傷痛，這些都是被家人、前情人拋棄的後遺症。巴克斯絕不會再在她的傷口上灑鹽，不，他要幫她徹底拔除這些心頭刺。他要看見她的笑容，聽見她的笑聲。自從那晚亞伯．奈許暗殺他失手後，接著又是幕後黑手默頓的逃亡成功，在那之後，她就不再盡情嶄露笑顏了。

他聽見公爵馬車抵達的聲音，此時他正好繞到了房子西側。這裡的視野寬闊，他看著那輛馬車沿著馬路跑來，胃部一揪。巴克斯連忙抬頭挺胸朝大門走去，不過馬車搶先他通過了大門。馬兒噠噠跑過車道，在房子正前方停了下來。兩名僕人走出來接待，卻看到巴克斯揮手要他們退下。他親自上前拉開了車門。

艾兒希靦腆地對他微微一笑，伸出一隻戴著手套的手，扶著他的手下車。她穿著他最愛的那套淺藍色連身裙，幾乎和她的眼眸顏色一樣。那頂帽子應該是新的，他不確定是否該對此說些什麼。

「一路上都沒事吧？」他還是直接略過帽子的事，轉身一邊領著她走進房子，一邊拉起她的手，讓她挽住他屈起的前臂。

「非常完美地平淡無奇。」她輕輕撣了下裙子。巴克斯感覺到她手肘處傳來的脈搏，而她的脈搏並不平靜。

「艾兒希，妳以前參加過公爵府的晚宴，跟他們吃過晚餐。」

艾兒希硬擠出一個微笑，大口吸氣，然後一口氣吐出來。「我知道。」她昂起下巴。她每次逞強時都會這樣，一副要證明她並沒有緊張，也不焦慮。

巴克斯領著她步上門階，一名僕人爲他們推開門。他們一進屋，艾兒希就想往那間較小的餐廳走去，因爲大餐廳仍然在整修中。但巴克斯領著她往右拐，順著走廊繞了過去，在一幅臨摹女王花園的油畫附近停了下來。燭台上的蠟燭投射出陰影，在油畫上晃來晃去。

艾兒希抬頭仰望著他，圓睜的雙眼充滿好奇。

巴克斯清清嗓子，突然緊張起來。「我不確定這個東西應該什麼時候給妳，但按照今晚的情況，妳可能會需要展示它。」他伸手進口袋裡，拿出一個綁著綠色緞帶的戒指。艾兒希愣愣地看著他解開緞帶。

「巴克斯，我不需要戒指。」她喃喃低語。

巴克斯抽出緞帶上的戒指，那是嵌著大型圓藍寶石的金戒，戒托是連環的辮子狀，就像一朵花。他舉起戒指到她面前。「每個新娘都需要一枚戒指，艾兒希。」

艾兒希抬手想去摸，卻中途停住，手指像死去的小蟲腿般蜷縮回來。「這看起來好貴呢。」她聲音變得無比小聲。一個僕人經過，幸好老天沒讓他看見巴克斯的關鍵時刻。

「如果可以，我願意將我母親的婚戒給妳。」巴克斯說著，伸向她的左手。「但她從來沒有那種福氣。」

艾兒希任由他牽起她的手。巴克斯把小戒指戴到他的小指上，然後拉出她手套的手指，一根接著一根，最後整個脫掉她的蕾絲手套。那只是一隻手套，他當然知道，但這舉動卻給他非常親密的感覺。她的手柔軟有彈性，指甲修剪得整齊，指尖此刻微微顫抖，幾乎讓人察覺不到。但他注意到了。

他把戒指滑進她的無名指。戒指有點大。

艾兒希喉頭哽咽。「我會努力吃，直到戒指合身。」

巴克斯微微一笑。他輕輕捏緊戒指，用法師級的法力將一個初級魔咒注入到戒環上，只見戒環一點點縮小，最後服貼地依偎在她的無名指上。他翻過她的手，藍寶石在燭光下閃耀。

「現在合適了。」

艾兒希感到一股陌生的興奮，臉再度泛紅。巴克斯見狀強迫自己退開，把注意力移到他處。「他們在等我們。」

艾兒希點點頭，但目光仍死盯著戒指。見她一臉愧疚的模樣，巴克斯覺得自己好像做錯了什麼事。

但他沒有。對，他們的情況是有些特殊，但他是要娶她的，不，他**想要**娶她。那個治安官只是……事情有些複雜。

他當然知道艾兒希對這場婚姻的感受不見得與他一樣。如果她對他毫無情意，當時她不可能撲過來、爲**他**擋住襲來的閃電；在碼頭倉庫時她就不會拒絕丟下他。她印在他臉頰上的那個吻，絕不只是一個吻別而已。

但話說回來，最近跟他在一起時，她整個人變得好緊繃，總是一臉內疚，這使得巴克斯不得不多想。也許他不是她理想中的情人——他很清楚，自己與大眾心目中的典型英國紳士相差甚遠。但他能給她一個舒適富裕的生活，保護她、和她一起歡聲笑語。

他希望她也能看清這點。

他領著艾兒希來到一間會客室，其他觀禮的客人都已就位等待了。客人包括肯特郡公爵夫爵，以及他們的女兒愛達和喬西，公爵夫人還另外邀請了公爵的弟弟，肯特郡伯爵府一家人，以充人數。巴克斯為伯爵一家人和艾兒希互相介紹：伯爵本人、蕾娜．史考特（Lena Scott）夫人、艾倫．史考特（Allen Scott）先生、弗雷德．史考特（Fred Scott）先生，後面兩位是愛達和喬西的堂兄長，與艾兒希差不多同齡。

艾兒希文靜優雅地回禮，接著一群人走進餐廳，巴克斯坐在公爵的右手邊，艾兒希則坐在他的旁邊。

第一道腰子湯上菜了，巴克斯又一次向公爵一家人複述他和艾兒希的相遇故事。艾兒希見現場的氣氛有些冷，立刻開口關心愛達小姐的造像魔法學習狀況。之前公爵夫人有透露過，愛達的造像魔法修習已不了了之，所以巴克斯猜測艾兒希只是沒話找話聊。

「我想再過一年再做決定。」愛達說：「我知道這樣不太好，對於修習魔法而言，我現在的年齡已經有點大了。不過艾兒希，我聽說妳現在是一位破咒師！快跟我說說這件事。」

艾兒希一開始有些結巴，接著便半真半假地提到她在公爵府的石壁上看見魔咒符文，隨即將話題引到她和普雷斯科女士的訓練課程上。不久眾人後來的話題又轉移到公爵的狩獵遠征，巴克斯這時靠過來，對她說：「普雷斯科女士至少爲妳貢獻了一些開脫之辭，功勞不小。」

艾兒希對著盤子微笑，手指玩弄著藍寶石戒指。僕人送上半隻烤羔羊，烤羊之外包裹著美麗的酥皮。艾兒希見狀並未流露出太多驚喜，就巴克斯所知，她也參與了今晚菜單的選定。

這道菜用畢後，公爵宣告：「是時候享用一些葡萄酒和雪利酒了。」

公爵夫人咋舌。「不能太久。今晚也屬於肯登小姐。」

喬西小姐聞言被酒嗆到，連忙拿餐巾捂住，這才沒把酒吐出來。

「喬西！」公爵夫人大喊：「妳怎麼回事？」

可憐的女孩一邊擦拭，一邊回應：「抱歉。沒事，眞的。」

但公爵夫人一臉精明，不放過女兒。

「我只是……」喬西羞答答地瞥了堂兄們一眼。「只是覺得……她現在應該是艾兒希・凱爾西太太了。」

艾兒希抬手撫額，嘆了一口氣。

巴克斯愣愣地看著那兩個堂兄竊笑。「我沒想到這件事。」

艾兒希回神後，擠出一個微笑後站起身。男人們見狀連忙全體起立。「沒事的，我應該只會使用中間名（注）。」

愛達小姐問：「那妳的中間名叫什麼？」

艾兒希抿著唇，然後小聲地回答。但她的聲音太小，巴克斯確定只有他聽得到。「我忘記了。」

幸好，公爵夫人連忙起身繞了過來，扶住艾兒希的手肘。「很好。現在，女士小姐們，是時候讓紳士們好好短暫地品酒了。」

巴克斯吁出一大口氣，無限感激公爵夫人的及時解圍。不過，正當艾兒希繞過餐桌、打算朝出口走去時，她經過公爵的背後，突然整個人頓住，拉著她手肘的公爵夫人也因此踉蹌倒退一步。艾兒希的目光死盯著公爵的後腦杓。

「怎麼了？」公爵夫人問。

艾兒希朝巴克斯拋去一個警覺戒備的眼神，巴克斯一凜，什麼？他無聲發問，但艾兒希沒有回應。艾兒希只是搖搖頭，對公爵夫人說：「抱歉，新鞋子。」

公爵夫人輕輕笑著。「新鞋真麻煩，對吧？」隨後兩人繼續朝會客室走去。

艾兒希離開餐廳後，巴克斯勉強自己坐下來，但腦袋裡全是她，以及她剛才的奇怪反應。

「別擔心，年輕人。」身旁的肯特郡伯爵一邊說，一邊給自己倒酒。「她不會走遠的。」

巴克斯並沒有飲酒，不過真的放鬆不少。十五分鐘後，公爵尊重妻子的要求，提前結束了男人的餐後酒。「我們去陪陪女士們吧。」公爵說著，帶頭朝會客室走去。

巴克斯一進到會客室，一眼就找到了艾兒希。艾兒希站在壁爐台邊，和蕾娜．史考特夫人、她的其中一個兒子說話。艾兒希見到他過來，對另外兩人說：「抱歉，我剛才決定了婚禮布置上的用花，必須趁現在巴克斯心情好的時候告訴他。」

這明顯是個藉口，但那兩個人只是咯咯一笑，便放她離開了。艾兒希和巴克斯走到一個角落，遠離其他人的聽力範圍。

「怎麼了？」巴克斯一邊問，一邊低頭看著她。

艾兒希咬唇，朝後方眾人瞥了一眼。「公爵身上的魔咒是什麼？」

巴克斯蹙眉。「什麼？」

「公爵身上的魔咒。那是什麼？」

巴克斯搖搖頭。「公爵身上沒有……」他拖長尾音。但這裡只有艾兒希能知道答案。「妳感應到了什麼？」

「一個很強的魔咒。」艾兒希低語：「沒有發出氣味，也沒有聲音，所以不是理智魔咒的

注 英國人的姓名組成是：教名＋自取名（或中間名）＋姓氏。教名是嬰兒受洗時，由牧師或父母親為其取的名字，長大後本人也可以自己取一個名字。而中間名（middle name），是為了紀念家族裡的某個人，不會隨意亂取。

話，就是物理魔咒。我的意思是，物理魔咒具可視性，但有時我也可以察覺到它們的存在。但理智魔咒明顯不一樣，它們是更深層——」

巴克斯一手搭在她肩上，阻止她繼續滔滔絮絮地解釋下去。巴克斯的思緒飛轉。「妳確定不是時間魔咒？妳還記得吧，他最近才雇用了一位時間造像師。」

時間造像師能改變時間對人事物的作用；他們能剝除鐵器上面的鐵鏽，抹去肌膚上的皺紋。但艾兒希搖搖頭。「時間魔咒有一種特定的……風味，根據普雷斯科女士的說法。所以不是。」

「那會是什麼——」

巴克斯腦中閃過一個念頭，猛地一陣不適，連忙伸手扶牆穩住身子。

艾兒希擔憂地問：「巴克斯？你怎麼了？」

公爵夫人注意到了。「你還好吧？」

他緩下來後，挺直身子拉直背心。「當然。請容許我們兩個私下說說話。」

公爵夫人會意地一笑，巴克斯連忙領著艾兒希朝走廊而去。他大步走下走廊，艾兒希小碎步跑著才勉強跟上，兩人不久便繞過了轉角。

「巴克斯……」艾兒希有些喘不過氣。

他猛地打住，就站在牆上兩個燭台之間的陰影裡。「公爵最近生了一場病。」

艾兒希打量著他。「對，你跟我說過了。」

「這場病，是在我們前往尹普斯威奇之後才發生的。當時他的病勢很嚴重，能康復都算是奇蹟。」

艾兒希消化了下他的話，這才明白過來；巴克斯見她猛地一驚，就知道她聽懂了他的話中含意。

「艾兒希——」巴克斯抓住她雙肩。「他會不會是透過虹吸魔咒，吸取別人的元氣能量？」

艾兒希強迫自己回應。「我……我不知道。我——我要看到才能確定。」

巴克斯放開她，往後退了一步，抬手抹臉。

「巴克斯，他就像是你的父親。你眞的懷疑他就是那個……小兒麻痺症的幕後黑手？」

所謂的小兒麻痺症，當然不是眞的。巴克斯長達十年誤以爲自己得了小兒麻痺症。有人在他不知情的情況下，在他身上設置了一個物理魔咒，而這個虹吸魔咒就藏在一個時間魔咒下；當初植入時間魔咒，是以爲它能延緩、抑制他的小兒麻痺症發作。「所有時機都太巧合了，讓我不得不懷疑。而且我不知道他身上有沒有其他時間魔咒以外的符咒。」他握拳按在牆上，以免控制不住自己的怨氣爆發出來。「我需要弄清楚眞相。」

「我可以試著接近公爵。」艾兒希提議：「但如果我看不見那個魔咒……」

巴克斯吐出長長一口氣。倘若他的懷疑成眞，他該怎麼辦？倘若這個多年來被他視爲家人的男人，從他青少年時期開始，就在竊取他的元氣和能量，他該怎麼做？

「巴克斯。」艾兒希的聲音宛如炊煙一樣輕柔，她抬起雙手，溫和而堅定捧著他的臉龐。巴克斯低頭，回視她的目光。

「我們要有耐心。」艾兒希提醒他：「現在下結論還太早。也許是我搞錯了。」

「妳眞這麼想嗎？可能是妳弄錯了？」

艾兒希沒有正面回答。「我會想辦法弄清楚。我之後會盡量靠近公爵，但在搞清楚事情眞相之前，你要……讓自己分心，不能胡思亂想，好嗎？」

讓自己分心。

艾兒希的兩手仍然停留在他的臉上。兩個人也靠得很近，不到半步。走廊上安靜無聲，沒有別人。

巴克斯的目光落到她的嘴唇上。他知道有個辦法可以讓他分心。

艾兒希臉頰再次發燙，她看著他的臉，看著他連忙放下雙手，難爲情地觸摸她的嘴唇，好似那裡沾到了食物殘渣。很可能是她誤解了。自從牢獄之災後，她經常誤解他，覺得她的自信心仍被關在牛津的監獄中。

該死的默頓。都是她害的，害得艾兒希現在更難伸展她折損、尚未癒合的翅膀。

巴克斯嘆口氣挺直身子。「做妳能做的，但千萬別爲了我去冒險。」

艾兒希一臉歉意地看著他，一邊撥弄著指上的戒指。

他朝她屈起手臂。「我們最好趕在他們以爲我奪走妳的貞潔前回去吧。」

艾兒希的雙頰滾燙得比地毯還紅。

巴克斯十分喜歡她這樣害羞的模樣，但他現在難以享受其中。

9

七橡園尷尬的訂婚晚宴後的兩天，艾兒希仍在幻想和巴克斯．凱爾西接吻會是什麼樣的感覺。她暗罵自己許多次，也拿起小說期刊來讀，但就是覺得讀起來索然無味，失去了對小說故事的興趣。她不再關心小說裡的男爵，她現在的關注焦點全在現實生活中，那個眞實存在的造像法師。

那天在公爵府走廊上時，她以爲巴克斯會克制不住，低下頭想要吻她。但他只是幫她撥掉嘴邊的麵包屑而已。她覺得自己好丟臉，也氣那個男人的反應，他居然只有淡淡的失望。她這輩子只親吻過阿弗烈德，至於九歲時那個在救濟院的男孩不能算進來。那男孩叫做……馬修，沒記錯的話。

不過最起碼，巴克斯還忍受得了她。他尚未發現，她其實是那種被大家用完即丟的人。不過，說不定在她徹底了解他後，會發現他人品高尚，可能會在使用過後仍然把她留在身邊。

「肯登小姐？」

艾兒希猛地回神。她現在坐在作坊廚房裡的餐桌邊，這張桌子頂多只有七橡園那張的六分之一大小，而艾琳．普雷斯科女士就坐在桌子轉角的另一側。**該死，我沒聽到她在說什麼。**

「嗯？」艾兒希甜美地傻笑。

普雷斯科女士耐著性子也微微一笑，兩手拿著一根小鐵棍。「妳找出這個符文的端點了嗎？」

普雷斯科女士今天帶來的教材都被下了時間魔咒，因為時間宗派學府遠在北方的紐卡斯爾，因此請本地的造像師在教材上施法可以省時省力。今天的上課主題是一個逆轉老化的魔咒，主要用來消除鐵鏽。普雷斯科女士雙手中的鐵棍看起來很新，不過鐵棍本體散發著具有指標性的蕈菇氣味。

艾兒希伸手觸摸鐵棍，探尋符文的**端點**。「應該吧。」她撒謊。她其實非常清楚那些形狀端點的位置，即便是整個人倒立，她也能輕鬆破解——如果她還能像小時候那樣倒立的話。

普雷斯科女士又花了十五分鐘為她解說這個符文，並向艾兒希保證，即便艾兒希看不見這個符文，也一定能破解它。

艾兒希一直假裝微笑，臉頰肌肉都快笑僵了。她實在懶得再繼續裝笨下去，於是三兩下就破解掉符文。

「太好了！」普雷斯科女士把長滿鐵鏽的鐵棍放到桌上。「肯登小姐妳學得眞快啊！我當年學習時間魔咒的時候，可是花了一個月才搞定。」

一個月？艾兒希回想自己遇到的第一個時間魔咒，但想不起來了。「新手的運氣而已。」艾兒希說。以後要記得放慢理解和學習的速度，以免普雷斯科女士向重要人物宣告她的天賦異稟，進而引起治安官起疑，查出她的魔法資歷實際上比巴克斯透露的更久。

一想到巴克斯，她不自覺又撥弄起指上的戒指。她也必須給他一枚戒指。一枚上等體面的戒指……但巴克斯喜歡什麼樣式？應該是造型簡單的吧。如今眼下她沒時間去找戒指，可以等……她也說不準，但肯定得等到婚禮之後了。

婚禮。

他們希望婚禮盡可能簡單，但艾兒希的樓上房間裡，仍有兩張寫滿了討論婚禮籌劃事宜的紙，裡面大部分是公爵夫人的提議和要求，但巴克斯會用自己的話寫下來跟她商討。一想到婚禮上有公爵夫人這樣一位客人，總令艾兒希緊張不安，而同樣令她緊張的，還有巴克斯這樣的新郎。

「在我看來，理智魔咒是最難對付的。我們把它留到最後。」艾兒希聽到普雷斯科女士這麼說，那張塞在衣服裡的藝譜集魔咒瞬間變得沉重起來。「我會安排一場靈性宗派學府之行，好讓妳在修習個別魔咒前，對靈性魔咒有整體的概念。靈性學府對破咒師的需求向來很大，應該會很歡迎我們。」

艾兒希聞言興致都來了。也許她可以在靈性學府裡探聽到更多莉莉．默頓的私事？也許能發現未被她抹除的新線索？截至目前爲止，奧格登的追查仍然一無所獲，不過也可能是他找錯地方了。「嗯，我很期待。」

兩人又閒聊了十五分鐘，幸好都與破咒魔法無關，接著普雷斯科女士便起身告別。一送對方出門，艾兒希立刻悄悄上樓，以免驚動正在晾衣服的埃米琳。她溜進了會客室，找出收藏在那裡、有著她署名的報紙文章。艾兒希坐到沙發上，攤開三份抄寫下來的文章，一一輪流重讀。靈訊尚未傳來任何新的報導文章，而手上這三份，她幾乎都能倒背如流。她覺得可能有蹊蹺的只有兩段文字。第一段是《曼徹斯特衛報》的**事主將會出高價追回那些黑鳥**。這段文字感覺像某種行賄收買，但也可能只是艾兒希的個人感覺，出自被小說期刊訓練出來的瘋狂想像力。另一段文字，則是那篇較近期的文章，它給人的感覺不太友善：**好可惜，如果一個特納無辜承受，萬事俱休**。聽起來像在威脅某人。

埃米琳把今天的報紙放在茶几上。艾兒希嘆口氣地打開，渴望讀一些合情合理的文章。

但一讀到頭條消息，她瞬間遍體生寒。

「又發生了……」艾兒希低語，將報紙緩緩放到大腿上。頭條標題寫著：

法師級理智造像師失蹤三天，應遭藝譜集竊匪之毒手

她立刻想到奧格登，不過昨晚有看見他在家。如果他失蹤、艾兒希去報警的話，也不能透露他是位法師級造像師的祕密。

她連忙閱讀接下來的報導，失蹤的造像師名為凱爾‧藍登‧穆雷（Kyle Landon Murray），四十八歲，牛津十分搶手的理智造像師。

「他嚴守著自己的生活作息表。」他的女兒說：「為人一絲不苟，不可能不告而別。」警方仍在調查中。

「默頓……」艾兒希的語氣裡帶著咒罵。那女人竟如此大膽，逃亡之際還敢繼續犯案？又或者，這只是單純的失蹤案，與她無關？

不對，太多巧合了。這表示艾兒希、奧格登和巴克斯必須趕緊找到線索，否則會有更多人受害，而且默頓……默頓會繼續爲所欲爲。

默頓。**默頓**。

艾兒希的胸口發緊。

她坐在沙發邊緣，又重讀了最後一篇文章。**好可惜，如果一個特納無辜承受，萬事俱休。**這句並非只是文法不通順；**特納**這兩個字還用了粗體。

之前的其中一起謀殺案，就發生在特納先生於倫敦的家中。

艾兒希屏住呼吸。這不可能是偶然，而且這段文字帶著威脅的意味。無論這些文章針對的對象是誰……默頓都在藉此通知對方，若不合作她就即將採取的手段。難道是默頓失去了耐性，手段從強迫激變成恐嚇，最後公然殺人？但她究竟想要什麼？

艾兒希抽出《通訊報》的文章再次仔細閱讀，尋找有無相似之處。差勁的文筆描寫著一趟旅行，一趟搭船和火車的——

她終於發現其中的奧祕了。這次不是名字，也不是恐嚇，而是其他的細節。她放鬆下來，讓自己喘口氣再繼續讀下去。

當一個鄰居尋求與家裡通話時，要想調動船隻回頭很困難。我們必須分析情況，一起解決。

艾兒希的手指按在最後一句的下方，目光回頭重讀一次文章。對，這裡跟前面的不一樣。這個作者不知道爲什麼在最後這兩句換上了美式用語。他用了maneuver（調動），而非manoeuvre；neighbor（鄰居）而非neighbour；analyze（分析）而非analyse。這幾個字換上美式寫法，只是讓文章讀起來更彆扭，而且太過口語化。實在沒必要這麼做。除非默頓是特意突顯這些句子。

艾兒希拿來鉛筆在段落下劃線，然後回到《曼徹斯特衛報》那篇文章仔細閱讀。她驚訝地發現了類似的段落。

主人出門旅行了，儘管他在倫敦被通緝。「這不是藉口，」一個鄰居說：「我們只是針對這個魔咒開啓一段對話。」

travel、pretense、neighbor（旅行、藉口、鄰居）這幾個詞語全是美式寫法。至於這個鄰居提到的是什麼樣的魔咒，並沒有進一步說明。艾兒希劃完重點線後，換到《每日電郵報》那篇，找到了這一行：**這個行為並非必要；我們一起幹活，爭取較好的結果。**

behavior、labor（行爲、幹活）這兩個詞也是美式拼法，但其他的全都是英式寫法。

艾兒希另外找來一張空白紙，抄下所有異常的句子。這個鄰居——默頓？——在嘗試聯絡上某個離開美國的人。另一條文章標題提到一個靈性造像師——一定就是艾兒希在朱尼伯唐遇到的那個美國人。所以，默頓法師是想和他談論……某個魔咒？而且她想傳達他的舉動，也就是他離開美國一事，並沒有必要。

所以美國人在躲默頓嗎？默頓花錢刊登這些文章，是否就是爲了讓那個美國人看到？所以她才刻意使用美式寫法？

若是如此，她這招確實成功了，因爲那個美國人遠渡重洋來到英國，尋找文章的作者——艾兒希．肯登——並在朱尼伯唐遇到了艾兒希本尊，那個她被送到救濟院前的最後一個住所。

這件事發生時，奧格登仍受控於默頓的魔咒，但因爲奧格登並未親眼目睹，默頓便無法透過他得知艾兒希和美國人見面一事。

這表示，默頓很可能不知道那個美國人已經來到英國。

艾兒希拿鉛筆輕點嘴唇。她還有好多的問題未解，但有了這條線索，整個調查總算是有一些進展。幸運的話，奧格登今晚會帶回靈訊傳來的消息。只要能找到更多默頓刊登的文章，就可能挖出更多的資訊，幫助他們更了解默頓，以及朱尼伯唐那個陌生的美國人。

「艾兒希？」埃米琳探頭進來。

艾兒希放低鉛筆。「嗯？」

「妳需要我幫忙裝扮嗎？」

艾兒希抬頭望向她，一時滿臉困惑。不久，她猛地恍然大悟，從沙發上急急跳起來。「埃米琳，謝謝妳，我都忘記了！」

她今晚要再前往七橡園參加晚宴。這是巴克斯安排的——按照一般通俗小說的情節發展，他的確應該多找機會與她相處，因爲他們正在熱戀中。而在現實生活的情況是，巴克斯需要艾兒希再接近公爵，以求揭露公爵身上的神祕魔咒。艾兒希當然希望自己沒有弄錯，但也矛盾地希望是自己誤會了。她希望自己壓根沒察覺到那個魔咒，也希望那是個其他宗派的魔咒。巴克斯和公爵是如此親近……她不願看到他們心生嫌隙，更不願巴克斯嘗到被背叛的滋味。那股辛辣感仍清晰地烙印在艾兒希的舌頭上，她不希望別人也遭受這種折磨，至少是所有她愛的男——

她清了清嗓子，收回心神。至少，她可以透過這幾場晚宴，讓公爵夫婦相信她會是一名好伴侶。

「妳想佩戴我的珍珠項鍊嗎？」埃米琳問著走出來的艾兒希。「它們看起來很像眞的。」

艾兒希正要婉拒，卻又頓住。她這是要去公爵府赴宴，若想融入上流社會，能在連身裙上做的文章並不多。「好主意，埃米琳。」艾兒希說著，拇指撫過指上的藍寶石。「那樣會很完美。」

這趟前往七橡園的路上，艾兒希異常地緊張，但不只是因爲擔心大雨破壞了她精心捲起的鬈髮。更重要的是：公爵似乎很歡迎她——他向來好客，即使是在她被迫與巴克斯訂婚之前——但他們彼此之間其實並不熱絡。想靠近一位**公爵夫人**以查出魔咒的虛實，已經是相當程度的挑戰了，更何況是接近她的丈夫。艾兒希必須想個辦法，自然而然地接近公爵，以免被人誤會。但即便成功接近，她也必須親眼看到那個鬼東西，才能判斷它是否爲物理魔咒。也許她可以拿著刀故意摔倒，然後在不傷害公爵的情況下，劃破他的上衣……

為了巴克斯，妳必須這麼做，艾兒希提醒自己。她不希望巴克斯跟她一樣，對人性失望，不斷猜忌他人。

她不斷轉動手指上的戒指，快把皮膚摩擦得發紅。

馬車穿過公爵府的大門、繞過車道，艾兒希連忙搜尋巴克斯的身影，但他並沒有出來迎接她。她有點失落。

一名僕人爲她拉開車門，艾兒希按捺住心中的不安，沒去理會心底高漲的哀吟。「肯登小姐，」年輕僕役說：「請容許我伴護您去會客廳。」

「謝謝。」艾兒希盡可能展現出自己的教養。年輕僕人領先她兩步帶路，兩人走下她越來越熟悉的走廊，通向那間精緻的會客廳。公爵一家人全都在裡面了；一架豎琴被搬出來，愛達撥動琴弦，彈奏出一道道美妙的旋律。不見巴克斯的身影。

艾兒希開始更加焦慮。他沒事吧？她應該去找他嗎？

「肯登小姐！」公爵夫人大喊，起身朝艾兒希走來，輕輕抓住她的雙手。「妳能再次過來跟我們一起享用晚餐，眞是太好了。」

艾兒希擠出一個微笑。「夫人，能出席貴府的晚宴是我的榮幸。」

公爵夫人輕輕笑著。「拜託，叫我艾比蓋兒吧。來，來坐下。我代巴克斯向妳致歉，他向來準時不會遲到的。」

艾兒希回頭望向自己剛剛被引領過來的路。「是啊。」

公爵夫人帶著她來到一張小沙發前。艾兒希正打算坐下，卻看見公爵倚靠在壁爐架上，觀賞女兒彈奏豎琴。她覺得此刻正是機會，於是藉口想活動筋骨走到公爵身旁，靠近得有些快不合乎禮儀。

她感覺得到那個魔咒，但並不是透過五感。也許她得非常靠近，才能判斷出那是不是虹吸魔咒。

艾兒希清清嗓子。「您的樹林非常美麗。」這是她排練過的許多台詞之一。「大人，您經常狩獵嗎？」

公爵咯咯一笑。「我已經有段時間沒打獵了。也許妳沒發現，艾兒希，但我開始變老了。」

坐在她後面的喬西小姐也笑了出來。

艾兒希微微一笑。「我沒注意到呢。」但事實上，這位肯特郡公爵應該是她認識的人當中，年紀最大的男人，除了克朗林的老人阿湯。「但我覺得您恢復得相當不錯。」

公爵微微一笑。「我盡力了。」

這樣漫無目的的閒聊毫無意義。艾兒希思緒飛轉，尋找合適的話題。

「妳的訓練課程進行得如何？」公爵問。

「喔，不錯。很好。這樣我就有事可以忙碌了。」艾兒希打量他的臉，那道魔咒就在她觸手可及的肌膚之下搏動。她靈機一動。「抱歉，但我需要告訴您，您的領結鬆了。」她壓根不會繫領結，但如果能伸手過去——

然而她還來不及伸手出去，公爵就已抬手自行檢查。他稍微調整了下。「噢，這是我的衣物侍者介紹的，新設計。我對這種新式領結沒有特別喜愛。」

可惡。

公爵看著她，似乎在等她回應。艾兒希連忙想到什麼就脫口而出：「不知道您有沒有默頓法師的消息？」

公爵眨眨眼。「沒有，她沒──」

房門這時打開來，引開了艾兒希的注意力。她暗罵自己每次一看到巴克斯就會心跳加快。巴克斯今天的打扮看起來十分時髦，乾淨俐落，但整個人顯得有些疲憊。

公爵挺直身子。「現在可以入席了。艾比蓋兒？」他朝公爵夫人伸出手。

巴克斯找到了艾兒希，朝她大步走去。

艾兒希用力吞嚥。「你剛才跑去了哪裡？」

「我忘記時間了。」

艾兒希一愣，然後碰觸他的手肘。「原來如此。」

巴克斯微微一笑，揉揉眼睛。「抱歉，我沒睡好。」

「我看出來了。沒睡好很正常，不算稀奇。」艾兒希又小聲地補上一句：「無論你做什麼，我永遠都會原諒你，不過你也要永遠原諒我，無論我等等用餐席間的舉止有多麼荒謬。」

不管她怎麼想、怎麼做，出醜勢必都難以避免了。她只在乎巴克斯的快樂，其他的她已豁出去。

「無論我做什麼，嗯？」他的目光發亮，艾兒希被看得腹部一陣發熱。她一時想不出合理的回應。

眼見其他人都朝餐廳走去，巴克斯屈起手臂，艾兒希挽住了他，他袖子下的結實肌肉散發出來的魅力令她著迷，好想要……他的一切。

現在沒時間自怨自艾。她現在還有重要的事等著去做。

兩人就快走到餐廳，巴克斯低聲說：「妳好像有些焦躁不安。」

艾兒希怨懟回去：「我就要去勾引一位公爵，當然會焦躁不安。」

巴克斯緊抿嘴唇，乖乖地不再吭聲。兩人默默走到座位上坐下，第一道菜上桌了。這次是艾兒希坐在公爵的次席位，但距離不足以感應到魔咒所發出的異樣唧嗚聲。

喬西小姐正在描述白天進鎮逛街的經過，艾兒希則專心地思考該如何行動。她一邊盤算，一邊一口口喝著湯，湯盤一下就見底。

「妳決定用哪種花來裝飾了嗎，肯登小姐？」公爵夫人問，一位僕人收走了她的盤子。

「花？」艾兒希差點忘記訂婚宴那天，她拉走巴克斯時所用的藉口了。「噢！嗯，當然是玫瑰。」

公爵夫人微微一笑。「不錯的選擇，傳統上都是用玫瑰。」

事實上，艾兒希壓根不在乎舉行婚禮的教堂裡該用哪種花來裝飾。相較於其他的煩惱，這個問題太微不足道了。

「真可惜這裡沒有火鶴花。」巴克斯接下話題。艾兒希聽得出他聲音裡的緊張，經過這段時間的相處，她對他已有足夠的了解。他緊張的時候，英國口音會特別清脆。「火鶴花很漂亮，尤其是紅色的。」

「那是巴貝多島的原生植物嗎？」艾兒希問。

巴克斯點點頭，拿起水杯喝水。

艾兒希瞇眼盯著水杯瞧，一個完美的苦肉計從腦海裡冒出來。

「這個花名好美啊。」愛達小姐說：「火鶴花。它長得什麼模樣呢？」

巴克斯放下水杯。「它是百合花種……」第二道菜品這時正好送來，僕人率先爲公爵上菜。艾兒希等著僕人走開，如此，公爵就只剩下她這個援手了。「……只有一片花瓣，圍繞著莖尖，而它的肉穗花序——」

艾兒希一手揮了出去，翻倒她的水杯，滿滿的一杯水漫灑桌面，然後流到公爵的大腿上。

她豁出去了。

「噢，糟糕！」她連忙起身，抓起餐巾衝去幫公爵擦拭。公爵身上的魔咒正呼喚著她，但她仍然靠得不夠近。「看看我眞是粗魯！噢，眞的非常抱歉。」她完全不用假裝自己很尷尬。

公爵往後退開，甩掉手上的水。艾兒希連忙再靠近一些。她的第一印象成形——沒有氣味、沒有聲音，現在她靠得更近了，但感覺不到一絲理智魔咒的特質。這個一定是物理——

「沒事沒事。反正不是第一次了。」公爵站起身。

好極了，不知道公爵會不會成全艾兒希，當場就在餐廳更衣，讓艾兒希就著他的裸身觀察肌膚下的魔咒。

「艾兒希。」巴克斯起身，抓著她的手肘。

「差一點就成功了。」艾兒希悄聲說著。僕人紛紛趕來打掃清理，其他人一定認爲她是個愛惹禍的女人。此時此刻，她實在不敢再得寸進尺，拿著半濕的餐巾去擦拭公爵的胸膛——

巴克斯緊抓著她的手肘，將她拉回來。艾兒希無可奈何地轉過去看著他，但他蹙著眉頭，咬牙切齒，一臉的鐵青。艾兒希愣住了。

「先去更衣吧。」公爵夫人提議：「我們等你——」

巴克斯的聲音壓過了公爵夫人。「您身上的魔咒是什麼？」

整間餐廳瞬間安靜下來。即便是僕人也噤若寒蟬。艾兒希雙唇微啓，**這也是個辦法……**

公爵一愣。「什麼？」

「您身體裡的魔咒。」巴克斯指出具體的部位。「是不是虹吸魔咒的受納器？」

公爵的臉色刷地慘白。「我不明白你的意思。」

「我們開誠布公吧，以賽亞。」巴克斯繼續進逼。「她是破咒師。」

艾兒希愧疚地放下餐巾。

公爵瞥向妻子一眼，緩緩往桌邊一靠。「事情不是你想的那樣，巴克斯。」

巴克斯緊繃著臉。「那請向我解釋。爲什麼有個魔咒，從我青少年時期開始就藏在我身上？爲什麼我一移除這個魔咒，您就開始發病？」

公爵夫人聞言滿臉詫異。難道她一無所知？「以賽亞？」

一名僕人比了手勢，其他僕人立刻紛紛退出去。

喬西小姐來回看著巴克斯和她父親。「怎麼回事？」

巴克斯不吭聲，只是等待。

公爵終於嘆口氣。「我的身體越來越虛弱，而當時的你是如此健壯。」

巴克斯握著艾兒希手肘的手抓得更緊。

「拜託——」肯特郡公爵朝巴克斯伸手。「我沒想從你身上汲取健康。你父親——」

「我父親對此知情？」

公爵用力吞嚥。「正是你父親同意的。」

巴克斯沉聲大吼：「他沒有這個權利！」

「嚴格來說——」

「我一直以爲我得了小兒痲痺症，」巴克斯傾前靠向餐桌，他終於鬆開艾兒希的手，兩手撐在桌面上。「這麼多年來……我以爲自己有小兒痲痺。我以爲我會兩腿殘廢，找了無數的醫師幫我看病。」

「女孩們，先離開。」公爵夫人低語：「我們去客廳等妳們的父親，嗯？」她催促兩個女孩朝門走去。艾兒希的脈搏加速，但她沒有加入她們。她需要留在這裡，需要站在巴克斯身旁。她抬手，輕輕碰觸巴克斯的肩膀。

公爵一臉苦惱，又重複剛剛的話：「你父親知道的。」

「您也知道。」巴克斯陰沉地回應。他挺直身軀，整個人似乎變成兩倍高。「是誰做的？我父親不是造像師，不會施制魔咒。」

公爵撇開臉。「我發過誓，不能——」

「是誰？」巴克斯進逼。「這是您欠我的。」

公爵的雙肩頹然地垂下，艾兒希覺得他的手指都快碰到地毯了。「伊諾克．菲利普斯法師趁你熟睡時設下的。」

艾兒希倒抽一口氣。菲利普斯法師不就是物理宗派學府的議會首長嗎？

巴克斯說：「從現在開始，我不認為您可以繼續再吸取任何人的元氣和能量。」

公爵整個人絕望得彷彿快哭出來。

巴克斯一把抓住艾兒希的手，艾兒希嚇了一跳，然後就被突然拉走，朝門口移動。她要小跑步才跟得上巴克斯的步伐。走廊上有名女僕正在掃地，巴克斯大吼：「我要現在、馬上看到一輛馬車等在門口，接肯登小姐上車。」

他的姿態和低沉嗓音，流露出不容拒絕的威嚴和被壓抑的磅礡怒氣。女僕聞言連忙回應：「立——立刻去辦。肯登小姐，請跟我來。」女僕屈膝行禮，連忙扔下手邊的工作，快步帶領艾兒希走到門廳的一張軟墊長椅前。與此同時，巴克斯快步衝上通往樓上的階梯。

女僕接著朝反方向小跑步去叫馬車。

艾兒希吁出長長的一口氣，坐到長椅上。她萬萬沒想到今晚會如此收場。她朝樓上瞥去，很想跟著巴克斯上樓查看他是否沒事，她很擔心。但這是多此一舉，他當然不可能沒事。他怎麼會沒事？公爵吐露的眞相猶如晴天霹靂，竟是巴克斯的親生父親背叛了他。

艾兒希不安地拇指不斷纏扭。如果公爵家的人過來，她該說些什麼？大家都清楚，正是她將公爵身上有魔咒一事告知給巴克斯。他們絕對不會想再見到她了。也許，她應該立刻起身步行回布魯克利，讓馬車追上她，又或者進城時看能否叫到出租馬車。外面正在下雨——傾盆大雨，但感冒並不會死人，以現在的情況來看。

如今種種的尷尬，更可能致她於死地。

她正要起身，外面就傳來了沉重的馬蹄聲。片刻後，一個穿著濕答答制服的車伕衝了進來。「肯登小姐？請移步上車。」

艾兒希點點頭跟著他走出去。一輛由四馬拉動的厚實黑色馬車等在外面。對於單獨一位乘客來說，它實在太大了，但她又能說什麼，起碼它有廂頂擋雨。她抬手試圖遮雨，但對於傾盆大雨來說實在作用不大。她快步走向馬車，車伕爲她開門。艾兒希感激地爬上車，車伕立刻關門避免更多雨水灑進去，還差點夾住她的裙襬。

她躺靠在車廂內，撥開沾黏到臉龐的一縷濕髮。接下來呢？巴克斯肯定不會再待在公爵府了。他想回巴貝多島嗎？如果他打算回島，對他們原本的計畫會有什麼影響？她不認爲巴克斯會扔下她，讓她獨自面對治安官和刑獄，但一想到絞刑……她的手不自覺地撫上脖子。埃米琳的珍珠項鍊給了她一絲慰藉。

車伕坐到駕駛座上，車身抖動一下，但就在四隻馬抬蹄跑動前，車門被猛然拉開，一陣冷颼颼的強風灌了進來。她驚訝地看著巴克斯爬上車，在她對面坐下，然後車門又砰地闔上。馬車再次一陣抖動，有人把一具大皮箱放到馬車後方。

「我跟妳走。」巴克斯宣告，隨即舉拳捶打車頂示意前進。

10

「我們需要繞道一下。」馬車跑下車道時，巴克斯突然出聲。艾兒希望向窗外陰暗的府邸，沒看到公爵家的人出來。

「繞道？」艾兒希問。

「希爾法師之前邀請我去她家住。」巴克斯一邊解釋，一邊拉下頭髮上的綁帶，向後躺靠在車廂內壁上。「我打算接受她的邀請。」

「但在這麼晚的時間？」

巴克斯沒有回應。

艾兒希操心起她的手。她來的時候沒戴手套嗎？還是被她忘在府邸了？「嗯……你搭公爵的馬車出來，公爵會介意嗎？」

巴克斯雙臂交抱，回答：「他阻止不了我。」

艾兒希用力吞嚥。「那……那你的家僕們呢？」約翰和……另一個好像叫瑞勒吧。

「他們有其他任務要完成。」

她轉動手指上的戒指。「抱歉，巴克斯。我沒想到事情會變成這樣。我一直希望那是別的魔咒。」

巴克斯放鬆下來。「我也是，但我也做好了心理準備，接受最壞的結果。」他伸手進外套裡，拿出一對蕾絲手套，對摺後再遞給艾兒希。「我想這應該是妳的。」

艾兒希雙唇驚訝地微啓，接過了手套，兩人的手指輕拂而過。如此簡單的一個碰觸，就足以令她心跳加速。「謝謝，你眞體貼。」她把手套放到大腿上。

兩人不再吭聲，馬車噠噠地朝倫敦前進。艾兒希瞥向窗外，但除了密密麻麻的雨絲之外，什麼也看不見。「你那個行李箱裡究竟裝了多少東西？」

「大約一半的行李。」

「男人的確可以把東西一股腦塞進行李箱，瀟灑地說走就走。」她兩手交疊在大腿上。「女人就做不到了。」

巴克斯淡淡一笑。「明天早上我所有的衣物一定都皺得要命。」他又換上巴貝多的口音，艾兒希聽了很開心。

「你的衣服都十分合身能把皺褶撐開，沒問題的，還是一樣好看。」這話一說完，她耳朵頓時紅到耳根。「所以你接下來打算怎麼辦？」

他搓揉著唇上的鬍鬚。「我會接受希爾法師的好意，先住在她那裡，直到在倫敦找到合適的住宅。我打算加入物理學府，做一個自由接案的造像師。」

她的胃一揪。「即使你知道了……菲利普斯法師？」

「無論他過去做了什麼，我必須親自聽到他的說法。」

艾兒希燃起了一絲希望。「你要待在倫敦？」

「直到我們決定回巴貝多島。我在那裡有領地，艾兒希，但要把那裡的收益移轉過來，手續十分複雜。我們在這裡最好要有穩定的收入。」

我們。老天救救她吧。「都是我害的，把你困在這裡。」艾兒希低語：「你討厭這座城市，還有一個利用你的公爵，你還要在一個討厭的人底下工作，而且這裡也沒有火鶴花。」

他放下手。「我並不討厭英國。我的人生，有很大一部分的時間都是在這裡度過。火鶴花只是我突然想到的一個建議。」

「但你比較喜歡巴貝多島。」艾兒希繼續進逼。

巴克斯蹙眉點點頭。

艾兒希雙肘往膝蓋上一撐，把臉埋進手中。「抱歉，巴克斯。都是我的錯。是我害得你和公爵翻臉。也是我害你不得不娶我，還回不了家鄉。」

「艾兒希——」

「我們可以取消婚約。」艾兒希抬起頭，卻不敢直視他的雙眸。「情人分手很正常，」她的肚子翻攪起來，似乎想擰出剛剛的晚餐。「雖然報紙上已刊登我們的婚事，取消的話……會很尷尬，不過反正貴族圈中沒什麼人認識我。我們只需要找個藉口。或許，我們可以搬出公爵來搪塞一下。治安官既然已經通融我，就不可能再隨意撤回對我的赦免，對吧？普雷斯科女士也眞的以爲我只是個新手，她可以爲我們做證。埃米琳也——」

「嫁給我眞的那麼可怕？」

這道問題瞬間打散她的思緒。她抬眼遇上他的目光，胸口狠狠一緊。他的綠眸透著犀利和冷漠的情緒，令她想起兩人初遇的那個夜晚，她苦苦哀求他不要通報警方。

她的喉嚨彷彿被魚鉤勾住。「我沒這麼說。」

「妳就是這個意思。」巴克斯爭辯。「妳搬出所有妳能找到的藉口，就是爲了取消婚約。」他緊抓著座椅邊緣。「我知道我不是未婚女子心目中的理想對象——」

「噢，巴克斯，不是的。」她帶著哭音說，她憎恨自己如此愛哭。「你沒看見嗎？你遲早都會後悔出手救我。我們甚至都還沒和牧師約談婚禮，我就已經給你惹上很多麻煩，變成你的負擔。」

馬車經過街邊的一盞煤氣燈時，幾道陰影掠過他臉龐。「妳不是我的負擔。妳爲什麼這麼想？」

「我爲什麼不這麼想？」艾兒希反駁：「我是所有人的負擔。」她眨眨眼把眼淚擠回去。「我從小就是所有人的負擔，否則我的家人爲什麼會爲了擺脫我，選擇在半夜偷偷離去？還有阿弗烈德也是，他一找到機會立刻拋下我。即便是奧格登，他也是在不得已的情況下才收容我進——」

巴克斯傾身向前，兩人的腦袋差點就要碰在一起。「妳不是負擔，艾兒希．肯登。妳只是運氣不好，人生中出現了一些徹頭徹尾的蠢蛋。」

艾兒希往後一靠，雙臂交抱。「你等著吧，你很快就會知道了。我不是個好人，巴克斯。默頓法師——」

「妳已經無罪釋放，妳沒有罪，這件事沒必要再拿出來討論了。」

「你不是我的法官。」馬車轉彎了。「你不能自行宣告我無罪。假如他們知道了——那個治安官知道了——司法絕對不會放過我，這點你很清楚。我只是……我這個人有問題，巴克斯。我不討人喜歡。」

「妳不會不討人喜歡。」

「你根本沒聽我說話。」

「不，是妳沒在聽我說話。」巴克斯的語氣充滿了沉重的挫敗感，他抬手指著對面的窗戶。「妳以爲我做這些，只是爲了救妳？以爲我是童話故事裡的英雄，無私地拯救一個無助的女人，幫助她脫離苦海？不是的。我的確沒想到妳會遭逮捕，也沒想過會和治安官玩這場遊戲。這兩件事，只是一種催化劑，它們加速了事情的發展。我花了那麼多的時間，無時無刻都在想辦法說服妳相信，我對妳的愛是認眞的，但現在看來，這些努力壓根就是石沉大海，徒勞無功。」

艾兒希搖搖頭。他只是在安慰她、可憐她，她根本聽不進去。

「我就這麼……不值得信任？」巴克斯痛苦地問，他好想拿把小刀刺進她的心臟。「我的這些作爲，在妳眼裡全是虛情假意？」

「不是的。」一滴眼淚從她臉頰滑落下來。「不是你的問題。你很好，很完美。你一向都是如此完美。但我遲早都會讓你失望，還有後悔。」她翻找隨身小袋想找手帕。「我只是想救你脫身，巴克斯。我只是希望你能快樂。」

「妳這個傻女人。」

她點點頭，終於找到了手帕，抬起頭想要道歉。「我——」

但她一抬起頭就遇上了巴克斯的臉。巴克斯此刻已離開座椅，艾兒希還來不及意識到，他的手就已滑上她的頸背，將她堅定地靠向他。他的唇吻上了來。

艾兒希心神激盪，四肢發軟並且心跳劇烈。她倒抽一口氣，巴克斯乘機長驅直入，輕側過頭深吻。他的唇溫暖濕潤且充滿霸道，喚醒她的靈魂與他相遇，在他的碰觸之下隨之舞動，一陣陣顫慄竄過她的每一吋肌膚。

她的手指穿進巴克斯的髮絲裡，熱情奔放地與那一頭美麗濃密的髮絲糾纏，這份激情，恐怕連她最愛的小說故事都自嘆不如。馬車往下坡快速移動，她整個人瞬間騰空彈起，在他的撫摸之下，在他的滋味之下，在他柑橘和雨絲般交織的體香中狂喜迷亂。一股熱氣爬上她的舌頭，滑下她的咽喉，從裡到外溫暖著她，越來越滾燙，直如一團火燃燒著她。她用力咬住他的下唇，感覺自己好像聽到一個極其輕微的呻吟。她內心深處有某個東西，就像一個不同凡響的魔咒被喚醒了，蠢蠢欲動。

不，眼前這一切不是眞的。但她難以否認，因爲眼前這一切太過眞實了。

阿弗烈德從沒有這樣吻過她。

兩人旁邊的車門門閂被人拉開。巴克斯立刻退開，扔下艾兒希孤零零地暈頭轉向。她這才意識到馬車早已停下來，他們已經抵達目的地，而車伕差一點就發現兩人處在相當不妥的姿勢。

巴克斯機警地立刻抓住門把，趕在車伕之前推開門，車伕見狀只會以爲他離開座椅是爲了開門。「謝謝你。」他忘了換回英國口音。「請幫我去敲希爾法師的門，我自己去拿行李箱。」

車伕點點頭，小跑步穿過車道，朝陰暗的房子走去。房內有幾扇窗戶仍然亮著燈。

巴克斯一腳跨出車廂、踩在踏板上，另一腳仍然固定在車內不動。

艾兒希腦筋飛轉，努力鎮靜下來，好不容易才擠出聲音，從發顫的嘴唇吐出：「巴貝多人都是這麼接吻的嗎？」

他輕扯嘴角一笑。這個傲慢的男人。「這點我無可奉告，我沒有和他們接吻過。」

艾兒希放聲大笑，嘴唇一痛，不過倒是釋放了堆在胸口的壓力。

巴克斯抬手撥開濕漉的鬈髮，捧著艾兒希的側臉。「我要妳相信我，艾兒希。」

她貼著他的手，點點頭。「我相信你。」

巴克斯好似又要吻了上來，她在期盼中顫抖，但車伕已經往回跑了過來。巴克斯放下手，抓住她的雙手用力一捏後說：「寫信給我。」隨即他跨出馬車，走進大雨中。

在回布魯克利的路上，艾兒希整個人渾渾噩噩，車外的風雨交加，馬路上的顛簸，她全部都沒有感覺。她徹底忘掉了七橡園發生的衝突，也忘了在石器作坊等著她的報紙文章。

她夢幻般地回到了家，突然好想吃柳橙。

11

露絲．希爾法師看到門階上的巴克斯，不禁吃了一驚，連忙熱情地招待他進屋。巴克斯開門見山解釋他前來投奔的來龍去脈，包括肯特郡公爵爲維持健康而對他做的事。巴克斯一直擔心希爾法師會同情公爵——畢竟巴克斯身強體壯，有足夠的生命力去分享給他人——但希爾法師沒有。她吩咐下人，一小時內就爲他清理出了一個房間，巴克斯向她表達萬分感激之情。

翌晨，巴克斯和希爾法師搭乘馬車，前往倫敦物理宗派學府。不過兩人一進入學府的大石門後就分道揚鑣。巴克斯並沒有事先送來拜帖；就他所知，議會今日沒有開會議程。但他此行的目標不是議會，而是菲利普斯法師。希爾法師也告知了菲利普斯法師辦公室的所在位置。

學府裡的警衛並沒有攔下巴克斯，儘管有一、兩個準備上前來阻攔，但一看到他衣領上的金別針——象徵法師的標誌，便紛紛止步。他自在地穿過走廊，爬上樓梯，朝菲利普斯法師的辦公室走去。若是在一個月前，面對這樣的奔波他只會厭煩不已。即便是現在，若不是爲了艾兒希，他仍然會感到抗拒。

他嘴角忍不住地揚起得意的笑容，並爬上通往三樓的迴旋樓梯，它被一個拿著空桶子和拖把的女僕打掃得相當光潔。完美，對不對？當然，他絕不是故意惹哭艾兒希，但艾兒希是如此執著這奇怪的想法、認爲自己一文不值，眼淚似乎無可避免。他相信她錯誤的自我概念，已經被他開始動搖了。在未來的日子裡，只要她有任何需要，他很樂意一遍遍、不厭其煩地向她證明她錯了。

他朝走廊盡頭的那扇門走去，這時才意識到自己其實很期待婚禮。不過現在，他必須先把艾兒希擱到一邊，了結眼前這件事。

他用力敲打那扇沉重的木門，木門的鉸鍊隨之震動。

片刻後，裡面一道聲音不耐煩地傳來：「進來。」

巴克斯用肩膀頂開木門走進去。菲利普斯法師的辦公室，一樣是由古老的石塊打造而成，不過地上鋪著胡桃木板。窗外的陽光透過那扇單窗灑了進來。天花板的四角各有一顆大玻璃球，在燈光魔咒的作用下照明整間辦公室。一張大型辦公桌擺設在印度地毯上，而法師背後的牆上掛著一幅萬馬奔騰的繡帷。

那位造像師似乎並不樂意看見巴克斯。他原本正在寫信，此刻放下了羽毛筆，拉下袖子，往後躺靠在椅背上。「凱爾西先生。不，現在是凱爾西法師了，對吧？你很清楚，我只接見事先預約的人。」

巴克斯耐著性子，有風度地點點頭。「抱歉，打擾了。」

「你是打擾到我了。」他的雙臂交抱。「說吧，你爲了何事前來打擾？」

這麼說來，前面的寒暄客套都可以省去了。非常好，如此巴克斯就不需要勉強自己，假裝沒事般地向這男人噓寒問暖。他發現辦公室裡除了菲利普斯法師坐的那張，就沒有其他椅子了。看來，若非菲利普斯法師甚少在辦公室裡會見他人，就是他主張訪客應該都站著。幸好巴克斯也偏好站著和人談話，藉著身高的優勢壓人一頭。

「我決定加入學府，成爲一個自由接案者。」巴克斯說著，雙手往後背一負。嚴格來說，他在學府的名冊上仍然是學生身分，這使得他無法在英國從事造像師的工作收費賺錢。

菲利普斯法師挑眉。「這有一定的手續流程，你照辦申請就是了。」

「我從來都不是循規蹈矩之人。」

菲利普斯法師把寫了一半的信推到一旁。「凱爾西法師，你不能只是走進來，然後宣告自己是倫敦物理宗派學府的一員。首先，你需要找一個保證人——」

「希爾法師就是我的保證人。」巴克斯打斷他的話。「我也取得了必要的文書證明資料。事實上，我現在只差您的點頭同意了。」

菲利普斯法師沉思片刻，嘴唇抿成一條直線。他拿起筆，用筆尾在辦公桌上畫圈圈。「你不是辦完事就要搭船回那座島了嗎？現在怎麼變掛了？」

巴克斯的肩膀繃緊。「那座島有名字，叫做巴貝多。」

「好，好。我認爲，你還是回到你的領地上，這樣對大家都比較好，凱爾西法師。我相信巴貝多那裡，必定迫切需要制咒師的服務。」

菲利普斯法師的提議充滿了譏諷。巴貝多納悶，如果他不是單獨來見這位法師，而是召集了議會成員來開會，這個人還敢如此傲慢無禮嗎？不過話說回來，其他成員很可能附和菲利普斯法師，那麼巴克斯的路將會更難走得通。

「我打算留在英國。」巴克斯的語氣平穩。當然他還是需要在英國、巴貝多之間來回往返，不過菲利普斯法師不需要知道這點。

菲利普斯法師氣得眼睛抽動起來。他似乎不太習慣別人對他說不。「那麼你爲何會突然想留下來？」

「因爲我即將迎娶一位英國女人。」巴克斯將重心挪到一條腿上。「其實，新娘是個破咒師。」

菲利普斯法師歪嘴一笑。「是嗎？你是用計迫使這個人跟你結婚吧？那麼我就不恭喜你了。而這次，我要拒絕你的請求。」

巴克斯怒視他。「也不只是這次，不是嗎？無論我提多少次，您就會拒絕多少次。」

「現在我們終於有了共識。」菲利普斯法師坐挺起來。「我並不喜歡你，凱爾西法師。」

「我們壓根不認識。」巴克斯忿恨地說。

菲利普斯法師只是聳聳肩。「我不喜歡你所代表的一切。這樣說吧，你跟我……不是同個層次。有希爾法師在我身邊已經夠礙眼了，不需要再來一個。你明白嗎？」

巴克斯的胃部一揪，不過他仍然點點頭。自從和那個地方治安官面談後，他就有準備應付這類對話的打算了，尤其在昨晚的事情之後。「明白。但我認為您一定會同意。特別是您堅持繼續玩這些手段的話。」

菲利普斯法師一臉不以為然。「你是在威脅我嗎，凱爾西法師？論體格，你的確勝出，但是我的法力遠遠超過你。」

「我沒想要傷害您的肉體。」巴克斯表明態度。「不過我最近正巧發現了一個祕密。您認識我的父親對吧？」

菲利普斯法師盯著他。「我想不起來了。」

「我猜您是否也想不起來，您曾經在他的兒子體內植入一個虹吸魔咒，藉以維持肯特郡公爵的生命？」

菲利普斯法師的額間皺起。「我看你是曲解了整件事。這一類的魔咒，只要在父母的同意下都是合法的。你那個時候還沒有成年。」

「啊，但您一定也想起來，我的父親已經過世好多年。」巴克斯向前跨出一步。「因此您現在並沒有證人，可以證明您有得到我父親的同意。」

法師的眉頭低垂下來。「你忘了還有肯特郡公爵。」

「而你忘了我對公爵來說就像是兒子，他不會對我出言不利。特別是考慮到虹吸魔咒已被解除。」

菲利普斯法師的眼角再次抽動。巴克斯沒必要告訴他，公爵已經另外找另一個新宿主，繼續吸取他人元氣爲己所用。聽說那是個平民男孩，家裡經濟拮据，極需一筆收入。他比巴克斯幸運一些，畢竟巴克斯的元氣被出賣了那麼多年，卻連一分報酬都沒拿過。而且公爵早已年邁，無論有沒有魔法的幫助，他都不可能長生不老。

巴克斯再拉近對方和辦公桌之間的距離，雙手按在桌面上，傾身向前。「菲利普斯法師，您因爲種族歧視或我的外國人身分，否認我在學府的正式資歷和資格，眼下是沒有法律來規範和阻止您的偏見。但是，也沒有法律來規範和阻止我，向司法系統指控您非法對一名未成年少年下咒。這一類罪行刑期是很可觀的，即便您最後脫罪、無罪釋放了，您的名聲也會遭受到不小的打擊。」

菲利普斯法師就像一條護食的狗，齜牙咧嘴地說：「你竟敢企圖恐嚇我？」

「我不是企圖，菲利普斯法師。」巴克斯一字一字清楚表明。「我就是在恐嚇您。」

當日下午，巴克斯在馬車前等待露絲・希爾法師，而爲了打發時間，他把手中的一塊石頭軟化又硬化，再不然把它塑造成一棵樹或一條魚，不過他還是缺乏藝術天分。希爾法師從學府走了出來，問他：「結果如何？」

巴克斯微微一笑。「十分順利。我想我們可能低估了菲利普斯法師——他比我以爲的理智多了。」

希爾法師臉上流露不可置信。「眞的？那麼路上你得好好跟我描述。」

巴克斯照做了，只不過省略掉與艾兒希有關的部分。

當晚的深夜，巴克斯坐在希爾法師書房裡的巨大書桌前，拿著沾滿黑色墨水的筆飛快寫信。他激動地用力握筆，結果使得字跡歪歪扭扭，不過他想趁靈感猶新時把信寫完，不想拖到明天早上。再者，他也希望盡可能不打擾到希爾法師。希爾法師說過，午夜過後她不會使用書房，而現在已經過了午夜一個小時了。

這些信是要寄回巴貝多島，給他的男管家和產業管理人，信裡囑咐了住家和領地上的待辦事項，同時要求更新他的財務狀況。他當然希望他們能隨時匯報，並且匯錢過來，不過這件事從他一抵達倫敦就中斷了。幸好，拜拍賣競價失敗所賜，原本打算購買法師級移動魔咒的存款仍然還在手邊，而這些錢足夠他和艾兒希過上一段舒適的日子；就算他的領地被水淹沒，並且菲利普斯法師拒絕了他，影響也不會太大。他正在寫的這封信是給他的女管家。他雖然不確定何時回去，但希望家裡能萬事俱備，只等他的新婚妻子蒞臨。他一邊寫一邊微笑，想到女管家讀信時會如何地興奮激動。

書房門上響起敲門聲。「進來。」巴克斯說著，放下了筆並放鬆手指。他把那封信放到已填寫完的學府註冊文件上。

瑞勒，巴克斯的朋友兼家僕走了進來，在只有兩根蠟燭的照明下，深色肌膚的他幾乎融入陰影中。瑞勒注意到那些信件資料，開口詢問：「需要我明天拿去郵寄嗎？」

巴克斯點點頭。「謝謝你，不過你現在早該上床睡覺了才對。」

瑞勒微微一笑。「我還是不習慣，時差調不過來。」

在他們頭頂上，突然傳來女人倒抽一口氣的聲音。若是在白天，巴克斯很可能會聽不到，但現在房子裡萬籟俱寂——

有東西在地板上碎裂開來。

巴克斯猛然起身，把椅子撞得後退。「去找人幫忙。」

瑞勒衝了出去。巴克斯也跟著衝出去，但他往反方向跑去，衝上樓梯朝向臥房區。書房的上方不正是希爾法師的臥室嗎？他對這裡還不太熟悉，無法肯定。

昏暗的光線從她房門下的門縫透出來——一盞油燈被點亮。她還沒有上床睡覺。巴克斯抓住門把用力一推，但門被鎖住了。巴克斯顧不上禮節，立即召喚出法師級魔咒，將黃銅門把化成了氣體，連帶著造成一半的門板被炸開，散發出一陣刺鼻氣味。門把碎片刺入巴克斯的手臂，他不予理會，直接闖了進去。

大床上的被褥整齊鋪著，還沒被動過，而窗簾在敞開的窗戶前飄動，梳妝台上放著一盞油燈。

希爾法師倒在地板上，睡衣上冒出紅色的鮮血。

「露絲！」巴克斯大叫衝了過去。她還活著。所有造像師在死亡後都會化成藝譜集，而她尚未變形。巴克斯在她身旁跪了下去。「露絲！」

一根鐵絲套住了巴克斯的脖子，接著狠狠扯緊。

巴克斯立刻感到窒息，偷襲者用力將他往後一拽。巴克斯兩手抓扯著鐵絲，但抓不住。他眼冒金星，掙扎地探手往後抓去，抓住了偷襲者的手腕並往前一甩，把那個人過肩摔。那個人摔在地板上，差點就撞上希爾法師。鐵絲瞬間鬆開，巴克斯連忙大口喘氣。他眨眨眼，試圖讓視線恢復正常。

那個人穿著黑衣，戴著全罩式面具，隨即翻身而起。他的一隻手負在背後，手裡握著匕首，那顯然就是造成希爾法師受傷的凶器。那個人唯一裸露在外的，只有他的雙手。

巴克斯爬了起來，但黑影一閃，那個黑衣人已然朝他衝過來。是速度魔咒。這種魔咒若是作用在活物上，便無法被轉移。

他還來不及以物理魔咒反應，兩人就狠狠撞上，黑衣人的拳頭像砲彈般擊中他，兩人紛紛摔倒在奶油色的地毯上，巴克斯隨之痛呼一聲。黑衣人舉高血淋淋的匕首，朝巴克斯的胸口刺去——

在這驚險時分，巴克斯及時抓住黑衣人的前臂，刀尖正好懸在他胸口上的兩公分處。一滴希爾法師的血自刀尖滑落，滴在他的領巾上。

黑衣人雙手握刀，再次用力往下刺去。這個人十分強壯，但與巴克斯相比仍然略遜一籌。

巴克斯的另一隻手往上挪去，抓住對方的手腕側身一翻，讓刀尖刺入地板，再用一個焊接魔咒固定住。黑衣人不管怎麼使勁拔刀，匕首就是絲毫不動。

巴克斯低頭一頂準備將對方撞開，但黑衣人沒上當，他順勢鬆開匕首，踉蹌後退，踩到了希爾法師的一隻手臂。巴克斯面前的空氣閃爍，雖然他看不見那個符文，但認得出來這是某種改變空氣密度的魔咒。他往前衝去，但他的速度變慢了一半。於是他朝空中施放一個稀釋密度的魔咒，黑衣人則抓住一根床柱，施放兩個疾速變形的魔咒，使床柱鬆脫出來十多公分，而剩下的全液化成液體灑濺在地板上，然後蒸發消失。

空氣密度變稀薄了，巴克斯奮力向前衝去。

木柱發出微光，硬化成鋼鐵般的致命武器。黑衣人舉高木柱，但不是朝巴克斯，而是朝希爾法師擊打下去。

巴克斯縱身飛撲過去，及時抓住了木柱，但木柱的反作用力竄上他的手臂。他咬牙忍痛與黑衣人較力。他努力液化木柱，而黑衣人持續硬化，兩個反向的魔咒不斷相互抵銷。

他改變戰略，換上發熱魔咒。

黑衣人咒罵一聲——這是巴克斯第一次聽到那個人的聲音，但聽不清楚他究竟罵了什麼——他扔掉燙手的木柱。眼看著木柱即將燒著地毯，但巴克斯不能分心，必須死盯著黑衣人。他也不敢召喚出靜電魔咒製造出閃電，否則可能誤傷希爾法師。

但黑衣人才不管希爾法師的死活。空氣中的靜電劈啪作響。

巴克斯用力一扭，一拳狠狠地揍在黑衣人的臉上。黑衣人踉蹌退開，但巴克斯再出拳之時，他手臂的運動變成了慢動作，空氣突然變得濃厚，再次限制住他的行動。

一陣突如其來的暴風撲上巴克斯，他被掃得失去重心、飛過房間，撞上半毀的房門。門板被撞得碎裂，他摔進木頭碎片之中。巴克斯頓時一陣頭暈眼花，好不容易恢復過來時，黑衣人已經站到他面前，手裡舉著一根如棍子般二十多公分長的碎片。碎片發出微光，正開始逐漸硬化。

空氣再度劈啪作響，一道閃電從巴克斯的眼前劃過。但他沒等到那道灼熱的電擊。他眨眨眼，一下子看見兩件事：黑衣人的衣服冒著煙，而用手肘撐起上半身的希爾法師癱倒下去，另一隻手伸得直直的。她施放魔咒救了巴克斯，耗盡了她剩餘的力氣。

黑衣人呻吟一聲，扔掉手中的武器，再次向空中施放稠密魔咒，空氣瞬間厚重到令人難以呼吸。他乘機朝窗戶逃走，消失在窗簾之後。

巴克斯施法將空氣密度恢復到正常，隨即追了出去，在陽台邊停下。下方似乎有動靜，巴克斯大可以用稠密魔咒減低墜落的衝擊力跳下去追人，但希爾法師受了重傷，他不能再冒險留她獨自一人。

他連忙跑回房間，抓起床上的毯子衝到希爾法師身邊，用厚毯子壓在她的身軀上，那裡不止一個傷口在流血。

希爾法師的一名僕人可能察覺到房間內安全了，這才探頭進來。

「快去叫醫師！」巴克斯大吼。

「醫──醫師已經在來的路上了。」女僕圓睜著眼，瞪著癱在地上的希爾法師。

「要外科醫師。」巴克斯努力讓自己冷靜下來。他手臂上的肌肉抽動，心跳像一匹激動的馬般劇烈跳著。「她需要外科醫師。」

「我──我去找，不過這個醫師是時間造像師，應該能減緩傷口惡化。」

「但他止不了血。快去找外科醫師過來！」

女僕點點頭，跑下走廊。

希爾法師被厚毛毯壓得不舒服，呻吟出聲。

「撐著點，露絲。」巴克斯低語，沒把毯子掀開。「再撐一下。」

12

截至目前爲止，奧格登透過靈訊收到兩篇來自美國的文章。一篇出自《波士頓先驅報》（*Boston Herald*），另一篇則是《紐約時報》（*New York Times*）。

艾兒希和他坐在會客室裡分析文章，不過他們告訴埃米琳，奧格登在幫她整理和記錄婚禮的開銷。埃米琳對他們的事仍然一無所知，他們也不打算讓她知道。艾兒希按照上次分析三篇英國報紙的方法，找到了她要的段落，只是這次，兩篇文章皆以美式英文爲主，暗語則是使用英式拼寫。

第一篇文章標題爲**靈性宗派制咒渡鴉的陰謀**，其中一段的文字：認知到組織渡鴉的必要性至關重要，無論在美國或英國皆然。它跟《每日電郵報》都提到了靈性魔法，這不可能只是巧合。

第二篇文章大標為**給同行的一封信**，內容是：迎合我，來吧；開啟對話，我們就是鄰居，不是嗎？

奧格登的結論與艾兒希一致。默頓在尋找這個美國人，而這個美國人也是一名靈性造像師，因為他有她想要的某個魔咒──一個十分罕見的魔咒，而並不在默頓目前蒐集到的藝譜集中。而這個美國人正在躲她，默頓便刊登這些文章逼迫他現身。奧格登推測，默頓刊登的文章可能不只有這些，而是有上百篇，不過現在已沒必要把它們都找出來了。

「默頓手中應該還有牌沒攤開。」奧格登放下素描簿，素描簿正翻到那個美國人的畫像那頁。「無論這個男子是誰，他都明白默頓的意思。」

「但這不是她的最終目標。」艾兒希用鉛筆輕敲著那篇渡鴉的文章。「因為她搶奪的藝譜集不只有靈性宗派的。四大宗派的造像師她都有攻擊。」

「也許是為了爭權。」奧格登思索著。「又或者她想削弱、剷除異己，移除障礙。」

「但這些異己反對她什麼？」這已不是艾兒希第一次提出這個疑問了。她拿起《每日電郵報》的文章，喃喃低語：「默頓，妳究竟要什麼？」

他們可以找那個美國人問個清楚嗎？艾兒希不認為那個人會再來找她，但也許她能──

會客室的門被打開，奧格登抓起素描簿連忙闔上。「埃米琳，怎麼了？」

「有人找您。」埃米琳把門拉得更開，只見巴克斯大步走了進來。

艾兒希彈跳起身，但她的心臟跳得更高。那段回憶從腦中冒出來，她雙頰一陣緋紅。「巴克斯！你怎麼來了？」**不然我一定梳個更漂亮的髮型**——

她突然注意到巴克斯脖子上那條明顯的紅痕，倒抽一口氣。

「出了什麼事？」艾兒希連忙朝他走去，差點就被中央的矮桌絆倒。她想抱住他，但在奧格登和埃米琳的注視下，她停下動作，只是抓住他的前臂。巴克斯扶著她的雙肘。「巴克斯，你看起來像熬了一整夜都沒睡覺。」

「我在來的路上有小睡一下。」他的語調既帶著英國人的裝腔作勢，又帶著巴貝多人的樸素天然，文明與野性共存。

奧格登將幾篇文章收拾好，放到一旁去。「來，請坐。」

「謝謝。」巴克斯對艾兒希淡淡一笑，在沙發上坐下。艾兒希回到之前的座位上，她還來不及開口詢問，巴克斯已經率先切入主題：「希爾法師昨晚遇襲。」

「什麼？」艾兒希驚呼。與此同時，奧格登一陣長嘆：「老天。」

「她還活著。」巴克斯繼續說：「雖然傷勢很重，但醫師說她會復元的。凌晨的時候，有個時間造像師延緩她的出血速度，之後她就被送到倫敦的一家醫院去了。」

艾兒希抬手捂住胸口。「太……太可怕了。是有人開槍射她嗎？」

「是被匕首刺傷的。」

艾兒希臉色慘白，伸手去握巴克斯的手。「你和他交手了對不對？那個殺手。」

奧格登轉向站在門口的埃米琳。「埃米琳，能幫我們砌壺茶來嗎？」

年輕女僕遲疑了，顯然想留下來聽八卦，不過她仍然屈膝行禮退了出去。

巴克斯面容嚴肅地點頭。「有交手了一下。但那個人不像亞伯・奈許，他本身是個物理造像師，而且是法師級的。」

奧格登暗罵一聲。「她又找到一枚棋子。」

「沒錯。」巴克斯附和。「這個人中等身材，也許再高一些。從頭到腳一身黑衣，包括臉孔也被遮住。我認不出他是誰。」

艾兒希說：「我們去找一份倫敦的制咒師註冊名單，用刪去法——」

「妳怎麼能確定那個人有登記在冊？」奧格登說：「我就沒有。」

「她從沒利用你直接下手殺人。」艾兒希低語。

奧格登蹙眉。「起碼就我想得起來的記憶來看，的確如此。」

艾兒希伸過去輕捏他的手，然後轉向巴克斯。「你還有哪裡受傷？」

「都是小傷，瘀青而已。」

艾兒希嘆口氣，收回兩隻手。「我要結束這一切。我要事情到此爲止。」

「總有那麼一天的。」奧格登拿起那疊文章遞給巴克斯。「我們的調查已經有一些眉目。

我們破解了默頓的暗語，雖然只找到五篇以艾兒希名義刊登的文章。」他把知道的一切全都告訴巴克斯，但也很快就說完。

「我明白了，」巴克斯翻閱那些文章。「很好。我是指這些資訊。」

艾兒希的目光落到他脖子上的紅痕。「你確定你沒事？」

巴克斯放下文章，對她溫柔一笑。「我沒事。幸好我有在場。我想默頓或那個殺手一定沒想到房裡還有一個造像師。殺手必定是突襲以防希爾法師的反擊。她整整被刺了三刀……」

艾兒希琢磨著，巴克斯算是救下了希爾法師，這就表示默頓又少了一本藝譜集，而那個殺手一定不會冒險潛入公立醫院完成刺殺。那裡會有太多的目擊證人……

埃米琳返回會客室，他們三人頓時沉默下來。埃米琳將銀托盤放到巴克斯左手邊的桌子上，開始倒茶；她給奧格登只倒了半杯的茶水，然後往裡面加鮮奶油直到滿杯。「凱爾西法師，您的茶要怎麼喝？」

樓下傳來一個敲門聲。

「噢。」埃米琳放下鮮奶油。「我去應門。」

「謝謝。」奧格登說。

埃米琳快步走出去，一邊走一邊用圍裙擦手。

一會兒後，巴克斯才說：「教區牧師在七月十六日那天有空。」

艾兒希都忘了訂婚晚宴時討論出來的日期。「噢，但是……在肯特郡，你沒問題嗎？」她本來不願意在布魯克利舉辦婚禮。布魯克利全鎮的人都會期望收到邀請，就算她不邀請，鎮民也可能不請自來。她最不希望看到的，就是萊特姊妹在巴克斯背後指指點點、竊笑耳語。

但他們最近才跟公爵一家人鬧翻……

巴克斯垂眼想了下。「我也問了哈里森先生。」

艾兒希點點頭。哈里森先生是布魯克利的教區牧師，爲人不錯。而且說實在的，把婚禮轉移到布魯克利舉辦也算合情合理不是嗎？如此，巴克斯也比較沒有心理負擔。

她搓揉雙手。「他們一直沒和你聯絡？」

奧格登清清嗓子，起身走到窗邊，望著下方的街道。他並不是特意爲了給他們兩人隱私才走開，但艾兒希仍然感激他。

「公爵夫人有。今天早上出門的時候，我收到她的信。」巴克斯伸進外套的暗袋，拿出一份摺起來的書信遞給她。

艾兒希打量著他，確定他是眞的希望她讀信，這才打開信。信箋有點長，字跡甚至比巴克斯的還好看。這是一封道歉信，信裡提到對於巴克斯的……噢，還有艾兒希的好話。

她的能力實在讓人驚嘆。我只是希望，事情能有更好的解決方式。我說過我並不知情，請相信我，巴克斯。以賽亞不想讓我和孩子知情，他不希望讓我們擔心。我並沒有寬恕他這個決定。我當然希望丈夫能活得長久一些，當然希望他身強體壯。但恐怕隨之而來的代價太高了。我們無比想念你的陪伴。我們全家人對此深感愧疚，尤其是以賽亞。

艾兒希在大腿上把信摺好。「你還好嗎？」艾兒希低聲問。

巴克斯往後躺靠在椅背上，伸了個懶腰，順勢用一根手指順著艾兒希脖子上的一縷鬈髮滑下。一陣酥麻感竄下她脊背。「我當然相信她。」巴克斯嘆口氣。「只是現在沒心思處理和他們之間的糾紛。我還沒有回信給她，也不確定之後會不會回。所以肯特郡……」

他拖長尾音，於是艾兒希接下去說：「我真的不介意在這裡的教堂舉行婚禮。這裡的教堂比較小，裝飾所需的花會比較少，也省錢。」

巴克斯揚嘴一笑。「我不介意花錢給妳買花。」

「那婚禮過後花要如何處理？」艾兒希坐挺起來。「反正也沒人會費心去看它們。更何況，所有的焦點應該在新娘身上才對。」

巴克斯又輕扯了下那縷鬈髮。「沒錯，的確如此。」

艾兒希的臉頰又發燙了。老天，七月十六日已經很靠近，只剩十六天了。然後她就要嫁給……

艾兒希的思緒回溯到他們在馬車裡的對話，接著自然地想起他們的初吻，臉頰上的熱燙擴散到雙耳。巴克斯必定注意到了，因爲他在旁邊輕聲低笑，艾兒希好不容易才克制住打他的衝動。

埃米琳再次返回，並探頭進來。「有人找妳，艾兒希。我不認識他，而且他也不願意報上姓名。」

艾兒希屏息。「不是穿制服的吧？」

埃米琳搖搖頭。「在我看來，那個人就像個普通百姓。」

艾兒希和奧格登交換了眼神。不可能是那個美國人吧？他們不會那麼幸運。也可能是不幸，這完全要看那個人的態度而定。

艾兒希起身撫順衣裙，快步朝房門走去，「今天意外的訪客太多，我都有些累了呢。」她試圖輕快地說，但胃裡滿是糾結。該不會是普雷斯科女士找了一個造像師過來？艾兒希想不起來今天自己是否還有其他的約會，她最近一直心神不寧，很可能是她忘了。

奧格登和巴克斯跟著艾兒希走下樓梯，穿過廚房和通道來到工作室。埃米琳並沒有誇大——那個在櫃檯邊等待的男子，的確就像個普通百姓。他看起來比艾兒希年長幾歲，兩手扭絞著一頂無邊帽；他的衣著整潔，是一般勞工的打扮，全是棕色系組合，不過外套是橄欖色；他頂著一頭蓬亂的鬈髮。艾兒希走進去時，那人抬起頭，而那雙藍眸給艾兒希一股奇異的熟悉感，但不知從何而生。艾兒希確定自己從沒見過這個人。

「艾兒希……妳是艾兒希．肯登。」那個人立刻開口。

艾兒希遲疑了一下，隨即點點頭。「我是，但我不是這家的石匠。」奧格登和巴克斯走了進來，艾兒希指著奧格登。「他才是。」

「噢，呃……」那個人尷尬一笑。「我不是來找石匠的。妳誤會也很正常。」他戴上無邊帽，兩隻手繼續扭絞著，然後又把帽子摘下來。「嗯，這聽起來可能有點奇怪……」

我向你保證，現在這場景已經夠奇怪了，艾兒希擔憂地瞥向旁邊的巴克斯一眼。

「但是，呃，我在報紙上看到你們的結婚啓事。」那個人看看巴克斯和奧格登，然後又回到她臉上。「嗯，我想問妳一個私人問題……」

艾兒希蹙眉。「但我不確定我該不該回答你。」

「拜託，肯登小姐。」

埃米琳迎上她的目光，眼神裡滿懷期望，似乎希望艾兒希點頭答應。

那個人不斷扭擰帽子，好似在扭著一隻雞脖子。「事情是……妳認得妳的父母嗎，肯登小姐？」

艾兒希的胃部一揪。「這是我的私事。還有，你如此打探我的事很奇怪。」

「我知道。只是……」他終於放過那頂帽子，把它放到櫃檯上，然後上前一步。「只是，我的父母……他們太窮了，妳知道嗎？只好把我們送人。他們把我留在雷丁鎮的一戶人家。」那個人輕笑一聲，但艾兒希的胃更加難受。「而且……我有一個叫艾兒希的妹妹。我八歲以後就沒見過她了，而妳……妳的年齡符合。我一直找不到名叫艾兒希．肯登的人，直到上個星期看到那則結婚啓事。」

艾兒希抬手捂住嘴。不可能。**不可能**。

「小子，」奧格登的語氣和善。「你說你叫什麼名字？」

「雷吉（Reggie）。」那個人回答，手指開始扭著外套的褶縫。「那是小名，我的全名是雷吉納德．肯登（Reginald Camden）。」

現在艾兒希知道，爲什麼此人的眼睛會給她難以言喻的熟悉感了。因爲她每天都在鏡子裡看見同樣的雙眼。

那雙眼睛，**跟她的**一模一樣。

淚水模糊了她的視線，她虛弱地低聲問：「你——你知道他們把她遺棄在哪裡嗎？」

雷吉搖搖頭。「不知道，只知道是在雷丁鎮附近。一座小鎮。我家第一個失去的就是她，但我不知道確切原因。我不知道他們早就已經計畫好了，要把我們全部遺棄。父母他們……從沒跟我解釋過。我後來長大才明白過來。」

艾兒希喉頭哽咽。他如何知道的？他如何知道這一切，除非……

「你是我的哥哥。」艾兒希大吸一口氣，爆出一聲嗚咽。

那個人微微一笑，眼眶濕潤。「是啊，艾兒希。我很確定我就是。」

13

「妳真的不記得了？」

他們全都坐在餐桌前，奧格登坐在主位，雷吉納德——**雷吉**——坐在艾兒希的對面。巴克斯坐在她旁邊，而埃米琳不吭聲地坐在餐桌的另一端、奧格登的對面，整個人傻住。按照禮儀，現在應該有人要去準備茶水，但在這種重大時刻，誰會在乎喝不喝茶？

艾兒希心神飛揚，希望永遠這樣開心下去。她驚奇地搖搖頭。「我就知道我有父母，而且記得有一個哥哥。我**就知道**我有一個哥哥！」

雷吉笑了出來。「是啊，妳有，妳總共有三個手足。也許妳記得約翰，他比我大。我也找到他了，那是大約六年前的事。」

艾兒希的心跳加速。「真的？在哪裡——」

雷吉抬手阻止她發問。「先別太興奮，艾兒希。」他沉下臉。「我真的很抱歉，但我必須跟妳說，他……他已經不在了。幾年前的一個冬天死於痲疹。」

艾兒希的身子瞬間變得好沉重。巴克斯的手安撫地在她的膝上。就那麼一個簡單的碰觸，立刻讓她穩定下來。

「我明白了。他被埋在何處？」

雷吉又開始扭絞帽子。那頂帽子居然還沒變形，眞是厲害。「倫敦北邊的一座小鎭，叫做綠墩鎭（Green Knoll）。如果妳想去，我可以帶妳去看看。」

「我想去。不過……你說我們總共有四個兄弟姊妹？」

雷吉雙手一拍。「沒錯，還有一個妹妹，比妳小。她叫做愛麗絲，這點我很確定。但是我一直找不到她。不知道我們的父母是否有把她留在身邊，或者也將她遺棄在某個地方了。任何地方都有可能。」

一個妹妹。艾兒希有一個妹妹，而且就在這附近的某個地方。這個妹妹很可能甚至不記得自己姓肯登，如此就更難找到了。她雙掌按在桌上，說：「我就是不明白他們爲什麼這麼做。他們怎麼可以拋棄自己的親身骨肉。」

「我說了，我們家當時很窮。」雷吉輕聲說，其他人全都默默聆聽。「眞的很窮。我記得我經常餓肚子，不斷流離失所，父親也一直在找工作，但我不記得他是做什麼的。我們一直借宿在好心的陌生人家裡。我想，他們就是在借宿期間有了遺棄我們的想法。」

艾兒希嚴肅地點頭。「那你被送去了救濟院嗎？」

雷吉有些尷尬地說：「呃……沒有，我沒有。我被遺棄在一個無法收養我的家庭，但那個村莊裡——那裡叫做土恩其（Turnkeys）——有一對老夫妻，他們沒有孩子。他們收養了我，但我必須爲他們工作換取衣食，不過總算是給了我一個遮風避雨的地方。」

艾兒希點點頭。「聽起來不錯。」

「應該比救濟院好一些吧。但妳看起來過得不錯。」他環視廚房一圈，再看看奧格登、埃米琳，最後停在巴克斯的臉上，並對著巴克斯說：「可能有很多人問過你了，但我還是必須問你是哪裡人？」

「巴貝多島。」巴克斯耐心地回答。

雷吉吹了一聲口哨。「那麼遠。我以爲你是土耳其人。」

「雷吉，嗯，肯登先生——」埃米琳突然變得急切。「您是做什麼的？您是農民嗎？」

雷吉大笑一聲。「以前算是吧，但現在我的工作是維修凸版印刷機，也販賣零件。就在倫敦。」他往北邊一指，彷彿大家不知道那座不斷擴張的城市在何處。

「這工作聽起來不錯。」奧格登附和。

雷吉點點頭。「我滿喜歡這份工作的。雖然我不像您擁有自己的店舖，不過跟我一起合作的那個人不錯，人也很實在。」

艾兒希納悶自己該不會已經有姻親了。「你結婚了嗎？」

她驚訝地看著雷吉微微發窘，更發現他的眼睛還偷偷瞥了埃米琳一眼。「啊，沒有，還沒。我有努力過，但沒成功。」

埃米琳脫口而出：「艾兒希現在是一個破咒師呢！」

突然被公開宣布自己這個身分，仍然令她感到怪怪的。

她的哥哥——**她的哥哥！**——圓睜著眼睛。「眞的嗎？」

「還在受訓中。」艾兒希回答，巴克斯捏了捏她的膝蓋。如果他們還沒訂婚，他的這個舉動十分不合禮教，而艾兒希現在必須時刻提醒自己，她已經訂婚了。

艾兒希第一千次又不知不覺想起在馬車裡，巴克斯親吻她前說的話。**它們只是加速了事情的發展。**這麼說來，難道他早就打算誠心地追求她，並且短期內不回巴貝多、留在英國？除了這麼解讀，她不知道還能怎麼解釋。就讓她緊抓著這個令人滿懷希望的解釋吧。

先是巴克斯，現在又有了雷吉……也許一直以來她**都**想錯了。也許她只是單純運氣不好——和蠢笨——才把她的人生塑造成今日的模樣。也許她並沒有自己想的那麼不堪。

也許。

雷吉又吹了一聲口哨，逗得艾兒希笑出來。「這不是很好嘛，艾兒希。身爲一個破咒師，妳可以很有作為，可以賺很多錢。而你是個制咒師——」他看著巴克斯，又突然不好意思地補充：「在報紙上看到艾兒希的名字之後，我有去稍微查過你。你是法師級物理造像師。你們兩個的組合也太完美了！」

艾兒希再度臉紅。「是啊。你會留下來跟我們一起吃午餐對吧？」

她哥哥咯咯笑著。「我請了一天的假，而且誰會拒絕一份免費的午餐。」他又瞥了埃米琳一眼。「如果你們不嫌棄我的話。」

「當然不嫌棄！」艾兒希突然意識到自己的身分，連忙看向奧格登，幸好奧格登點了點頭。畢竟**他**才是這間房子的主人。「還有你，巴克斯，你也留下來用餐。」她勇敢地把手放到他的手背上。

巴克斯點點頭。「用餐結束後，我要回倫敦去探望希爾法師。」

「當然。」現實世界一下子壓回來。他們還有默頓的事需要追查，必須想辦法阻止她。不過現在，她可以暫時忘掉那些壓力，把心思放在哥哥身上，即便只有一天也行。她有哥哥了！她仍然覺得不可思議。「快，跟我說說你成長的村莊，還有收養你的那對夫婦。」

雷吉往後躺靠在椅背上，放鬆舒適地開始講故事。「嗯，我們就住在河邊，這條小河以聖徒聖派翠克為名，但我們都叫它『小派之水』，不過這名字有點褻瀆……」

艾兒希和雷吉一下就混熟了，就像真正的兄妹那般，她實在不想他離開。永遠都不要。但他們兩人都已成年，都有各自的工作和生活，於是他們兩人向對方保證很快會再見面後，雷吉便離去了。總體來說，艾兒希這輩子快樂的日子不算多，但今天算是其中之一。

然而到了翌日，則是全然地相反。

天空驚雷乍響，嗡鳴聲在裁縫店的牆壁之間迴盪，最後喧鬧地隱入土地裡。艾兒希嚇了一大跳，差點被女裁縫師手中的針刺到。

埃米琳站在櫥窗前欣賞一枚白鴿胸針，還時不時瞥向窗外一眼，望著陰霾的烏雲，還有敲打著玻璃窗的傾盆大雨。大雨從艾兒希起床後一直下到現在，整整下了一整天，好似天空在傾倒什麼怨恨不甘。不過這也給了艾兒希不少方便，讓她在購買新婚用品時，因稀疏的客人而得到更多的隱私。布魯克利的街道上幾乎沒有人影，裁縫店的客人只有她和埃米琳，所以沒有外人見到她量身尺寸，更不會有人過來打探巴克斯和八卦她的私事。

她原本打算像其他僉僕的女人一樣，穿著自己的連身裙當作婚服。也許花些錢另外縫補一些蕾絲或蝴蝶結，將普通衣物改成正式的婚服。昨天午餐後，巴克斯詢問過她婚服的事，她便把自己的想法說了出來。

我是這樣想的，他謹慎地向她解釋，治安官以為我們早已訂婚，所以我們會有足夠的時間訂製婚服。最好還是有一件專門的禮服。

他隨後給了艾兒希一張紙鈔。這張紙鈔現在已成爲裁縫師的財產，不過艾兒希還是感到有罪惡感。

她看著鏡子裡的自己。裁縫師記下了她的量身尺寸，現在正拿著細棉布之類工具圍著她的腰。一件婚服，一件因時間緊迫而挑選的簡單婚服。在遇到阿弗烈德之後，艾兒希眞的以爲她這輩子已經與婚服無緣。她跟阿弗烈德共同籌劃了婚禮的一切，從婚服、禮花、賓客名單到蜜月旅行，全都計劃完備。她當時花了好多心思，睡前還跟埃米琳拿細節出來說笑。她還在奧格登的素描簿上，描繪各式各樣的帽子款式，以決定合適的搭配。所以當阿弗烈德像扔舊麻袋般地拋下她時，她覺得自己就是個徹頭徹尾的大笨蛋。從此，她憎恨一切與婚禮有關的事物，所有白色、浪漫的東西。

她的拇指輕拂過手指上的婚戒，嘆口氣。

這次絕不會舊事重演，艾兒希，她暗罵自己。

不過，內心還是有個聲音悄聲對她說，她和巴克斯這段突如其來的訂婚仍舊不會有結果。教堂可能被燒燬，默頓可能出手干預破壞，又或者巴克斯突然改變心意。

如果事情眞的發生……她摸了摸束腹，確定那張紙仍然塞在裡面。

想想快樂的事。她的哥哥會來參加她的婚禮。她的哥哥！儘管心裡有很多擔憂，她還是對著鏡子裡的自己微微一笑。

埃米琳從窗邊走了過來，幾乎是用唱的地對她說：「妳需要白鞋、白緞帶、白色手套，還有絲綢長襪。噢！還要一條絲綢手帕。」

「只是一場小婚禮而已。」艾兒希再次強調，而裁縫師此時擺擺手，示意她已量身完畢。艾兒希謹慎地跨出細棉布，走下凳子。

「我會馬上動手縫製。」裁縫師把衣裙放到椅子上。「沒有裝飾的話，我應該能準時完成交件。」

艾兒希感到有些孩子氣，心虛地說：「我們應該可以加一些刺繡……或者在袖子上加些蕾絲。」她瞄了櫥窗裡的白鴿胸針一眼。

女裁縫師微微一笑。「我也是這麼想的。妳過幾天再來一趟，我們討論一下看來不來得及添加裝飾。」

埃米琳開心地拍手。「太棒了，艾兒希！妳一定會是個美麗的新娘。」

她以前也這麼說過，就是艾兒希即將和阿弗烈德成婚的時候，不過沒必要提醒這點。艾兒希抓起雨傘。「我們兩人是脫鞋好呢，冒著風雨慢慢走回去？還是用跑的，別管泥水會把我們濺得一身都是？」

又一聲暴雷響徹天空。

埃米琳用力吞嚥。「我決定，我們像瘋子一樣跑回家。」

於是兩人一起抓著雨傘，推開了門。她們悶頭跑到半路上時，襪子上已全都是泥巴，一陣狂風掃來，差點捲走她們手上的雨傘。埃米琳放聲尖叫，艾兒希則被她逗笑出來，而等跑到家時，兩人早已喘得要命。幸好今天街道上沒有其他人，不會有人看見她們兩人不成體統的瘋樣。

艾兒希抹掉眼上的雨水，脫掉手套，拔掉帽子上的帽夾。儘管有雨傘擋著，帽子仍然被淋得整頂濕透。「至少我們今天活動了筋骨。」

「沒錯。」

此時突然傳來另一個人說話的聲音，嚇得她們兩人彈跳開來。這個人正是艾琳．普雷斯科女士，她就站在通往廚房的門口前。

「普——普雷斯科女士！」艾兒希愣在原地，鞋子在地板上形成一灘泥濘。「我不知道您今天會來！外面天氣那麼糟，還有那麼大的暴風雨。」

她還以爲自己能解脫一天。

「我向來風雨無阻，準時赴約。」普雷斯科女士開玩笑地說：「所以我才用自己的專用馬車過來。我只等了幾分鐘而已。來吧，今天我帶了很有意思的東西。」

我十分懷疑。艾兒希和埃米琳交換了一個疑惑的眼神。她應該先去更衣嗎？但這位女士已經等……

「我去準備茶水。」埃米琳說完，盡可能刮掉鞋上的泥巴。

艾兒希嘆口氣，脫掉鞋子，穿著濕襪子穿過廚房來到餐廳。普雷斯科女士在餐桌前坐下來，桌上放著一株枯萎的植物、一隻兔腳和一個籠子——

艾兒希圓睜著眼睛，一隻手捂在胸口上。「天啊，您從哪裡弄來**這些**東西的？」

籠子裡關著一隻長尾巴的老鼠，老鼠在籠子裡不停繞圈圈、尋找出口。

普雷斯科女士咯咯一笑。「我們今天要修習一些靈性魔咒！照道理，我們必須到靈性學府裡學習，但我想辦法弄到這些被下咒的東西當作教材。」

艾兒希坐下來，聽到那三樣東西都各自發出了不同音調。她最近才遇到過第一個魔咒——那朵枯萎的花和肯特郡公爵府的農田一樣，都被下了詛咒。而那隻兔腳上有個幸運魔咒，老鼠身上的則是某種溝通魔咒，與郵差犬身上的類似。

艾兒希兩手托著下巴，心不在焉地說：「開始吧。」

普雷斯科女士一如往常地囉嗦，簡直沒完沒了。艾兒希真不知道破咒魔法有什麼好說的，但普雷斯科女士總是可以劈里啪啦說個不停。也許一個真正的初學者，會需要如此詳細的講解。這些詳解，或許能幫助到當年那個初出茅蘆的小艾兒希。她小時候學到的一切都是自行摸索，引導她的只有一張張寫在紙上、蓋有烏鴉腳印火漆的建議。那些早期的信箋是出自奧格登的自由意志，還是出自默頓的操控？

就在此時，奧格登走了進來。他一邊走，一邊用布擦拭手指上的顏料。艾兒希坐挺起來。能看到他恢復正常地工作，她實在無比欣慰。自從碼頭那晚後，他便一直渾渾噩噩，整個人不在狀態內。

奧格登扔下一個打開的電報信封在桌上。信封皺皺的，似乎是淋濕後晾乾的。「凱爾西法師發來的電報。希爾法師已脫離險境，接下來好好調養就會痊癒。」

艾兒希展信閱讀。巴克斯這封電報的收信對象是所有人，否則他就會用魔法鉛筆。「是好消息沒錯。」

「噢，天啊，希爾法師。」普雷斯科女士放下兔子腳。「聽到她脫離險境，我真是鬆了一口氣。」

「是啊。」奧格登附和：「那我就不打擾妳們兩位了。」

奧格登默默地走開，剛好埃米琳端著托盤進來。

就在此時，艾兒希……感應到了。

她愣了一下，隨即回神。有一個物理魔咒……但她並沒看見它閃爍的符文。她無法說清楚自己是如何察覺到它的存在，不過這情況以前也發生過，就是那兩個設置在巴克斯和公爵身上的虹吸符文。感覺就像……她體內的什麼東西，嗅聞到了它的存在。不過這個符文距離比較遠，就像隨風帶來的氣味。

奧格登會一些物理魔咒沒錯，但只是一些初級魔咒，而她現在感應到的是個法力強大的物理魔咒。

「肯登小姐？」普雷斯科女士輕聲喚她。

艾兒希搖搖頭，隨即回過神來。「謝謝妳，埃米琳。我來倒茶。」

埃米琳點頭後便走進了廚房。

艾兒希拿起一個茶杯，翻轉過來查看杯底，以爲會看到一個閃爍的符文。但杯底什麼也沒有。茶托盤和桌上也是。但她就是有一個感覺，實在說不清楚。

「等一下。」艾兒希起身。「我好像聽到有人敲門。」

「我自己來就好。」普雷斯科女士伸手去拿茶壺。

艾兒希輕手輕腳溜了出去，走下通道進入工作室。角落裡豎立著一幅已經上了底色的油畫布，正在等待顏料乾掉。但上面也沒有魔咒。

雷聲轟隆隆作響。遠方傳來一匹馬的嘶鳴。

艾兒希不安地走回到廚房，不確定是自己的感應增強了，或者只是心理作用。她連普雷斯科女士擔憂的詢問都沒聽到。

巴克斯之前不是說過，襲擊希爾法師的是個物理造像師？

艾兒希顧不得向普雷斯科女士告退，快步走向樓梯，抓著扶手全力衝上去。在最後三個階梯時，她才驚奇地發現自己的腳下竟沒有發出任何聲響。她悄無聲息地上到二樓。

她的心臟都快跳到喉嚨裡。她大聲呼喊奧格登，但聲音全被一個魔咒吸走消音。艾兒希邁開步伐跑過去，衝進他的臥房，只見他的床自行滑過地板，將他釘死在對面的牆上。

就在臥房的窗邊，一個灰衣人靜靜地站在那裡。一身灰衣的裝扮完全融入外面的暴風雨中，但衣服卻是乾的。那個人伸出一隻手。

艾兒希無聲地放聲大叫。

這次不再是奧格登和奈許串通好的苦肉計。這次是眞的。

默頓最想殺之而後快的，除了這位清楚她祕密的法師級理智造像師，還會有誰？

她抓起最靠近的東西——一個錫水壺——用盡全力扔出去。她才一放手，只見前方一、兩公尺處約鼻子的高度，有個東西閃爍了下：是一個消音符文。如此也好，因爲那個人也會因此聽不見她的到來，他現在就沒發現她已闖了進來。水壺狠狠飛出去，撞上那個人的側腦。

殺手抓著側腦連忙轉身過來，他的面孔除了眼睛，全都被灰布遮住。艾兒希越過他，看見奧格登正對著她大叫，但她什麼也聽不見。

艾兒希向前衝過去，抓住符文迅速拆解——

「——去做！」魔咒被破解了，但她只聽到奥格登叫喊的最後幾個字。一個拳頭朝她揮了過來，艾兒希被打得倒退數步。她踉蹌地退到門口，衝擊力抵銷殆盡，腳卻被門檻絆了一下，一屁股坐下去撞到尾椎骨。

「奥格登！」艾兒希大喊：「出手啊！」

「有一道屏障！」奥格登大吼，隨即痛吟一聲。

艾兒希跳了起來，再次衝進去。床鋪緊緊壓著奥格登的大腿，將他死死釘在牆壁上。殺手拿著一把刀朝奥格登走去。

艾兒希的動作突然變得非常緩慢，就像在泥濘中行走。那個魔咒就懸掛在她和殺手之間。她緩緩朝魔咒走去，動作極其遲鈍，終於，她碰到魔咒將其隨之拆解，空氣的密度立刻恢復正常。她失去平衡地向前踉蹌幾步。

殺手此時已高舉小刀。艾兒希沒有武器、不會制咒，只有那頁仔細塞在束腹裡的藝譜集。但她不允許奥格登受到傷害。她朝灰衣人衝過去、跳上對方的背部，雙臂緊緊勒住他的脖子——

灰衣人倒退幾步，又甩又扭地想把艾兒希弄下來。他使用的必定是某種聚力的魔咒，因爲艾兒希一跳上他的背，奥格登立刻把床推開，跳過床鋪、衝過來支援艾兒希。

「小心！他身上可能有一個強迫魔咒！」艾兒希大叫，灰衣人的刀尖對準她的手臂刺來，艾兒希連忙放開了他。奧格登立刻抓住殺手的手腕狠狠扭轉，但灰衣人的另一手揮拳擊中奧格登的牙齒，逼得奧格登鬆開他的手。同時，窗簾宛如活物般活動起來，飛過艾兒希的頭。灰衣人抓住窗簾的邊緣用力一拉，拉至布料的極限，再用魔咒延長它的纖維。

艾兒希這才發現灰衣人的腰帶上還插著一把手槍。十分完善的謀殺手段，尤其是在他們兩人聽不到他接近的情況下。

艾兒希連忙飛撲過去，打算搶下手槍。灰衣人扭身，把拉長的窗簾揮向奧格登。艾兒希沒搶到手槍，反而摔落在他腳邊。她抱住他的雙膝，兩人雙雙摔倒在地。艾兒希試圖去抓取手槍，一握住槍把便立刻拔出來，往旁遠遠一扔。她和男子的兩腿扭打在一起，此時，她感應到了一個魔咒。她試著聆聽，那是否爲奧格登之前身上十八個節點的靈性魔咒。她是感應到他身上有魔咒，又或者純粹只是她耳鳴？

灰衣人的手肘往後一頂，撞上艾兒希的胸口，艾兒希鬆手躺倒。灰衣人快速起身，轉身退開，而奧格登已經把牆上的窗簾杆扯下來。

艾兒希痛得面容扭曲，她還來不及爬起來，卻見地板隆起，將她的兩腳固定在原地。殺手伸出手，艾兒希立刻認出那個符文的形狀和閃光。

起風了。

艾兒希抬起雙手，符文以暴風等級的氣流朝她強烈撲來，紛紛撕扯下牆上的掛畫和櫃子裡的書籍。

然而它一遇上艾兒希便立刻定住。她的手指飛快地拆解了魔咒。

灰衣人的眼神……並不訝異，倒是……兩眼無神，彷彿那不是他的眼睛。

至此，艾兒希已經確定，他真的是默頓的傀儡。

灰衣人又送出一道狂風，甚至比上一個更狂烈。但艾兒希穩穩地站在原地，原來將她固定在地板上的魔咒反倒幫助了她。她立刻拆解掉符文。灰衣人再接再厲，一次又一次施放魔咒，源源不絕的魔咒不斷朝艾兒希逼近。狂風把筆和紙吹得滿臥房都是，但它們不再有威脅性，只飄動得了艾兒希的頭髮和衣襬。艾兒希氣定神閒地一一拆解，因爲對方持續拋來的是一模一樣的符文。

突然砰的一聲槍響，只見灰衣人的手臂被劃穿出一個大大的彈孔，子彈隨後嵌進在牆壁上。是奧格登。他拿到了那把手槍。

室內狂風驟然而止，灰衣人立刻朝窗戶跑去，一邊將窗戶液化，接著往下蹤身一躍——只見玻璃窗面變得就像外面的傾盆大雨，唯一的差別是有被窗框框住。

艾兒希腳底的束縛解開後，立刻衝到窗邊，掃視下面的街道。沒看見殺手的蹤影……

但她從眼角看見了一個人影，她緩緩轉身，看向臥房門口。普雷斯科女士就站在那裡，兩眼圓睜，雙唇驚訝地張大。

艾兒希僵住。她在那裡站多久了？

她的目光視線拉遠，只見普雷斯科女士的後面，埃米琳正朝樓梯跑去。

「小埃，站住！」艾兒希大喊：「別叫警察！」

年輕女僕聞聲停下來，但有些困惑。他們不能再報警了。沒錯，奧格登是能用魔法抹除警方的記憶，但牽扯進來的人越多，事情就越棘手。絕不能冒險引來更多的猜疑。

「我進不去。」奧格登咕噥著，爬了起來。「他腦袋裡有一道屏障，是另一個理智魔咒。我讀不到他的想法，也不知道他是誰，什麼都不行。」

「奧格登。」艾兒希斷聲警告，奧格登一轉身，這才看到門邊的目擊證人。

普雷斯科女士深吸一口氣。「妳不是新手，對吧？」

艾兒希雙唇無聲地開啓又闔上。大雨拍打著窗台，濺到了融化的玻璃上，在上面凝結成宛如一根根伸出來的扭曲手指。

「我可以解釋。事情是這樣的……」艾兒希瞥了奧格登一眼。「不是妳看到的那樣。」

普雷斯科女士搖搖頭，但她似乎更多的是驚訝，而非責備。「我從沒見過這種破咒方式……拜託，肯登小姐，妳一定要好好展示給我看。」

奧格登輕敲著自己的腦袋。艾兒希感應到一個理智符文朝她飛來，因爲那是出自奧格登之手，艾兒希沒有阻止它。奧格登的聲音在她腦袋裡響起：〈**我可以抹除她的記憶。**〉

艾兒希回應：〈那你動手吧……在我確定她能否成為我們的盟友之後。〉

從普雷斯科女士的表情看來，她應該只是被剛才的打鬥驚豔到了。

奧格登朝窗戶走去，掃視下面的街道。

艾兒希搓著冰涼的雙手說：「好，下樓去吧。妳們兩個都下去。」

天空又一道暴雷響起，雷聲轟隆地籠罩下來。

14

現在問題在於，如果艾兒希想解釋清楚自己如何習得破咒魔法，就必須提起兜帽人，但又無法避掉不解釋他們——以及她——的罪行。

但知道奧格登有能力瞬間抹除埃米琳和普雷斯科女士的記憶，她立刻就有了底氣。埃米琳向來對人忠誠友好，所以艾兒希並不擔心她會做出對他們兩人不利的事。但普雷斯科女士就很難說了。艾兒希對她的了解仍只停留在表面，就像遠站在房間一端欣賞畫作，無法得到最實際的畫作資訊。

所以，艾兒希小心翼翼地遣詞用字，從救濟院開始講起，表示她就是在那裡發現自己擁有破咒的天賦。接著她提到了兜帽人，不過省略掉那些受害者的姓名——如此一筆帶過會比較沒那麼真實，她心中的罪惡感也會少些。當然，如果普雷斯科女士真想打破砂鍋問到底，艾兒希只須照著報紙上已刊登的訊息解釋就好。最後，她以剛才在樓上發生的事作結。她也直接說出了莉莉．默頓法師的全名。實在沒必要為一個殺人犯做掩護，但她沒有具體指出巴克斯在事件中扮演的角色。

「我十分確信，剛才那個就是偷襲希爾法師的人。」她一字一字清楚地說出自己的想法。艾兒希的兩手一合，放到桌面上。奧格登的腦袋像鳥一樣來回轉動，確認沒有客人會上門打斷他們，以及是否隔牆有耳。

埃米琳坐在餐桌主位上，正圓睜著雙眼，臉色像瓷娃娃般蒼白。普雷斯科女士卻聽得入迷，猶如看了一場精彩民間故事改編的布偶戲。艾兒希的故事說完了，餐廳陷入一片死寂，靜得彷彿能聽見螞蟻爬過地板。終於，普雷斯科女士開始指尖輕敲桌面，一開始只是慢慢地敲，然後越來越快。她緊抿嘴唇，放鬆又噘起，接著瞇起眼，隨後眉間出現微微細紋。她似乎正在腦中進行一場激烈的自我對話。

埃米琳抿著嘴，抬眼盯著天花板，可能是在琢磨該說些什麼。

普雷斯科女士率先發話：「真是不可思議。」她接著搖搖頭。「這簡直比小說還精采……我並不是贊同殺人或犯罪，但是以客觀角度來看……」她清清嗓子。「妳一定要舉發她！如此，默頓法師就躲不——」

「普雷斯科女士。」艾兒希打斷她。

「經過這件事後，妳真的應該直接叫我艾琳。」

艾兒希考慮了下，還是覺得有點突兀……「妳身上沒有被人施咒操控，對吧？」

普雷斯科女士大笑一聲。「沒有，妳可以檢查一下。」

艾兒希琢磨了下。「不用了，謝謝您。但重點是，我們現在還不能舉報她，否則會牽連到奧格登還有我自己，這樣我們都只有死路一條。」

艾琳的臉刷白。「似乎是如此。但你們也有可能被從寬量刑。」

奧格登說：「『可能』並保證不了什麼。」

艾琳蹙眉，手指敲得更激烈了。「確實。造像魔法的法律十分嚴格，我自己也不會冒這個險。」

「所以現在……妳們兩個都同意了？」艾兒希脫口而出，目光在艾琳和埃米琳之間遊走。

埃米琳小聲地說：「我——我同意。我覺得妳說得有道理。我……我一定不會說出去，我保證。」

艾兒希對埃米琳淡淡一笑。她是真心相信這個女僕。更何況，如果奧格登被告發，埃米琳就會失去工作。

「我想你可以直接抹除我腦袋裡的記憶，對吧？」艾琳看著奧格登。「所以你們才敢冒險告訴我實情。」

奧格登頓了一下，才點點頭。

艾琳沉默片刻，不過手指依舊敲著桌面。「先不說肯登小姐——艾兒希，我可以直接叫妳的名字吧？——但對一名沒有登記造冊的理智造像師，而且還是擁有法師級魔咒的非法造像師……這就讓人有點消化不了。理智魔法受到嚴格的法規約束，是有道理的。」

奧格登沒有吭聲。

「他不會傷害別人，」艾兒希勸說：「我是說，除非有人強迫，否則他絕不會傷害別人，而且現在默頓也不再控制他。」

艾琳考慮了一會兒，跟往常般地不慌不忙。當廚房裡的氣氛越發尷尬時，她終於開口問：「我能看看那幾篇文章嗎？」

奧格登站起身，走去拿他的素描簿。同時艾兒希解釋著：「我們只有手抄複本，沒有原始文件。」

「這樣已經足夠了。」

奧格登走了回來，艾兒希感覺到空氣中有一股波動，有個魔咒從他身上發射出來。艾琳正要伸手接過素描簿，隨即整個人愣住。

「你想知道的話，可以直接開口問我就好。」艾琳嘀咕地說。

奧格登臉上沒有任何慚愧，只是直勾勾地打量著她，一會兒後才說：「她這個人眞誠坦率，值得信任。」奧格登的語氣裡帶著一絲詫異。接著又一個波動出現，直接朝埃米琳而去，埃米琳看起來沒有任何的反應。片刻後，奧格登也驗證完畢。「埃米琳也是。」

「我就說嘛。」埃米琳說完，瞬間恍然大悟。「您剛才對我施咒了？」

艾兒希撥弄著雙手，心中反覆推敲艾琳有無竄改奧格登魔咒的可能。不過，即便艾琳跟她一樣擁有一頁藝譜集，但要使用它，也必須拿出那頁藝譜集並唸出咒語：**激化**。但是艾兒希仍然不敢置信，眞的有人能接受和認同他們所透露的實情？這個曾被她視爲阻礙的女人，眞如此輕易就成爲他們的盟友？即便是巴克斯，他最初得知艾兒希是非法破咒師時，也是在她不斷說服和懇求之下，巴克斯才答應守口如瓶。

會不會是上帝、宇宙或者是命運，終於向他們展現恩慈了？

她覺得這次的衝突解決得太過順利，不過她確實可以相信奧格登的判斷……艾琳也是值得信任的。

艾琳讀著那些文章。「有意思。複本裡的拼寫跟原文的完全一樣？」她又翻了一頁。

「一字一字照抄下來的。」艾兒希打量著艾琳臉部的細微變化，不過她似乎眞的像奧格登說的那樣，眞誠坦率。

艾琳翻到最後一篇文章，也就是美國發來的那一篇，然後又翻回到第一篇，重讀一遍。讀完後，她往後一下翻到了只畫了一半的莉莉．默頓肖像畫，接著再往後翻，盯著那個美國人的畫像。

「他就是在朱尼伯唐找上我的人。」艾兒希解釋。

艾琳咬著唇拿高素描簿仔細審視，她的頭歪向一邊，又歪向另一邊。「我認得這個人。」

艾兒希一聞言，心臟都快跳到嘴巴裡。奧格登的反應一定跟她一樣，因爲他砰地撞到了桌子。他連忙說：「妳眞的認識他？」同時，艾兒希大喊：「眞的？」

艾琳點點頭，仍然盯著那張畫像。她咬著唇一邊回想：「我想想……波士頓……渡鴉。叫**渡鴉什麼的……**」

奧格登一凜，淺色眼睛看向艾兒希。「文章，有一篇文章提到了渡鴉。」

艾兒希愣愣地背誦出《波士頓先驅報》的文章標題：**靈性宗派制咒渡鴉的陰謀**。「還有《曼徹斯特衛報》那篇文章也提到了黑鳥。」

奧格登整個人好像快癱倒，他拉出一張椅子坐下。「那是他的名字。」

艾兒希用力吞嚥，努力回想那篇文章的其他內容。她早就重讀好多遍，回想起來並不困難。「**認知到組織渡鴉的必要性至關重要，無論在美國或英國皆然**。這表示她想見他，而且不管在何處都要見他。」

「是叫奎因！」艾琳猛然大叫，嚇得艾兒希的心臟掉回原位。「奎因．渡鴉（Quinn Raven）。我確定這就是他的姓名。」

「我是在美國時認識他——我在美國待了一小段時間。」艾琳緊接著解釋：「他在十一年前突然失蹤。我記得他除了提領光銀行戶頭裡的錢，其他的什麼都沒帶走。這實在太奇怪了。沒人知道他去了哪裡，現在應該也還是沒人知曉。」

艾琳繼續說：「我當時在替莫里斯．巴爾工作——他是波士頓靈性宗派學府的會計總長。巴爾先生負責清算渡鴉的財產。事實上……沒錯，我確定我就是在那裡認識默頓法師。」

「她那時在美國？」埃米琳傾身向前靠在桌邊，興奮地問。

「巴爾先生帶我一起過去，呃，以防有人暗中操弄或賄賂。」艾琳解釋：「造像師，尤其是法師級別的，通常會傾向採取全面的安全措施，以保護自己和自己的財產。那個地方非常混亂。」她放下素描簿。「當時……他的筆記散得到處都是，有許多紙頁都被燒燬或被燒掉一半。我們相信他在失蹤之前，正在深入研究某種理論。他那個人十分低調孤僻。」

奧格登抓著桌緣。「妳還記得什麼？」

艾琳沉思了一會兒，艾兒希的脈搏搏動擴散到全身。艾琳這時雙手一拍。「滴幣。他的資產報表裡有大量的滴幣，但我們一直沒有找到。不過，如果他把那麼珍貴的滴幣留下來那才奇怪。這件事也令巴爾先生十分困擾。」

艾兒希沉思起來。制咒師在需要時，都傾向直接花錢購買滴幣——也就是在吸納魔咒時，必須支付的石英材質「貨幣」。滴幣相當昂貴，而且每個魔咒所需的滴幣數量各有差異。越是法力強大的魔咒，滴幣需求量也隨之增加，才能把該魔咒吸納進體內。

「也許他都用掉了。」奧格登低語。其他人的目光都移到他身上，他繼續說：「我們推測，他身上應該有一個默頓想要的魔咒。現在再深入想想，一個靈性造像師一直在研究某個理論，然後突然失蹤，而另一個靈性造像師追捕到他。他研究的這個理論，可能與法師級魔咒有關，一個需要支付大筆滴幣的魔咒。很多法師級的魔咒都是如此。」

艾兒希這時突然想到，奧格登是如何取得吸納魔咒所需的滴幣？很有可能是透過非法的手段……不過她最好別在艾琳面前提出這個問題。也許艾琳對非法行為的包容度快到極限了。

「也許吧。」艾琳猜想。「但造像魔法界的魔咒在幾百年前就已固定下來。制咒師不可能，也不會自創新的魔咒。」

「也許不是自創魔咒。」奧格登繼續思索。「也許他是想找出某個失傳的魔咒。」畢竟現在沒有證據證明，當代人類知道的魔咒，是否跟千百年前人類所知的相同。

「默頓法師知道。」艾兒希深吸一口氣，再緩緩吐出。「她知道這個人發現了什麼。而且她想要得到它。」

餐廳陷入一片沉默中。片刻後，奧格登問：「還有沒有想起其他什麼事情？」

艾琳搖搖頭。「沒有了。抱歉。我並沒有和他本人接觸過，若不是他的失蹤太……太過離奇，我應該不會對這個人有印象。」

艾兒希兩手交握，這項資訊算是重大的突破。他們居然知道了此人的**姓名**！他不再是「那個美國人」，而是奎因．渡鴉法師。他們也獲得了一個動機：默頓想從他那裡得到某物，很有可能是一個靈性魔咒。此外他們也得到新伙伴，而這個伙伴剛剛已經證明了自己非常有用的價值。

艾兒希閉上眼睛，讓思緒回到朱尼伯唐，回想那個人的態度……那張陰沉的面孔，以及手裡的槍。他說，**我知道妳想要什麼，但在我說出來之前，我就會先殺了妳**。

說出來。一定是跟魔咒有關。他究竟發現了什麼魔咒，讓默頓不惜大費周章也要取得？甚至為此自甘墮落，變成一個竊賊和殺人凶手？

艾琳打斷了艾兒希的思緒。「妳能告訴我，妳是怎麼做到的？在那個狂風魔咒發作之前破解了它？」

艾兒希張開雙眼。「我……我也不清楚自己是如何做到。但我可以再試試看？我們可以找時間跟巴克斯一起模擬。」她的注意力挪到奧格登臉上。「現在首要的是，我們必須聯繫上渡鴉。讓他知道他不是獨自一人在對抗默頓，他有盟友。」

「怎麼做才能把他找出來？」埃米琳問。

「複製默頓的辦法，」奧格登雙臂交抱在一起。「透過報紙。」

艾兒希點點頭。「艾琳說渡鴉法師是十一年前銷聲匿跡。我們等不了十一年，必須想辦法讓他立刻現身。」

奧格登插話進來。「他知道默頓都是透過報紙找他。他也知道妳的姓名。我們就用妳的姓名來刊登文章，他應該會注意到。他很可能還在歐洲。」

艾兒希沉思片刻，突然精神一振。「雷吉說他是維修凸版印刷機的。他一定有全倫敦報社的聯繫方式。」

埃米琳嘻嘻一笑。「這個主意不錯。他應該可以幫忙！」

「這個人是誰？」艾琳問。

「我的哥哥。」這幾個字對艾兒希來說，仍充滿了魔幻的不眞實感。「我們請他過來並且告訴他最關鍵的訊息——不用刻意瞞他，這樣事情會比較簡單。奧格登，到時請你先確認他是否可靠。我馬上動手草擬要刊登的文章內容。我在想，若要快速逼對方現身，我們的態度要比默頓更直接。」她要馬上寫信告知巴克斯，讓他跟上更新狀態，而且艾兒希也不介意有藉口可以與他聯絡。

艾琳闔上素描簿。「默頓法師會發現嗎？」

艾兒希搖搖頭。「不知道。也許不會，如果她眞的躲起來的話。無論如何我們必須冒險一試。」

「我去發電報。」埃米琳從椅子上跳起來。雷吉昨天離去前留下了聯絡方式。

「好。我去寫信給巴克斯。如果報社堅持收費，巴克斯可以資助我們。」一想到跟他要錢，艾兒希內心一揪。她還在為那件婚服感到內疚。

「我可以出錢。」艾琳說：「也可以幫妳草擬文章的內容。」

艾兒希頓時鬆了一大口氣。艾琳朝她微微一笑，艾兒希第一次看見自己和這個私人導師的友誼之光。「太好了。」

艾琳堅決地點點頭。「我還是會向上呈報妳的課程進度。不會有人發現的。」

艾兒希好想撲過去緊緊抱住她。「我欠妳一個人情。」

「我也是。」奧格登補上一句：「我們行動吧。」

雷吉圓睜著雙眼，看著艾兒希拿著一疊手寫的文章走向他。那疊紙裡總共有十二篇文章，每篇都模仿了他們在英國報紙裡發現的文章形式。「妳沒在開玩笑，對吧？」雷吉問，並瞥了第一篇文章一眼。這十二篇文章的標題裡，她都埋藏了一條線索，每一篇都有提到渡鴉。

「你先別管這些文章的內容。」艾兒希堅定地說。他們模仿了默頓的文章，所以這十二篇內容都看似毫無邏輯又古怪，卻都藏有想要傳達的訊息。「把它們刊登出來就對了。如果可以的話，最好是刊登在頭版。」

她身旁的艾琳把一張信封交給雷吉。「這個給你，免得你需要買版面。」

「盡可能越快越好。」奧格登強調。

雷吉所知的有限，他們只告訴他，有名騙子造像師逍遙法外，而奎因．渡鴉應該能幫忙把這個造像師揪出來。

「如果報社的人問你，除非萬不得已，沒必要多做解釋。」艾兒希補上一句。

「你要小心。」埃米琳插話進來。

雷吉聽了埃米琳的叮囑，揚嘴一笑。「怎麼搞得我好像某個正義使者。」他數了數頁數。「我會想辦法的。可能會有一、兩篇刊登在同家報紙上，但我會讓它們在不同日期上報。」

「太棒了。」艾兒希親吻了他臉頰一下。「你眞的幫了我們一個大忙。幫了我的忙。」

雷吉聳聳肩。「誰教妳是我妹妹呢。」

艾兒希露出笑容，就像一盞光明燦爛的油燈。她看著雷吉出門上了馬離去——雷吉是騎馬過來的，並沒有搭乘出租馬車。艾兒希回到屋裡，看見艾琳正將帽夾別上帽子。艾琳每次戴的帽子都不一樣。也許等艾兒希成爲正式破咒師，她也會買一大堆的帽子，戴都戴不完。

「順利的話，我們的文章會刊登在星期一的報紙上。」艾琳把雨傘掛在手臂上，雖然昨天的暴風雨早就遠離了。

「順利的話。」艾兒希重複。他們的運氣一直不錯，對吧？艾兒希仍然很難相信，他們居然會跟艾琳成爲朋友與盟友，而奧格登也確認過艾琳值得信任。艾兒希眞的好希望這件事不會改變。「我一定把錢還給妳。」

艾琳擺擺手。「我雖然不是制咒師，但憑本事賺到的報酬還是相當不錯，而且我孤身一人，沒有家人幫我花錢。」她說到最後，語氣裡透著些微感傷，但她只是微微一笑。「星期二我再跟妳聯絡，看看事態發展如何。」

「太好了。」艾兒希送她出門後，便回到樓上休息。她推開房門時，正好聽到鉛筆在紙頁上刮擦的聲音，只見那根魔法綠鉛筆在她桌上舞動，像被一隻隱形鬼手握著在書寫。她快步走過去，讀著空白頁面上源源不絕流出的文字，這才注意到筆尖應該要削整了。今天，她和巴克斯一直在交流奧格登遇襲之事及後續發展，外加希爾法師的病情。上一段交談的結尾，已佔據了紙張上方的四分之一面積。

最先吸引她注意力的，是巴克斯剛寫下的訊息：**我住在那裡不會有問題。**

艾兒希回覆：**為什麼？如果殺手又回來殺人，他不就有兩本藝譜集了？奧格登已經在著手調查。我不認為對方會再出手，尤其艾琳現在經常在作坊裡出入。**

巴克斯的字顏色變深了，似乎寫得很用力。**不能心存僥倖，否則會讓凶徒佔上風。**

艾兒希略過已經讀過的內容，專注在正寫出來的文字上：**艾兒希，他的字跡眞的很好看，**

我最近跟公爵聯絡了數次。他想跟我談談，但是——鉛筆停頓了下——我希望妳能和我一起去。我不是擔心公爵或公爵府上的人會加害於我，也不是擔心那裡有什麼不好的魔咒。我只是還沒整理好自己的情緒，不知如何面對虹吸魔咒的真相。但只要有妳在身邊，妳能幫助我穩定下來。

艾兒希的心瞬間一暖。幫助他穩定下來。她微微一笑，正準備伸手去拿鉛筆，但鉛筆又繼續動了起來，她的手定住。

他希望今晚跟我談談。我想妳今晚應該有其他行程了，沒必要為他做任何更動。我打算推掉，另外跟他約時間。我相信他會答應：如果公爵夫人信中所言屬實，以賽亞對我是心懷愧疚的。我十分樂意安排馬車去——

艾兒希猛然握住鉛筆，從巴克斯的無形手掌中搶過來。她感受到他鬆手的力道，然後在他沒有寫完的句子下方寫上：我當然會去，你這個傻瓜。你根本不需要開口求我。沒有比陪伴你更重要的事。

艾兒希放下鉛筆，等待他的回覆。片刻後，鉛筆才緩緩立起來，傾斜，已被磨鈍的筆尖按在紙張上。

傻瓜？

艾兒希咯咯笑了出來。就當作是一種親密的暱稱吧。

她還來不及放下筆，手中的鉛筆便猛地一動——巴克斯寫下：所以妳認為我們兩個關係親密。

巴克斯在「親密」兩字的下面劃線。艾兒希的臉蛋又開始發熱。她拿起鉛筆，將筆尖抵在紙張上正要挖苦他，卻突然猶豫了。她的脈搏加快，目光上移到巴克斯之前寫的那句：只要有妳在身邊，妳能幫助我穩定下來。

她回想起在馬車裡，巴克斯親吻她前兩人的對話。她的另一隻手，遲疑地碰了碰自己的嘴唇。

他在乎妳。艾兒希小心翼翼地在心中對自己坦承，但這道思緒始終沒能傳達給手上握著的筆。她至今仍然難以置信，難以接受和感受，即便她一直想要擁有這種情感。她這一輩子都在追求被需要，追求……被人愛著。

她咬著下唇，鼓足勇氣寫下：對，我是。然後放下鉛筆。

片刻後，魔法鉛筆又動了起來：也許我可以早點見到妳？

艾兒希感覺胸口湧起一陣暖流，她寫下：我們可以去海德公園散散步。

巴克斯回應，我一小時之內到。

她自行過去的話，也需要一個小時。我在布魯克利搭出租馬車過去。她寫完後手有些顫抖，心不在焉地警告自己：不要高興過頭了。她還要跟巴克斯談談在報紙上刊登文章的事——

之前跟巴克斯筆聊的時候只能拐彎抹角，擔心被旁人讀到——但她又不能直說自己其實有正事需要找他，那樣太煞風景了。

巴克斯搶過她手中的鉛筆，流暢地寫著：**謝謝妳，艾兒希**。

艾兒希腦海裡浮現出一句回應：**我愛你，巴克斯**。她嚇了一大跳，不敢去拿鉛筆。她的心跳劇烈，連忙抬起突然發涼的手指按在心口上。她瞪著綠筆，等待它再次移動——既怕它動，也怕它不動。不過如果她沒再回覆，這段對話就算結束了。然而剛剛那段告白仍響徹腦海中，她壓根不敢再拿起那根鉛筆。

她深吸一口氣，等自己冷靜下來後，才拿起那張紙仔細摺好，塞進抽屜裡，等之後再拿出來回味。她換上一張新的羊皮紙，再把那根綠鉛筆輕放到紙張上。她整個人坐立不安，決定趕緊找事做，走到牆上的梳妝小鏡前綁好頭髮，夾好帽子並整理好隨身小袋後才走出房間。她在會客室找到了奧格登。

「我想跟你請假。」艾兒希謹慎地開口——奧格登正拿著素描簿，瞪著年輕的莉莉·默頓畫像。「我們現在沒有很多訂單……巴克斯希望我能去倫敦一趟，處理一些……事務。跟肯特郡公爵有關。」昨晚奧格登遇襲之後，艾兒希就跟他說了公爵和巴克斯之間的情況。

奧格登抬眼看著她。「去吧。我應該想想辦法對吧？維持收入還是很重要的。」

艾兒希微微一笑。「你怎麼不利用這等待的空檔，完成鄉紳的案子？」她聳聳肩。「我可不介意閒著沒事做。」

「那妳很快就會介意錢包變輕了。」奧格登放下素描簿。「妳今晚會比較晚回來嗎？」

「應該會。」

奧格登點點頭。「記得注意安全。」

艾兒希迅速掩上門，只留了一道門縫，然後強迫自己放慢下樓的速度，再從作坊後門出去，抄小路進城。她來到小鎮的旅館前，剛好一輛出租馬車的乘客下車。她叫住馬車並告知自己的目的地，接著爬上車廂裡。車伕餵馬喝完水後，馬車便出發了。

艾兒希嘆口氣往後躺靠，閉上眼睛，感受著車輪滾動在布魯克利馬路上的顛簸。馬車駛出小鎮，來到大馬路上。艾兒希這時坐直起身，打開小袋確認手頭上的錢。她把大筆的存款都花在去朱尼伯唐和雷丁鎮的車資和住宿上了。剩餘的錢，除了零錢以外，全都存回銀行戶頭。她手上現有的錢剛好夠支付這趟車資。

奧格登剛才提到「維持收入」一事，從她腦海中浮現出來。她現在自己接案會不會太早？如果艾琳跟她一起出勤……當然，她很快就會是已婚婦女。她的**未婚夫**會照顧她，奧格登也會少一張等待張羅的嘴，直到他找到人手頂替她的位置。但她仍然渴望自食其力。她愛慕並且相信巴克斯，但上天賜予她的這個極爲珍貴的天賦，她其實**不**需要依賴他。至少在這個「受訓課程」結束後，她就能開始接案賺錢了。然後她就有能力幫助巴克斯、奧格登、雷吉和埃米琳，以及其他在她心中佔有一席之地的人。

她的思緒又回到巴克斯身上。她很快就會是**凱爾西太太**了。這稱謂聽起來十分悅耳，只不過要把她母家的姓去掉。她應該問問雷吉她是否有中間名！那有可能就是她母親的名字。他會記得嗎？但他一直找不到他們的雙親，機會應該不大……也可能他們改名換姓，又或者流浪到遠方、失去了蹤跡。根本沒人確定他們是否還在英國。

艾兒希不禁蹙眉。每次一想起她的父母，她都會感到心痛，但她壓抑下來。**艾兒希・亞曼達・肯登。亞曼達・凱爾西**。聽起來不錯。**艾兒希・艾莉莎白**也是。但會不會有太多的「艾」了？**艾兒希・瑪麗**，嗯……不好。

也許巴克斯有喜歡的名字。不過他應該會說**艾兒希・凱爾西**沒什麼不好，就用這個名字。艾兒希想到這裡翻了個白眼，**他一定會這麼說**。

她的目光落到手指上的藍寶石婚戒，她側轉手腕，讓寶石捕捉到陽光。寶石反射出的光芒投射在車廂壁上，像一群小精靈在舞動。

巴克斯愛她嗎？她不敢想像。她試著想像巴克斯用巴貝多口音，真誠而熱烈地對她說那三個字，但她的念頭就是難以凝聚成像，編不出這個白日夢。她不能當那個主動的人，先向他告白。如果他們耗了很多年都沒人說出來怎麼辦，即使是在婚後？如果她鼓起勇氣向他傾訴她的愛，而他只是同情地看著她說一些安慰的話，例如**妳是個好女人**，或者**聽妳這麼說，我很高**

與……那樣艾兒希不就變成了笨蛋，而且一輩子帶著心傷，像個陌生人在自己的家裡生活。

阿弗烈德說過他愛她。而且好多次。但事實證明，他只是輕易許諾，但從沒認眞過。

艾兒希用另一手覆住戒指，扼殺掉它的璀璨光芒。

她可以鼓起勇氣懷抱希望，但希望令人心痛。還是不要妄想比較明智。這一次，在找到適合的立足點之前絕不能動心，一絲絲都不行。

然而無論巴克斯對她抱持何種感情——愛情、友情，或其他的情感——她都愛他。她很清楚自己的心，但這個事實就像滾燙的茶水灼傷了她的喉嚨。就像她的心臟，忽大忽小，奮力搏動出他的名字，而其他人都能聽得到。

艾兒希嘆口氣望向窗外，正好看到一名男子策馬朝馬車奔來，他的馬人立起來。男子的深棕色斗篷在後面飛揚，臉上戴著一個黑色面具。

他舉起手槍，扣下扳機——

艾兒希放聲尖叫。槍聲響起，拉車的馬匹發出嘶鳴、渾身抽搐，而整座車廂彈跳了下，好似輾過了某個巨物。艾兒希這才意識到，那個騎士射殺了她的車伕。車伕肯定翻落下馬，然後……老天，即便那顆子彈沒有奪去他性命，他也會被馬車輾斃。

她的靈魂彷彿拋棄了肉體，丟下麻木僵硬的肌骨，艾兒希感覺身體像不是自己的。她愣愣地看著那個強盜在車窗邊試著控制馬車轡繩，讓拉車的馬兒放慢下來，艾兒希本能地退到車廂的另一邊，摸索著門把。車廂只有一扇門，而那個騎在馬背上的強盜已經扯開了車門。

艾兒希拿起隨身小袋，用盡全力朝對方一扔。她推測那不是普通的強盜，但她必須試一試。「拿去，拜託！別傷害我！」

強盜的眼睛——她唯一能看見的五官——瞇了起來。此時此刻，她清楚地驚覺，自己曾在奧格登的臥房見過這雙眼睛。一個魔咒符文閃爍了下，她周圍的空氣瞬間凝滯，把她的手腳立刻禁錮住。

她的胃一陣作嘔。她的肺吸不到空氣了，她不斷用力呼吸。

男子戴著手套的手撿起了隨身小袋，掂了掂重量，往椅子上一扔。「她要的是妳。」男子的聲音低沉粗啞。他閉上眼睛，緊抿嘴唇，似乎很痛苦。艾兒希想起奧格登在碼頭上的狀態，他當時在反抗體內的魔咒。隨即男子怒目圓睜，艾兒希清楚聽到了一個靈性魔咒的微弱音調，彷彿那個魔咒發威，強逼他乖乖就範。

男子舉槍指著她。「妳破解不了一顆子彈的，艾兒希．肯登。乖乖跟我走。」

他根本不需要艾兒希的同意。凝滯的整團空氣往旁移動，將她送到車門前。艾兒希呼吸艱難地說：「拜託，我可以幫你。我可以破除她對你下的魔咒——」

男子的另一手猛地揮來，一條難聞的破布被按在她臉上，她瞬間掉入黑暗中。

15

灰霾的天空終於落下濛濛細雨。微風吹動輕柔的雨霧，把所有人事物都弄得潮濕沉悶。儘管現在是夏季，雨水仍然冷涼。英國的雨，讓巴克斯格外地想家。

他沒穿外套，也沒撐傘，倒是在周遭設置了一個魔咒，讓雨水繞過他落下。他環視四周一圈，只見人們紛紛衝到樹下躲雨。一輛四輪大馬車經過，車伕揮鞭催促馬匹快行。

巴克斯已經等了兩個小時，卻不見艾兒希的蹤影，也沒人來傳話。

大馬車駛過後，他穿過狹窄的小路，走到一棵栗子樹下。他靠在樹幹上，拿出藍色魔法鉛筆和一張羊皮紙，將紙放到抬起的膝上。如果把紙壓在樹幹上書寫，那麼艾兒希那邊的魔法鉛筆就會跑到她的牆壁或家具上寫字，而不是寫在她準備的那張紙上。

妳沒事吧？巴克斯簡潔俐落地寫著，然後等待。

等待。

另一頭的魔法鉛筆並沒有被拿起來，他能感應到沒人握住它。巴克斯向來很有耐心，於是他保持姿勢又等了幾分鐘。雨勢加大後又開始減弱，變成迷霧般的綿綿細雨。還是沒有回應。艾兒希通常不會拖那麼久都沒有回應。

巴克斯只好走出海德公園，心中十分不安。他胡思亂想起來，又是煩惱，又是質疑艾兒希對他的感情。他隨即甩甩頭試圖鎮定下來。他不能餵養自己這些負面想法，沒必要爲不確定的事折磨自己。

他是駕駛希爾法師的雙輪馬車過來，本想在去七橡園之前載艾兒希兜風一程。七橡園之約的時間已快到了，但巴克斯檢查過馬匹和轡具後，直接駕車駛上大路，朝郵局前進。

「我要發電報。」巴克斯站在郵局敞開的大門前，朝裡面大聲說著。櫃檯後方的小伙子應該不超過十五歲，此時又是害怕又是驚訝地看著巴克斯；巴克斯比對方高了一顆半的腦袋，也比這個鼻梁上長滿雀斑的小伙子黝黑。這不重要了，巴克斯早已習慣別人對他的態度。

小伙子鎮定下來，遞給他一張紙和一根鉛筆。「寫在這裡。郵資是——」

「我不在乎花多少錢。」巴克斯飛快寫下：**艾兒希安好嗎？我們約在海德公園見面，但她沒出現。凱爾西**。然後他寫下石器作坊的地址。

「發到布魯克利的郵局。」他把紙推到男孩面前，接著扔下錢袋。「剩下的給你們郵局的人分掉。」

小伙子緊張地笑笑，只拿了足以支付郵資的硬幣，再拿起那張紙，走到裡面的電報室。巴克斯拿起錢袋，站在郵局門口朝海德公園的方向望去，好似在等艾兒希小跑步過來。他想過回去原地等她，隨即又想到，幸運的話，石器作坊的人很可能馬上會回電報。

幾分鐘後，小伙子回到櫃檯，只對巴克斯點了個頭招呼後，又繼續去整理那一疊的郵件。巴克斯在門口又等了十五分鐘，這才轉身走到小門廳的兩張椅子前，坐到其中一張上。

他躺靠在椅背上雙臂交抱，盯著窗外的馬路瞧。陰雨天總讓人感覺天色已晚。他看到一滴大雨珠打在玻璃窗上，隨即雨水劈里啪啦地拍上窗面，雨勢逐漸加大，玻璃窗上的雨珠不斷匯聚，最後一條條地滑落下來。

又過了十五分鐘，他才聽到電報器軋答軋答響起來。巴克斯站起身，那個小伙子跑到裡面，身影消失無蹤。巴克斯緊張地搓揉著指關節，不久後小伙子回來了，對他說：「我沒有寫下來，你可能只要聽到就好？」

巴克斯點點頭。

「『**艾三個小時前出門。沒看見她？**』抱歉，郵資是按字數算的，所以有時候會表達得不清──」

未等他說完，巴克斯已立刻轉身，推開郵局的門衝進大雨中，絲毫忘了要制咒擋雨。

一個小時後，巴克斯衝進石器作坊，雨水從髮絲上滴落。埃米琳見到他嚇得尖叫一聲，手裡的掃把滑落。她抬手捂著胸口。

「噢，凱爾西法師！」埃米琳驚呼。「您嚇到我了……」她看著巴克斯關上門。「艾兒希沒跟您一起回來嗎？」

這個問題撥動了他心裡的驚恐。「是妳發的電報？」

埃米琳點點頭。「她早就出門了——」埃米琳瞥了牆上一眼。「已經出去五個小時了吧。」

巴克斯拉下頭髮上的綁帶，搖頭甩散濕髮。「她有說要去哪裡嗎？」

「她跟奧格登說了，好像跟肯特郡公爵有關。」埃米琳的聲音越來越小。

奧格登走了進來，面容緊緊繃著。「你沒有見到她。」

「對。我們約了在海德公園會面，我等了兩個小時。發電報過來之前，我還寫了信給她。」

「噢，」埃米琳說：「用那根魔法鉛筆？」她撿起掃把快步走了出去。片刻後，她走回來說：「她沒帶筆出去。您的信就放在她的床頭桌上。」

巴克斯搓揉著兩手。「她出去的時候心情有不好嗎？有沒有帶很多的行李？」

埃米琳和奧格登交換了一個眼神，奧格登回答：「沒有，她只帶了那個隨身小袋。」

恐懼瞬間擴散，巴克斯的肌膚逐漸發涼。

奧格登說：「我讓埃米琳去附近找找。這不像是她的行事風格，而且還有默頓……」

他沒把話說完，就已走去拿外套。

艾兒希第一眼看見的，是她眼底下的石頭——冰涼的石頭貼著她的臉頰，肩膀和臀部下方也是硬冷的岩石。第二眼看見的，是無比漆黑的四周，只有一盞魔法燈掛在低矮的石頭天花板中央照明。她第三個察覺到的，則是鼻腔漫盈的可怕氣味，接著意識到乾澀的舌頭，以及呼吸時鼻道裡的刮擦痛楚。

她撐起上半身，腦袋怦怦地抽動。一開始，她以為自己還在牢裡，之前經歷的事只是一場很逼真的夢境。她眨眨眼，腦袋逐漸恢復清明，她接著用力呑嚥濕潤喉嚨，這才明白過來，這個地方她從未見過。

這裡看起來很像一座地窖，四面都是深色的石壁，大約四、五公尺長，三公尺寬。她顫抖地站起來，天花板正好頂著她的頭頂。沒有任何一扇窗戶。

「有人嗎？」她問，但聲音全被石壁吞沒。她瞥了一眼中央那盞小燈。小燈下方的地面有一堆土，但土堆的周圍、靠近牆壁的地面全都是石頭。她模糊的腦袋隱約意識到，她應該無法挖地道逃出去。

直到現在，她才恍然驚覺自己被人監禁起來。

「有人嗎！」她再次出聲，聲音裡充滿了驚恐。她走到一處角落，只覺兩腳發軟，然後又走到另一個角落，發現一小塊麵包和一瓶水。她注視著麵包和水，遭到囚禁的過程清晰起來。她又一次穿過地窖，更仔細地搜尋，在天花板上發現了一扇地窖的門。

她輕輕推了推門，然後用盡全力擠推它，聽到門的上方有沉重的鎖鍊移動聲。她用拳頭敲打一下，兩下，三下。門板仍然紋風不動。

「救命！」她大叫，然後圈手攏在嘴邊：「有人嗎，救命！」已經入夜了嗎？門縫沒有滲入一絲光線。她對著門板一次又一次地大喊。

「救命！」

「我被人關起來了！救命！」

「拜託，快來人啊！」

她不斷不斷地喊叫，直到最後喉嚨發痛、聲音乾啞。她乾咳幾聲，走去拿起那瓶水嗅聞了下，這才舉到嘴邊。她正準備喝下冰涼的水時，突然聽到一聲微弱的唧嗚聲。她頓時愣住，集中精神聆聽。它……藏得太好了。她倒轉瓶子，將耳朵貼在玻璃瓶上，這才發現那個附著在瓶身上的靈性魔咒。

她不認得這個魔咒。符文的纏結打得很緊，又非常小……它的作用是什麼？是要讓她覺得飽足還是飢餓？或者安撫她？

她把手按在那個魔咒上，瞬間感到精疲力竭。但她才剛醒過來而已。她的眼皮快張不開了……

艾兒希奮力地把手從魔咒上拽開，氣得咬牙切齒。**妳認真的嗎，默頓，一個試圖對付破咒師的魔咒？**不過她的方法確實差點就奏效。艾兒希動手想要破除這個魔咒，不過想了想，或許就讓對方誤以爲她沒發現它，會對她比較有利。畢竟她與奧格登生活了那麼多年，都沒發現設置在奧格登身上的魔咒。就讓他們以爲他們已佔上風吧。

艾兒希試探性地啜了一口水，證實了水裡並沒有被下咒，只有瓶身——就下在瓶頸上，也就是她的手最容易握住的位置。她改握著瓶子下端，喝了大半瓶的水。

「沒用的，妳省省力氣吧。」

艾兒希猛地轉身，手上的瓶子差點滑落下去。小燈附近站著一個鬼影——不是鬼影，是投射靈像。一個模糊不清的靈像，細節和色彩都十分模糊，表示這個靈性造像師是在遠方施咒。

即便如此，就算這個造像師在千里之外，艾兒希仍然能認出她。

「默頓！」艾兒希斥喝，放下瓶子挺直身軀，頭頓時頂到石頭天花板。默頓的靈像模糊，這代表默頓那端的艾兒希影像也是模糊不清。所以，默頓可能也看不清楚，無法判斷艾兒希是否碰觸到了那個催眠魔咒，以及魔咒是否生效。艾兒希打算小心回應，以免被對方摸清底細。

「現在直呼姓名了嗎？」那個靈像問：「我會讓妳知道，我當初是如何費盡心機，才得到『法師』的頭銜。」

「是啊，從妳把我帶出救濟院開始。」靈像頓了一下。很好。「妳想要什麼？」艾兒希按捺住怒火，假裝害怕，然後又裝出疲憊的語氣問：「我在哪裡？」

「我再次給妳機會，親愛的。」默頓回應：「我真的希望能有妳這個伙伴。我越來越喜歡妳了。」

艾兒希搖搖頭，無法置信。「妳說妳喜歡我，但卻告發我，送我進監牢、還迷暈綁架我，現在又把我囚禁在這……這座地窖中？」

虛幻的鬼影聳聳肩。「如果我本人去找妳，妳根本不會聽我的話。」她有點答非所問，但艾兒希知道她的意思。

艾兒希搓揉雙臂，試圖溫暖自己。默頓必定注意到她的動作，因爲她說：「那裡應該有一條毯子。我不希望妳感冒。妳一定累了，爲什麼不休息？」

艾兒希強吞下到嘴的嘲諷，假裝打哈欠。「現在誰是妳的傀儡？那個物理造像師？」

那個模糊面孔的五官微微牽動，艾兒希看得出來她在蹙眉。「這些法力高強的人實在不好操控，他們總是喜歡反抗。妳知道嗎，妳家那位石匠前幾個月就是這樣，最後才好不容易投降、乖乖聽話。」她嘆口氣。「雖然他的能力不足，並不具備完成我所有要求的聰明才智。至於那個死在肯特郡公爵府裡的流氓，我壓根就不喜歡。」

艾兒希嚐到一絲胃酸。她指的是奈許，奧格登的「工作伙伴」，默頓殺人計畫的實際執行者。「妳把殺人說得像在喝一杯茶那樣輕鬆。」

「噢，當然沒有那麼輕鬆，親愛的。但這都是必須的。妳很快就會明白了。」

艾兒希頓住，察覺到此刻是見縫插針的機會。「能讓我現在就明白嗎？如果妳想要我跟妳走的話。」她都差點忘了要裝累這件事。

模糊的靈像又一次蹙眉。「不行，親愛的。我還不能相信妳，我苦心籌劃太久，承受不了一丁點的失誤。不過我只能說，死幾個人，跟我即將拯救的人數相比，根本算不了什麼。」

艾兒希好想激她一激，就在此時，奎因．渡鴉的姓名從她腦中冒出來。不過，如果讓默頓知道艾兒希已見過她追尋多年的男子，他們目前佔有的優勢可能就消失了——不過鑒於她又再次遭到囚禁，他們可能也沒佔到多少優勢。

沒錯，既然默頓如此迫切找到渡鴉，艾兒希更加不能助她一臂之力。誰知道默頓——或她的傀儡——會耍什麼手段，從她這裡逼問出渡鴉的下落，或者對其他人下手。巴克斯、奧格登、埃米琳、艾琳，他們都可能遭殃。

好多人已經牽扯其中。她必須保護他們的安全。謝天謝地，雷吉的存在還沒被發現。

「放我出去。」艾兒希兩手交握於胸前，懇求她：「我可以當面跟妳談。我身上沒有武器。」

投射靈像大笑一聲。「噢，這點我知道。」

艾兒希這才意識到自己的隨身小袋不見了，口袋也已全被掏空。帽子消失無蹤，她的鬈髮因而披散在肩上，甚至連可以作爲武器的帽夾都被拿走。

她一陣慌張，連忙兩手按在束腹上，幸好那裡微微凸起，顯示那頁藝譜集還在。有了那張魔咒，她暗暗鬆了一口氣，但它在這個情況下派不上用場。這也證明那個抓她的男人沒有脫她的衣服。不過話說回來，誰會想到一個尋常女子會把東西藏在自己的貼身衣物下。

艾兒希挺直身子，再次懇求：「拜託。」

「還不到時候，親愛的艾兒希。」默頓的語氣十分親密。艾兒希納悶，不知道默頓透過奧格登的雙眼窺探她到何種程度。她不清楚默頓施制的操控魔咒是如何運作，只知道如何破除它。「在我準備好之前，我會保證妳的安全。妳現在有大把的時間好好考慮我的提議。反正妳也沒什麼損失。妳現在擁有什麼呢？石器作坊的爛工作？遺棄妳的家人？一場被迫的婚約？」

艾兒希不想對這女人浪費口舌。她只是繃著臉，期望自己的表情能被投影過去讓默頓看見。

「妳餓不死的。」默頓保證。「幸運的話，應該不會太久了。」

艾兒希胸口一緊。不會太久？什麼不會太久？默頓究竟想做什麼？儘管謎團的拼圖已快拼得差不多，她仍然搞不清楚默頓的企圖。

靈像似乎逐漸淡去。艾兒希必須想辦法讓對方繼續說話，於是脫口而出：「是哪家救濟院？」

默頓愣住。

「他們送妳去的是哪間救濟院？」艾兒希解釋。

數秒鐘過去。就在艾兒希以為默頓拒絕回答時，她開口說話了：「當然是泰晤士河畔亞平敦那間。」

艾兒希一凜，是跟她同一家的救濟院。

「所以妳才找到我？」

默頓嘆口氣，聽起來更像是厭煩，而非惱怒。這個女人一直十分小心地遣詞用字。但是，或許艾兒希可以引導她再……鬆懈一些。如果艾兒希刻意製造兩人之間的連結假像，例如默頓是眞的想收養艾兒希，那麼艾兒希就能趁勢而上、爭取優勢。

「當然，我是一個靈性造像師。我有能力去協助弱小族群。」她交握雙手。「我拜訪了當地所有的救濟院，爲他們祈福。這當然只有那些認可我的救濟院。」她語帶譏諷。「我當然也回去了亞平敦的救濟院。我知道那裡的情況，親愛的艾兒希。」

「我從沒見過妳。」

「就算妳有見過，妳也想不起來。他們不太讓我和孩子接觸。至於找到妳——」她的頭微微一歪。「其實應該說是妳找到我。那場火燒起來的時候，我剛好就在附近，立刻趕過去支援。我問了幾個問題，結果妳的名字就來到我面前了。」

艾兒希輕咬下唇。她曾跟另外兩個孩子提過那個符文。她一直以爲他們沒有洩密。不過默頓是靈性造像師，只需一個魔咒就能輕易套出眞相。

「我在妳身上看到了我自己。」默頓輕聲說：「幼小無助，窮困潦倒，無依無靠，卻又才華洋溢。」

艾兒希打算冒險跟她攤牌——假使讓默頓以爲她取得了她的信任，也許會放了她。「莫里斯夫人說，妳抽籤贏得了資助。」

默頓蹙眉——這也可能只是艾兒希的心理作用。投射靈像的畫面仍舊模糊，不容易看清。「沒錯，是有一場選拔，提供機會給附近的造像師。我步行了將近十三公里過去。我是有希望，但沒有比那個郵政局長的兒子機會大。」她又語帶嘲諷：「那個男孩擁有的資源是全村裡最多的。他未來的職業已有保障，而我甚至沒有鞋可以穿。」

艾兒希屏住呼吸，等待故事揭曉。

「招聘人員讓我進去，但我必須**懇求**那個資助人挑選我，艾兒希。」默頓直視她的眼睛。「這個資助人的財力能輕易資助兩個人，但這種慷慨大方對他來說顯然太過荒謬。我一看就是窮鬼，一無所有，但他還是要我開口求他，求他出錢資助我。即便如此，他甚至得寸進尺要我同意，等到未來我取得法師資格後，所有的酬金都必須跟他分成。我當然答應了。在當時那個情況下，我什麼都會答應。我已經有整整一天沒吃東西，無比絕望。」

酬金分成。莫里斯夫人說過，默頓在經濟上援助了她資助人的晚年生活。難道這個援助是被迫的？

「妳的遭遇令人難過。」這是事實，艾兒希並沒有口是心非。

默頓點點頭。「有錢人都擁有頭銜，艾兒希。他們都會有。那個人被封銜，他的後代子孫也會有。他過世後，他的子女把我告上法庭，強迫我繼續分成。如此，他們就能透過繼承權，依附我的收入過日子。」

艾兒希驚異地瞪大雙眼。

那個模糊的影像擺擺手。「他們沒有成功。那時我已經請得起一名優秀的律師。但妳必須了解，艾兒希，這些問題永遠比妳以爲的、看見的更加龐大。我們都在一場戰爭中。但戰場並不在國界上，而是在市井街道之中。社會底層的百姓必須奮戰，才能得到食物、工作、生活權和尊嚴。」她的聲音繃緊。「我們甚至必須跟自己人戰鬥。歷史告訴我們，有錢人發動一場場的戰爭，強迫窮人爲他們上戰場打仗。」

艾兒希深吸一口氣，消化著這一切。她並不想認同默頓，然而社會階級、貧富差距的殘酷是不爭的事實。艾兒希自己就是受害者之一，爲此深深嘗過苦頭。默頓把這個問題視爲一場戰爭也在情理之中。默頓本身就是在戰爭中成長的人。如此看待問題，能幫助她合理化她的以暴制暴——甚至是殺人。

「等妳嫁給了那個制咒師，妳就成爲他們的一員，跟他們一樣把自己的快樂建立在他人痛苦上。現在跟妳說這些眞是浪費口舌。」默頓又補上。

聽到她提到巴克斯，艾兒希的胃猛然一揪。難道這就是他成爲默頓下手目標之一的原因？

「不是的，我能理解。」艾兒希向前走去。「我眞的能理解妳。拜託，讓我們當面談談。」

靈像搖搖頭。「我知道妳能理解，親愛的，但這不夠。現在還不是時候，妳還需要一些時間考慮，不是嗎？」投射靈像開始淡化消失。

艾兒希心跳加速，連忙向前跑去。「默頓，等等！莉莉，聽我說——」

靈像就像一陣煙般消失無蹤，再次扔下艾兒希孤零零一人。

艾兒希咬牙切齒地走到對面的牆前，兩手撫過石壁，搜尋缺口、鬆脫的石頭或魔咒。她上上下下搜找，接著換下一面牆，摸索到一條塞在陰影中的編織毛毯。她沒理會它，繼續去搜索第三面牆，然後是第四面，最後來到石頭地板。

沒有，什麼都沒有。

她回到那扇上鎖的門下方，開始用盡全力喊叫，對著黑暗吼叫，喊到最後嘴裡嚐到一絲血腥味。

16

夜深了，巴克斯猛地拉緊韁繩，讓希爾法師的馬車停在倫敦的主街上。因爲馬車的速度飛快，他和奧格登全身都被淋濕，還被泥水濺得滿身。固定在馬車兩側的魔法燈劇烈搖晃，照亮了路上的障礙物和周遭的幾個人，其中兩個穿著藍色警察制服。

馬路的中央停著一輛馬車，還有另一輛停在路邊。路邊的那輛馬車裡有人；兩名男子，其中一個穿著車伕制服，在附近徘徊並低聲交談。一個警察揮手，朝下車走進雨中的巴克斯走過來。

「趕快掉頭或繞開，」警察說：「這裡是犯罪現——」

「那輛馬車裡有沒有一個女人？」巴克斯打斷他的話。

警察愣住。「你是在找人嗎？」

「艾兒希．肯登。」奧格登插入對話中，兩手用力一扯，拉緊外套。「她幾個小時前搭乘出租馬車進倫敦，然後就失蹤了。」

警察撇了撇嘴，抬手抹去臉上的雨水。「這裡沒有女人，只有一個死掉的車伕。」

一陣寒意鑽進巴克斯的骨髓。「死掉的車伕？」

警察點點頭。「這人脖子被子彈射穿，又被車子輾壓過。」他的下巴朝第一輛馬車的方向一揚。幸好這晚是暴風雨夜，夜色漆黑，不過巴克斯仍然瞥見在第一輛馬車附近，有件毛毯覆蓋著的凸起物。

巴克斯向前走去，一名警察抬手抵住他的胸口，將他往後一推。「這裡是犯罪現場。」

「這人有乘客嗎？有任何跡象顯示他是否有載乘客？」巴克斯繼續追問，耐心一點點消失。「車伕的接案紀錄？鞋子——」

奧格登既沒看巴克斯也沒看警察，只說著：「小袋子。」

警察聞言一凜。埃米琳提到過隨身小袋，不過從警察的反應來看，巴克斯不禁納悶是否爲奧格登潛入對方腦袋裡找到的線索。「是有個小袋子，」警察遲疑地說：「我們在草地上找到的。」

「上面有灰色印花？」奧格登猜測。

警察緊抿著唇，點點頭。

巴克斯大聲咒罵出來，引得其他人中斷談話轉過來瞪他。奧格登先生輕聲說：「我猜他們就是發現屍體報警的人？」

警察點點頭。「沒錯。」

巴克斯上前，銳利的目光逼得警察不禁後退一步。「那個小手袋是屬於艾兒希．肯登，她是我的未婚妻。拜託，讓我們看一眼。」

那個警察嘆口氣，瞥了正在忙碌的同事一眼，然後說：「在這裡等著。」然後朝他的同僚走去。

巴克斯抬手搭到奧格登的肩上。「我不在乎您是否能聽進去，但我們必須等他們自己回應，您才能扭轉他們的意識。我們合法做事。」

奧格登沒有回答，只是站在原地，像個虎視眈眈的石像。

數分鐘過去了，第一個警察招手要他們過去。巴克斯取下一盞魔法燈，衝向那輛被遺棄的馬車。車內空無一人。他搜尋掙扎反抗的跡象，並找到了一處異樣。其他的痕跡都被已被雨水沖刷掉。

一陣噁心湧現，巴克斯的胃感到無比空洞。

奧格登已從警方那裡取回小袋，正在裡面翻找。「沒找到任何有用的線索。」他把手提小袋塞進外套裡。

巴克斯兩手抓著頭髮，緩緩轉了一圈，妄圖在黑暗中搜尋到艾兒希的蹤跡、線索，任何的蛛絲馬跡。「有沒有找到什麼證據，顯示凶手可能逃往哪裡？」

第二位警察說：「還沒有。也許等陽光出來後會比較好找，但雨這麼大……」他聳聳肩。

「我們會盡力的，但這種天氣實在很難做事。」

巴克斯按捺住脾氣，不被警方的消極反應激怒。現在失控的話，對艾兒希沒有好處。

奧格登低語著：「他們什麼都不知道。這裡沒有一個人知道。」他的話像一把鐵鎚敲在巴克斯胸口。

巴克斯低吼一聲，轉向警察。「我是法師級物理造像師，有什麼我能幫忙的？」

兩名警察交換了一個眼神，第一位說：「除非你能讓雨停下來、讓太陽出來，不過即使如此，幫助也不大。」

巴克斯再次低咒一聲，接著離開馬路走進雜草叢裡，提著魔法燈搜尋。他先找向東邊，然後是南邊，再繞到西邊，最後來到北邊。搜尋的圈子越繞越大，他徒然地搜找艾兒希的蹤跡。

雨水早已滲透進外套和衣服，冷得他直打顫。他對著黑夜呼喊她的名字。

沒有人回應。

回到石器作坊，巴克斯從頭到腳無比緊繃，就像塊濕皮革在架上被拉至極限，於熾熱的陽光下等著烤乾。夜已深，早已過了就寢時間，但他和奧格登、埃米琳坐在餐桌邊，埃米琳撥了撥爐火爲他們取暖。巴克斯的外套就攤在爐子附近烘乾，不過他並沒有換下濕透的衣服——奧格登沒有他穿得下的衣服。他的兩手在桌面上焦躁地握緊又鬆開，只見埃米琳圓睜著眼睛瞪著他的手，他便尷尬地停下來。

「除了默頓，沒有其他人有劫持艾兒希的動機。」巴克斯壓抑住怒火。「你們確定沒注意到那個闖入的殺手特徵？」

奧格登搖搖頭，並第二十次審視著他的素描簿。他畫了好幾張那個殺手的畫像，從各個不同的角度描繪，但那些畫像看起來都差不多，沒什麼參考的價值。每一張都是名身材體格中上的灰衣男子，藍眸，物理造像師。他們目前只掌握到這些細節。

*只有*這些。

巴克斯一拳捶在桌子上，嚇了埃米琳一跳。如果找不到默頓，就找不到她的傀儡殺手，更找不到艾兒希。

她現在在哪裡？是否被人綁在密室中？又或者正在被送出英國的路上？

巴克斯的胃不斷翻攪，空洞感逐漸擴大。

他大口吸氣，緩緩說：「那晚的事，請仔仔細細地說給我聽。**每一個細節**。」

「那個人有備而來，」奧格登倚靠在爐灶上。「尤其在精神方面做了保護。默頓應該用了藝譜集的魔咒在他身上。」

「這表示他們最近一直有聯繫。」巴克斯說。

奧格登點點頭。「也可能是默頓引導那個人去她留下魔咒的地方。她一直隱藏得很好。我不知道她是否會冒險……但這不重要。重點是，我不能和那個傀儡交手。我施放的魔咒都被他彈了回來，只有一次差點成功，但我後來分心了。」

埃米琳接著說：「一開始屋裡非常安靜。突然間，樓上傳來一陣喧鬧，接著我聽到艾兒希在大叫。」

「是消音魔咒，」奧格登進一步解釋：「後來被艾兒希破除了。」

「我以爲是奧格登先生摔倒，」女僕繼續說：「結果……砰砰聲不斷傳來。」

「他從窗戶跳進來，」奧格登閉上眼睛。「抓住我，把我扔到牆上，再拿床壓住我的腿，將我釘在牆前。就在這時，艾兒希進來破除了消音魔咒。接著——」他輕笑出聲。「她跳到了那人的身上。」

巴克斯搖搖頭。**她的確會這麼做**。

「我恢復自由後，那個人拿刀朝我扔過來——」

「等等，」巴克斯挺直身子。「您說他把您扔到牆上，是用什麼？陣風嗎？」

奧格登搖搖頭。「他只是伸出兩手一推，隔空就把我推到牆上。那張床也是。」

巴克斯的呼吸變得急促。他默默在腦中篩選所知的每一個魔咒，除了它，沒有其他可能。「是移動魔咒。」

奧格登撐直起身軀。「什麼？」

「是移動魔咒。制咒者可以在不接觸的情況下移動物體，我最近正巧對它做了一些研究。」他站起身試圖活動緊繃的身軀，以釋放四肢上的壓力。「這種魔咒十分稀有，是法力十分強大的法師級魔咒。只有少數人擁有它。」

奧格登滿懷希望地問：「你知道是哪些人？」

「我知道去哪裡查，」巴克斯說：「倫敦物理宗派學府。學府議會裡一定有人會擁有這個魔咒，而且他們一定知道其他的擁有者。現在幾點了？」

「大——大約凌晨兩點半了。」埃米琳回答：「學府都還沒有開門。」

巴克斯咬牙切齒地說：「那我們就去敲每個議會成員家的門，一間間地找。」

「你知道他們住哪裡？」奧格登似乎來了興致。

巴克斯揉揉眼睛。「我……知道其中幾位的。希爾法師的書房裡應該找得到他們的相關資料，包括地址之類的。」

奧格登嘆口氣。「等我們找到，學府也開門了。不是八點開門嗎？」

巴克斯點點頭。「還是值得一試，可以爭取時間。」

理智造像師揉揉眼睛說：「也許我們可以先睡幾個小時，再前往倫敦。我們一定能在他們開門前趕過去。」

巴克斯搖搖頭。「不行。她身陷險境，我怎麼睡得著？」

「劫走她的人也很可能在休息。」奧格登轉向埃米琳做出指示：「埃米琳，妳去把艾兒希的床鋪整理一下，讓凱爾西法師休息。」

巴克斯搖搖頭，抓起爐子旁的濕外套穿上。「我現在就去倫敦。」

「然後你會精疲力竭，到時候你什麼都派不上用場。」石匠出言反駁：「只要休息幾個小時就好。」

「我睡不——」

「我可以讓你睡著，而且我很願意動手。」他打了個哈欠。「我們現在什麼也做不了。等時針指到六點時，我們就出發。」

巴克斯怒目而斥：「您不敢這麼做。」

奧格登直接面對他的怒氣。「我在理智魔法上有相當多的實踐經驗，凱爾西法師，雖然我是非法的。只要有人失去理智，我必定出手幫他恢復理智。」

巴克斯咬緊牙關，都快把牙齒崩斷。他毅然地扣上衣釦，繞過奧格登朝後門走去。

就在快走到門前時，他突然感到頭袋一陣昏眩，思緒像軟糊的顏料無法清晰思考……他好累……

「該死的。」巴克斯咕噥一聲，砰地靠到牆上，滑落地面。

隨即，他不情願地陷入熟睡。

艾兒希倚靠在地窖冰冷的石壁上。寒意滲進她體內、鑽進骨頭深處，儘管現在是夏天，身邊還有一條體面的毛毯，但連監獄的囚房都比這裡溫暖。她並沒有渾身顫抖，只是每一吋的肌膚和肌肉都冰寒徹骨。

她不時地爬起來繞著房間走一圈，起碼她在這裡還有這個選擇權。在監獄囚房時她就無法這麼做，那裡太過狹小。不過話說回來，被關在監獄時，她至少知道自己的下場。然而在這裡，她絲毫沒有頭緒。

她睡醒後，發現身邊出現一塊新麵包和幾塊起司。艾兒希不禁震驚。昨晚沒有人進來過，而且她一直沒睡著……幾乎沒睡。她後來還是有試著小睡一陣子。不過，食物和水總不會自己變進來吧，這點她很確定。此外，沒有物理造像師會沒事在石壁上開洞，把食物塞進來後再把洞封起來。誰會那麼無聊。

她肯定錯過了什麼，遺漏某個關鍵細節。

她的尾椎骨因久坐而開始發疼，但她沒有移動。她確實疲累無比，但不睏；身體相當虛弱，但不餓。她傾聽自己的呼吸，雜亂的念頭不斷來來去去。

直到有一個念頭突冒出來。

她感覺到什麼。

一種**感知**，但她以前也有過這種感覺。是在廚房裡和艾琳在一起時，還有巴克斯和公爵。破咒師是透過視覺發現物理魔咒，但她更可以感應到它們，不須透過物理符文的光芒。

艾兒希閉上眼睛，專注在這個感覺上。就像骨頭在發癢，然而位置太深難以搔抓到。它不算近——不在這個房間裡——不知為何，她感到自己喉頭冒出一股土壤味。是時間魔咒？這並不奇怪，這裡很可能之前是座酒窖，或是儲藏食物的地窖。時間魔咒可以幫助延長酒或食物的保鮮期。它就在……艾兒希的後上方。

有意思。不知艾琳有沒有曾像這樣感應到魔咒？艾兒希很想問問她……如果……她還能再見到那位女士的話。

她專注在那個時間魔咒上，試圖弄清楚自己的感覺。她想像自己是書中的西藏僧侶，打坐冥想，追求開悟。整座地窖安靜下來，寂靜無聲，空氣冰涼。就連老鼠也沒出來打擾她。

遠方傳來一道魔咒的低吟，它的位置比較高，靠近那扇暗門。是個物理魔咒。那是……消音魔咒？所以才沒有人聽到她的呼救。她打了個寒顫，又感覺到另一個魔咒，而這個位置更遠，一片羽毛輕拂過她的思緒。她辨識不出它的魔法類別。也許是個改變色彩的魔咒？或者是用來讓灰泥變硬，或軟化軟木樹皮的？事實上……更像是兩種魔咒結合在一起。

一個物理和一個時間魔咒。都不是藝譜集上的魔咒——從默頓模糊的靈像推斷，她是在遠方和艾兒希進行投射交談，所以這裡不會是**她的**住所。默頓當然不會蠢到把敵人帶回自己的藏身處。

這裡也許是那個傀儡物理造像師的家，不過魔咒向來昂貴。他有兩種宗派的魔咒，就代表他很可能是個有錢人。的確，所有法師級造像師都十分富有，因此這也不足爲奇。

艾兒希推斷，自己若想成功逃脫，就得找出更多的魔咒。很多很多的魔咒。也許她的頭頂上是一座大莊園，有無盡綿延的樹林和花園。至少她想像中的莊園是這模樣。

她的太陽穴開始怦怦鼓動，手腕發癢，好似破解了許多魔咒。艾兒希張開眼睛，那些對於魔咒的恍惚感緩緩褪去。

於是她穿過房間，坐下，再次試了一次。

腦袋裡被設置了一個魔咒的巴克斯，在五點四十五分醒了過來。他的肩膀因枕在地板上而整個僵硬無比。奧格登朝他走來，一句話便立刻澆熄了巴克斯湧到嘴邊的咒罵。「埃米琳準備好馬了。」

他們按照原定計畫，六點準時出發上路，遠方的地平線開始露出一絲曙光。這次，巴克斯進入物理學府時並沒有引起注目，這都歸功於他的頻繁造訪，倒是奧格登這個生面孔成爲了焦點。

他向奧格登一一介紹議會成員們的姓名，以及他們的外貌特徵，不過巴克斯對其中幾位也是印象模糊。現在只有希爾法師沒有嫌疑。他們兩人的計畫很簡單：完全依靠這位理智造像師的法力。

一進入圖書館，奧格登用手肘頂了頂巴克斯，腦袋一歪，示意一個只有少數人在附近的書架。巴克斯跟著他往那裡走去。此處光線昏暗，因爲巨大的書架遮擋住從高處窗戶射下的陽光。就在奧格登快走到書架後方時，他卻突然停住腳步，轉身走到中央的那個書架。

然後，他閉上眼睛。

什麼事也沒發生，但巴克斯知道他已施放出好幾個魔咒。巴克斯以前從沒接觸過理智魔法——他自己的麻煩已經夠多了，人們都覺得他充滿威脅，都害怕他侵入他們的腦袋以竊取祕密——但現在這個宗派的魔法用處越來越明顯。

他納悶，如果艾兒希現在站在他的位置，她會看到什麼？會感覺到什麼？之前在聆聽普雷斯科女士向艾兒希解釋符文時是滿有意思，但他更喜歡艾兒希在課後與他分享更具形象的說法：繩結、閃光、蘑菇味。他沒問過艾兒希理智魔咒是何種模樣。

他挺胸深吸口氣，假裝對眼前的書充滿興趣。那些浮雕燙金字母在他眼裡全變成異國的文字，他什麼也看不進。**親愛的上帝，請保佑我們及時找到她，拜託。**

如果她真的遇害……巴克斯不知道自己會做出什麼事。也許把自己從此封閉在巴貝多島上，不再跨海回來這片傷心地。這裡有太多的回憶……

數分鐘過後，奧格登張開眼睛。「我可能找到一個對我們有幫助的人了，走吧。」

奧格登胸有成竹地大步前進，彷彿這裡就是自己的地盤。不過顯然並非如此，因爲他不斷撞牆或走進沒路的走道裡。他確實朝那個「目標物」走去，只是太專心思考，沒把注意力放在現實的物體上。疑慮頓時充斥巴克斯的腦中，不過他沒有出聲發問。

他們仍然停留在一樓。兩人最後穿過一間自修室，進入另一塞滿書籍的廳室裡。奧格登停頓了下，然後突然向左轉過去。

有個年輕人正坐在角落裡的圓桌前，模樣看似應該比巴克斯年輕一些。桌子上的被施咒的圓盤散發出足夠的光源，照亮他捧在手裡的舊書。兩人走到桌邊時，年輕人並未抬頭看他們。

從年輕人的外貌、年齡和他讀的那本書來看，他應該是位高階物理造像師。

「好心的先生，」奧格登語帶威嚴地說，但音量並不大。「我有幾個問題想請教你。」

年輕人抬頭一看，蹙著眉頭，顯然十分不悅被打擾。不過，當他開口說話時，表情和態度完全變了；他用力闔上書本，起身時還撞倒桌上的魔法燈盤。「班奈特法師！您怎麼會在這裡？」

巴克斯拾起魔法燈盤放好，此時奧格登說：「別大驚小怪的，年輕人。坐下。」

年輕人乖乖坐下，眼神裡充滿了敬重。

班奈特法師？巴克斯看著同伴。難道他在年輕人的腦袋裡植入假回憶，讓對方以爲眼前的這位，其實是個德高望重的法師級造像師？

他比我以為的更厲害。巴克斯不禁警惕起來，懷疑自己是不是也曾被催眠操控過？理智造像師之所以受到嚴格控管，就是因爲他們的法力足以操控他人的意志。然而奧格登並不隸屬於任何宗派學府——不受到學府的制約。雖然巴克斯可以購買取得法師級的理智魔咒，來保護自己的意志——就是那個殺手攻擊奧格登時，用來武裝自己的魔咒——但他現在無法脫身，以免延遲艾兒希的救援計畫。他無奈地只能將不安和疑慮暫時拋到腦後，專心眼前任務。

「是這樣的，」奧格登擺擺手。「我必須跟議會談論一個移動魔咒，但此事非常機密，牽扯到女王那邊的高層。所以我需要先深入了解幾件事，才有辦法跟他們談論。」

接著，巴克斯的腦海裡響起一道聲音：〈這個年輕人被議會舉薦為重點栽培的菁英。〉

巴克斯點點頭，目光從未離開過眼前的高階造像師。他們剛才走過來的時候，巴克斯就判定對方應該是英國男性。奧格登之所以挑選這位年輕人，正是因爲他受到學府重用，所以知曉一些內情，再加上此人急於表現和討好，所以會盡可能滿足魔法界前輩的要求。

巴克斯這才意識到整件事有多危險。一個弄巧成拙，睡在囚牢裡的很可能就不只有艾兒希一人了。

「噢。」年輕人顯得十分不安。奧格登又微微地擺擺手。

「你可以信任我，小伙子。」他進一步說服。

片刻後，年輕人點點頭。「嗯，您知道的，只有菲利普斯法師和奧爾弗法師熟悉那個法師級的移動魔咒。」

巴克斯插話進來：「跟我說說這個奧爾弗法師。」這位法師是巴克斯最不熟悉的三位議會成員之一。

「喬漢・奧爾弗（Johan Ulf）法師，」年輕人的目光挪回至奧格登臉上，顯然奧格登的存在感十分強烈，令他難以忽視。「德國學者，留著紅褐色鬢角的那位。他就住在街上那個有門禁的社區內。」年輕人在椅子上挪了挪身體。「他不太喜歡我。」

「而那個菲利普斯法師也是看誰都不順眼。」巴克斯咕噥著。

奧格登突然整個人震了下，猛盯著年輕人問：「你說什麼？」

年輕人眨眨眼。「我……沒說話啊，法師大人。」

奧格登又擺擺手。「有，你說了，小伙子。是關於菲利普斯法師的？」

年輕人不安地撥弄著背心鈕釦。巴克斯的直覺告訴他，應該是奧格登聽到年輕人的某個念頭，正逼他把那個念頭說出來。「我只是覺得他最近很奇怪。他已經有兩天沒來學府了，甚至還錯過了一場會議，那場的會議紀錄者是我。這實在太不像他。」

巴克斯的脈搏瞬間加快，他伸手扶牆以穩住身軀。「菲利普斯法師住在哪裡？」

「倫敦東區。」年輕人說：「我沒去過，但他的府邸叫做寬泉園（Wide Springs）。」

奧格登轉向巴克斯。「我們分別進行，一個去寬泉園，另一個去找奧爾弗法師。」

巴克斯點點頭。

「但是，」年輕人接著說：「他還有一座鄉下的莊園，就在柴爾德維克伯里（Childwickbury）。

幾年前他在那裡舉辦過聖誕派對。」

巴克斯一凜。「柴爾德維克伯里？在哪裡？」

「東北方。」奧格登說：「差不多幾小時的路程，我沒記錯的話。」

巴克斯喉嚨繃得緊緊的，悄聲地說：「如果是他，那麼這會是個不錯的地方——」

奧格登豎掌打斷他，轉而對年輕制咒師說：「謝謝你，小伙子。牆上那是什麼？」

年輕人轉頭過去查看。「我沒看到——」

他的聲音戛然而止，奧格登立刻推著巴克斯離開。他們步伐看似悠閒地走出了那間廳室。巴克斯回頭一望，只看見那個年輕人已再度打開書本，彷彿剛才根本沒跟他們進行對話。

「您讓他忘了我們。」巴克斯等到距離拉開到一定程度後才出聲。

「把一個人的注意力轉移到其他地方會比較簡單。不過，你說得沒錯。」奧格登的語氣有些陰沉。「我的魔咒法力都十分強大，但我擁有的數量並不多。我已經學會如何竭盡所能地發揮它們的用處。」

巴克斯不敢再繼續說下去，直到兩人來到學府前門才又開口。他把音量壓得很低：「柴爾德維克伯里。我很確定就是那裡了。」

「你無法肯定，」奧格登的聲音低沉，抬手按摩額頭。「我們兩個都不能確定。不過，這是一條不錯的線索。」

「我們一起去。」

但石匠搖搖頭。「奧爾弗法師就在附近，我先去找他，再去菲利普斯法師倫敦的家看看，以防萬一。如果這兩個地點都不是，我就去柴爾德維克伯里跟你會合。如果情勢不利，你一定要等我，明白嗎？」

若是在平常，要巴克斯聽命於一個非法的制咒師絕無可能。但現在情況特殊，而且奧格登並非尋常的制咒師。「當然。」

「別讓他看見你。」奧格登警告：「我沒辦法抹除他的記憶。」

巴克斯點點頭。

商量完畢後，兩人立刻分道揚鑣。奧格登招來一輛出租馬車，巴克斯則回到原本那輛馬車前。他解開希爾法師的馬匹套具，並叫馬伕更換成馬鞍，準備輕騎上路。

艾兒希覺察到一個新的魔咒。

此時她已經快睡著了。現在唯一判斷時間的方法，只有地下室門縫透進來的微弱燈光——現在她必須站在門下方，才能看見一絲光線。她知道現在還是夜晚，但不知道確切時間。這可能是她被關進來的第十個小時，而就她所知，天空或許就快要破曉了。

一個新的魔咒，就在外面的某個遠處，而且正在移動。

她猛地挺直身軀，呼吸加速，靜靜聆聽。沒錯……而且這只是很微弱的麻癢感，如果她沒有花大把時間想辦法接觸上方房子的魔咒，是不會注意到這股微弱的感覺。這個魔咒確實在移動。而且絕對是朝她而來，越來越近。

她掀開毛毯跑到門的下方，正準備放聲尖叫——即便聲音只能徒然地穿透消音魔咒——卻又突然住口。她閉上眼睛穩住呼吸，伸出手，想要感應那個魔咒。片刻後，她確定那個魔咒是筆直朝她而來，沒有迂迴曲折，似乎目標明確。沒錯，這絕非普通路過的行人。很可能就是那個綁匪，而且她感應到了默頓的魔咒！

瞬間湧上的驚恐令她完全清醒過來，四肢發麻。怎麼辦？怎麼辦？

她從門板底下退開，試著冷靜下來。她的感知力開始減弱了。**專注。**

她緩和不了劇烈的心跳，但仍然閉上眼睛，伸出手去感應對方身上的魔咒。越來越近……

物理魔咒。

現在他又想要做什麼？帶她離開去找默頓？又或者，默頓終於認定艾兒希是個大麻煩，打算直接解決她？又或者默頓忙得不可開交，這個壞蛋自作主張、另有圖謀。說不定會拷問虐待她，或者……

艾兒希用力吞嚥，束腹勒得她好緊。她一手捂在那張藝譜集上。她不能弄丟它。但如有必要，她可以拿出來應急，讓這名傀儡忘記自己的意圖。這也許能給她一個突破的時機去破除那個魔咒。

接著，她看到了那個空托盤和水瓶。

麵包和起司。一定是有人進來換上的，對吧？

無論如何，艾兒希都打算奮力一搏。

那個魔咒越來越近，聲音大到像在對她尖叫，儘管實際上她什麼也沒聽見。艾兒希衝過地窖、抓起水瓶——水瓶高度大約是她的手肘到中指指尖——然後躺回到地上，拉起毛毯蓋住自己，謹慎地不去觸碰到玻璃瓶身上的靈性魔咒。她擔心自己臉部表情洩密，於是轉身背對天花板的那盞魔法小燈。

*呼吸。呼吸！*在那個魔咒越來越接近的情況下，她催促自己深緩地放慢呼吸節奏。

她躺著數算心跳，專注在呼息上，而那個魔咒……現在非常靠近。*如此地靠近。*她並沒聽到腳步聲，也沒聽到門板開啓的吱呀聲，但她發誓那個攜帶魔咒的人已經身處地窖內——*消音魔咒。*當然。她好像可以感應到它了。就像奧格登被偷襲時，吸收掉所有聲響的那個魔咒。

心臟怦怦狂跳著，她用盡全力緩和呼吸。*他現在就在地窖裡，而我聽不到他。*這就是默頓想讓她失去意識的原因嗎？

對方越來越近，並且朝托盤走去。他注意到水瓶不見了嗎？魔咒在原地逗留了一下。艾兒希的心臟彷彿緊緊卡在喉嚨裡。接著，那個人從她身旁經過。

她咬緊牙關撐起自己，猛地轉身撞上那個人——是個男人，而她用盡全身力氣，將水瓶狠狠砸中那個人的側腦。

對方隨之摔倒在地，卻沒發出一點聲響。

她兩手滑到瓶身，披頭散髮地大口喘氣。那個人一身黑色裝束，衣領高得應該可以拉高蓋住嘴巴。臉上掛著大鼻子，肩膀瘦削……看起來年紀甚至比艾兒希還小一些。

她往後退一步。這個人的體格和眼睛，都跟綁架她的人不同。不是那個綁匪。

托盤上放有麵包和一罐錫壺。

*應該是僕人之類的手下，另一個奈許。*她鬆開抓住瓶身的一隻手，在那個人身旁跪下去搜尋……沒錯，一個符文的閃光從他的黑袖子裡透出來。

艾兒希緊張地皺起眉間，抓起他的手腕，掀開衣袖破除了魔咒，忽然間，年輕人的氣息輕拂過她的雙耳。他的呼吸有些急促，不過平穩均勻。他的耳朵後方腫起一個鵝蛋大的腫包。她沒找到操控他的魔咒，而且他並沒有攜帶武器。

地下室的門板仍然敞開著，還放著一道梯子。

「謝天謝地。」她連忙扔下那個僕人衝向梯子，撩起裙襬爬了上去。她手裡仍抓著玻璃瓶，所以攀爬十分困難，但那是她唯一的防身武器，她不打算現在就扔掉它。

艾兒希一爬出洞口，一陣冰涼的夜風拂亂了她的髮梢。她注意到的第一件事，就是附近的雜草叢及樹木的高聳剪影，然後是一扇距離她不遠、透著燈光的窗戶。

她先前的推測果然正確——上方是一棟房子。一棟大房子，屬於某個貴族世家所有。若在其他時候，她可能會對著它譏諷幾句，但現在，她必須趕在下方那個年輕人醒來示警前逃走。

她放下瓶子，兩手緊抓住梯子將自己撐出地窖，並輕輕闔上木板門，以防之前感應到的消音魔咒掩蓋不住關門的聲響。

接著，她拿起瓶子邁步狂奔。

艾兒希不在乎方向，只要能遠離那棟房子就好。這裡的地勢平坦，月亮依舊高掛空中，卻有部分被雲朵遮蔽。她兩手抱著裙子的前襬，十分不雅地一步步向前跑，一直跑——

現在天色還是太黑，她差點撞上那面石牆，連忙剎住。

「不會吧……」她低語著，絕望地一手按在牆上。這面牆大約三公尺高。

她暗罵一聲，沿著牆朝另一個方向跑去，順著牆轉彎——仍然看不見石牆的盡頭。她放下瓶子，將手指插進有些風化的石塊縫隙中，但石縫都不夠深，無法借力往上爬。她換了幾個地點嘗試，但只要一用力，手指都會不斷打滑、難以抓牢。

於是她嘗試跳躍，試圖將手伸長、搆到牆頂，再把自己撐起翻牆過去——但她連牆頂都碰不到。

「老天啊，請幫幫我。」她喃喃自語，接著轉身。遠方就是那棟部分亮著燈火的陰森府邸。如果繼續朝建築物的反方向移動，誰知道她還得走多久才能到圍牆盡頭。如此規模的宅邸，佔地通常都十分遼闊。

大門。主屋附近一定會有一扇柵門入口。她拿起她的玻璃瓶武器，一手扶著牆快步而去。前方出現物理魔咒的閃光——一個防禦魔咒，與她在七橡園破除的魔咒相同。希望之光頓時湧現。她輕鬆破除了那個魔咒，但石牆並沒有因魔法消失而隨之崩解。事實上，它根本完整如初。看來只有大鐵錘才能撼動這座牆，絕非她一個女人徒手就能處理。

於是艾兒希加快腳步，又遇到一個防禦魔咒，但她忽視掉它。柵門，柵門，柵門。

月亮從濃密的雲朵後方探出頭，照在身處黑暗中的她身上。她一不留神，踩進一個兔子窩向前撲倒，連忙咬緊牙關沒讓自己哭出來。玻璃瓶從她手中飛了出去。

她呻吟一聲，緩過神後才慢慢站起來。她的腳踝不斷顫抖——只要一用力就疼痛萬分，幸好沒摔斷骨頭。於是她咬牙跳著繼續往前移動。她的鞋子立刻掉到一旁，但她沒有停下來撿它，更沒有去撿瓶子。既然這隻腳都腫了，反正也套不進鞋子裡。至於那個瓶子……現在爭取時間更爲重要。

她來到兩面牆的交接處，再一次試圖爬牆，但仍然行不通。她掃視漆黑的大院子——也許能找到……嗯，木樁、桶子之類的東西幫她墊高。但什麼也沒有。也沒看見柵門。

接著，她沿著下一面牆往前走，看著那棟主屋。她正緩緩朝它接近，心中暗自祈禱能找到一扇暗門或門閂，**任何東西都好**。

片刻後，她找到了。

但它被上了鎖。

冷靜。她兩手在鍛鐵柵門上摸索，月光探出頭來為她照明。柵門的底部十分接近地面，最高處與石牆的高度一樣，而且並非以魔咒鎖住——當然，如此的話就太過簡單了。除此之外，柵門上還有個厚厚的鐵製物體。

不過它有條橫桿。於是艾兒希忽視掉柵門頂端的尖銳處，把沒受傷的腳放到第一條橫桿上，高度就在她臀部下方，她用力一撐將自己撐了上去。柵門上的鉸鍊不斷晃動。艾兒希緊抓住鐵欄，把重心換到傷腿上時痛嘶一聲。在用盡上半身力氣後，她終於把自己翻過了柵門頂端，但裙襬被卡在那裡。

艾兒希果斷地跳到地面上，腳踝痛得她差點哭出來，而同時裙襬慘叫一聲，被鐵欄完全扯裂。

幸好她的破咒師身分已見光。她之後大可以再買一件新連身裙。

她才剛站起身——右腳踝再次顫抖起來——就聽到有人叫喚她的名字。

「哈囉，艾兒希。」

她猛地轉身，先看看柵門，柵門仍然是上鎖狀態，然後才看到幾步之外的那道黑影……那是北邊嗎？她認出那個從馬車上突襲她的聲音，還有對方的身形……一模一樣。

她踉蹌地後退幾步。「我——我可以幫助你。我可以破除那個魔咒。」

那個人向前跨出一步。月光勾勒出他的尖下巴，灰髮絲散布在他側分的短髮間。他沒有戴面具，穿著乾淨俐落又合身的家居服，應該是默頓操控他過來檢查情況時，他來不及裝扮掩飾自己。

這人突然頓住，好似周遭的空氣整個凍結。他在發抖。就跟奧格登的情況一樣。

他在反抗。

艾兒希壓抑住逃跑的衝動，快步走向他，並揪住他的衣襟。她……沒錯！她聽見了默頓魔咒的嗡鳴聲——

那個人狠狠攫住她的手腕。「我不這麼認爲。」他說，嘴唇掙扎反抗著。傀儡正在對抗那條無形的操繩。

他的一對藍眸突然射出精光。默頓贏得了操控權。

艾兒希試圖掰開對方的手，但怎麼也掰不動，於是乾脆用膝蓋朝他的鼠蹊部用力一頂——

那個人痛呼一聲，艾兒希一扭手臂成功甩掉箝制。她轉身踉蹌跑開，跌跌撞撞地跑向漆黑的樹林邊緣。她基本上難以看清眼前景色，但沒關係，只要能跑得越遠就好。

那個人從後方跟了上來，速度相當快。坦白說，她現在是在對方的地盤上，哪有什麼逃走的希望？

淚水湧出她的眼眶，沾濕了頭髮。拜託誰都好，救救我！

她被一根粗樹枝絆到，踉蹌幾步差點摔倒在地。穩住身子後，她轉向朝南邊衝去，至少是她以爲的南邊。她差點就踩進一個土坑裡，連忙停住腳步，謹慎地繞過它。她深刻感覺到右腳已腫脹起來。每跨出一步都是折磨，就像有玻璃插進她的關節中。裙襬再次被勾住，她用力一扯，布料發出哀鳴後再度被扯下。東邊的樹木越來越濃密，於是她拐著朝那個方向移動，盡量放輕步伐，但仍發出不小的聲響。她躲到一棵樹的後方，再轉向從樹椏之間穿過去。她的耳膜瘋狂鼓動，右腳腳趾已失去知覺。

這裡的地面平坦了一些，她於是加快步伐，感覺自己就像隻受傷的小鹿，後面有一群獵犬窮追不捨。她一邊跑，一邊扶著樹木保持平衡，那隻傷腳的疼痛已達到顛峰——

突然，從黑暗中冒出兩隻手抓住她。

「啊！」她尖叫大喊，瘋狂拍打那雙手。「放開我！」

「艾兒希！」

她瞬間愣住，一切恍如永恆。

這個聲音。

這股氣息。

艾兒希眨眨眼，淚珠開始滾落雙頰。「巴克斯？」

巴克斯將她擁入懷裡，柑橘和新砍木頭的香氣融入她的五感中。艾兒希緊緊抱住他，全身顫抖，嗚咽啜泣——

不久她稍稍退開，轉身差點癱軟跪下。「他在這裡……他剛才就在這裡。」

巴克斯一手摟住她，手掌扶住她的腰部。他環視周遭漆黑的樹林。艾兒希也聚精會神地聆聽。

周遭只有蟋蟀的叫聲和陣陣微風。

她用力吞嚥。「我從地窖逃出來，但卻被他找到——」

「我們走。」巴克斯低語，語氣斬釘截鐵。「趁現在快走。」

他拉著艾兒希朝南離開，艾兒希痛得嘶叫一聲，連忙抓住他穩住重心。「我扭到腳了……」

巴克斯彎下腰，輕輕鬆鬆地將她一把抱起，像抱個孩子似的。艾兒希緊抓著他的上衣——他沒穿外套和背心——慌張地掃視他們後面的森林。絲毫不見那個綁匪的蹤影。難道他擺脫了默頓的操控？又或者，他看見巴克斯現身，於是決定先撤退？

巴克斯的步伐又大又快。地面向下傾斜變成一道緩坡，艾兒希看見坡底有條路，一匹大馬被綁在路的對面。艾兒希深深鬆了一口氣，而突然的如釋重負讓她差點暈過去。

「謝謝你，」艾兒希低語：「謝謝，謝謝你。」

巴克斯全身繃得緊緊的，一邊默默地穿過馬路，一邊回頭張望。他一定什麼都沒看見，因爲他直接將她抱上馬鞍。

艾兒希用力吞嚥，只感覺喉嚨好緊。「眞的很抱歉。我不知道——」

「艾兒希，」巴克斯陰沉地說：「妳再說一次抱歉，我就扯掉自己的鬍子。」他抓住馬頭借力躍坐到她身後，抓起轠繩控馬策騎。馬兒在漆黑的道路上狂奔而去，一盞照明的燈都沒有。這樣並不安全，尤其是對馬匹而言，但艾兒希對此沒發表意見。

巴克斯終於低靠在她頸邊出聲：「我很害怕找到妳的時候太遲，妳已經……」

艾兒希手臂上的汗毛豎起。她靠在巴克斯身上，頭枕在他的肩頸窩。此刻她是如此徹底地害怕，又難以言喻地喜悅，一時間不知該如何應對這情緒。

「我看見他了。」艾兒希在馬蹄聲中揚聲說：「我看見他的臉，長臉、五官深刻——」

「是伊諾克．菲利普斯法師。」

艾兒希一凜。「什麼？」

「那是他的莊園，」巴克斯幾乎是咆哮地說：「藍眼睛，一臉嚴肅，灰髮？」

艾兒希點點頭。

「默頓可能掌控了這位全英國最有權勢的造像師，」巴克斯說：「但這也不稀奇了。」

「我們現在該怎麼做？」艾兒希問。

巴克斯環住她的兩隻胳膊一凜。「我不知道。」

他的呼息輕拂過她耳畔，十分溫暖。她好想脫口而出，我愛你。謝謝你。我愛你。但終究還是把話吞了回去。她緊抓著他的手臂，胯下的坐騎朝黑夜持續狂奔，將她的惡夢遠遠拋到後方。

至少在這短暫美好的當下。

17

他們策馬穿越黑夜，在路上與奧格登會合。時間已過午夜，艾兒希知道大家都已疲累不堪，但沒開口要求停下來休息。三人朝希爾法師的倫敦宅邸馬不停蹄地奔去。

想想真是不可思議，攻擊希爾法師的人居然是她的上司伊諾克・菲利普斯法師。

艾兒希仍然難以接受這個事實。

在希爾法師寧靜的府邸休息幾小時後，他們在週一的一大早叫了輛出租馬車回到布魯克利。艾兒希頭上原本的髮夾都全數消失，只好把頭髮綁成一條過肩的辮子，心中暗自祈禱千萬別被鄰居看見她的狼狽貌。她睡覺時把傷腿放到高處，現在腫大的腳踝已經消下去，但還是不能正常走路。

她一進到屋子裡，居然看見一個大行李箱放在工作室中央。

「啊，」走在她後面的奧格登說：「凱爾西先生，你的東西到了。」

「你的**東西**？」艾兒希問著一臉疲憊地走進來的巴克斯。難道這就是他在希爾法師府邸時沒有更衣的原因？

奧格登回答：「在我被偷襲、緊接著妳被綁架之後，我們一致認同這裡最好有兩個造像師。他會在這裡待到婚禮那日。不幸的是，妳必須讓出妳的房間。」

艾兒希再次臉紅，但她實在沒必要害羞。**技術上**來說，巴克斯在婚前待在這裡並無不妥。接著，她想到幸好自己沒把那張藝譜集藏在床墊下方。

「艾兒希！」埃米琳衝進工作室，一把抱住艾兒希的肩膀。艾兒希差點站不穩地被撞倒，但仍緊緊回抱回去並鬆了一大口氣。她這才注意到自己全身的關節有多疲倦。埃米琳激動地說：「噢，我好開心妳回來了！當時究竟出了什麼事？」

「發生太多事了，」艾兒希微微退開，瞥了兩個男人一眼。「但菲利普斯怎麼辦？」

「菲利普斯？」埃米琳問。

「我們會想出辦法的。」巴克斯撫過他的鬍髭。

埃米琳扯了扯艾兒希的手。

「等洗完澡再跟妳說。」艾兒希勉強擠出一個微笑。「但我必須先清洗一下自己。」

奧格登點點頭。「去吧。」

埃米琳攙扶艾兒希爬上二樓，艾兒希十分感激。看來埃米琳已把艾兒希的東西移到了她自己的房間，那是作坊三間臥室中最小的一間。艾兒希的書架被塞在角落裡，原本放在艾兒希書桌上的物品，現在整齊地放在架子上方。她的衣物都放收進埃米琳的衣櫥裡，而零碎的小裝飾品就放在埃米琳的櫃子上。至於床、書桌和衣櫥等家具，則留在原房間供巴克斯使用。

巴克斯．凱爾西就要睡在她的床上了。

再過不久，就換她睡在他的床上。

她臉頰發燙。一想到這裡，她便感到夢幻且不眞實，這一切都不該在現實中發生。

埃米琳好心地把銅澡盆拖了進來，再往裡面倒水。艾兒希不打算等爐子上的水燒開，她可以洗溫水澡。她脫掉衣服，仔細地將那份藝譜集塞進束腹的鋼圈裡，同時把事情經過說給埃米琳聽。像現在這樣盡情傾吐實情給另一人，是如此地自由、輕鬆。她獨自保守祕密太多年，那些祕密已成爲她的一部分，無形中變成了她沉重的枷鎖。

趁她擦乾身體時，埃米琳把她不在家裡時的情況告訴她，也說了自己十分擔心。艾兒希一陣感動，靠過去吻了下好友的臉頰。

艾兒希穿上衣服後打了個哈欠。「我們再幫其他人燒一些熱水吧，他們兩個肯定也想洗個澡。」

埃米琳微微一笑。「讓我來，妳該上床好好休息。」

艾兒希環視房間裡，她和埃米琳的個人用品全都混在一起。「妳已經做很多了。」

「讓我去吧，而且妳的腳扭到了。我並不介意，畢竟我幫不上什麼忙，而這件事是我能做的。我既不會魔法也沒有錢。」她掀開自己的被子。那是未來兩個星期她將和艾兒希共享的被褥。

艾兒希嘆口氣。「埃米琳．普瑞特，我會買巧克力給妳作爲回報。」

埃米琳兩眼發光。「這個交易不錯！」

於是艾兒希上了床，讓她的朋友去收拾澡盆。

她努力讓自己睡著，昏沉地半睡半醒，昨晚的遭遇一遍遍地在她腦海裡重播——**如果她把那個僕人手下打得重傷怎麼辦？如果他其實也受到默頓的操控呢？**一會兒後，她的思緒跳到自己對艾琳坦承一事，以及其他破咒師揭發她該怎麼辦？接著想到奧格登，他將如何看待這整個事件？昏沉的思緒最後跳到巴克斯身上，他又會如何看待她？

最後，她放棄掙扎地睜開眼。頭髮現在已幾乎全乾，她拿起梳子梳頭，任由長髮披散肩上。當她走出房間時，對面她自己的臥房門是關著的。如果剛才半夢半醒間，聽見走廊上來回的腳步聲是真實而非她的幻聽，那麼澡盆接下來應該輪到巴克斯使用了。

她在門口遲疑片刻，然後回到房間加上外衣。她停頓了下，又瞥了那扇門一眼，再看了看走廊。她聽見埃米琳在樓下的廚房裡。

艾兒希咬咬唇，走到對面那扇門的前面，抬手敲門。「巴克斯？」

「是的？」

她有些遲疑。「我可以跟你說說話嗎？」

房間裡的聲音頓了下。「我現在不太方便。」

艾兒希的雙頰又開始發熱。「那我們隔著門板說話。」

她似乎聽到了水的舀動聲。「怎麼了？」

「沒事。」嗯，這是個謊言。不過她所有的事巴克斯都知道，所以重申這些事也沒什麼意義。艾兒希的腳踝傷處好了許多，但仍無法久站，於是她滑坐到地上，把沒受傷的那腳塞在臀部下。「七橡園出了什麼事？」

「我後來沒去七橡園。知道妳失蹤後，我直接就過來了。」

埃米琳剛剛提過，巴克斯有發電報過來。「我是說，你要去七橡園嗎？」

又是一陣水聲。「我不確定。或許再過一陣子吧，現在有更重要的事要處理。」片刻後他又說：「禮貌上，我應該寫信跟公爵夫人說一聲。」他不知不覺又換上巴貝多的口音。

艾兒希嘴角一彎。「對，你應該跟她說。」她十指相扣地問：「那你的家僕們呢？」

「約翰和瑞勒會留在希爾法師那裡。」

「噢，」她兩手分開又交扣。「今天清晨沒看見他們兩個。」

「我有跟他們說了下話。他們一切都好。」門內一陣窸窣聲。

「巴克斯……」她把腦袋靠在門上。「跟我說說巴貝多島。」

門內聲響又停頓了一下。「妳想知道什麼？」

「別人都不知道的事。我知道那裡潮濕炎熱，種滿了甘蔗。你跟我說說那裡還有什麼？」

地板吱嘎作響。「那裡的空氣十分乾淨，嚐起來不錯。」

她輕笑出來。「什麼？」

「那裡的空氣甜甜鹹鹹的，充滿了植物和海洋的氣息。這裡的空氣都是煤煙和雨水味。但在巴貝多，四周的空氣就像可口的甜點，清甜芳香。除非妳太靠近漁市場。」

艾兒希微微一笑。

「那裡淨是綠意盎然，甘蔗是綠色的——」他的語氣裡帶著一絲嚮往。「島上其他地方也都是綠油油的，至少是尚未遭到歐洲殖民者破壞的部分。那裡還有棕櫚樹和茂密的田野，日落時分，它們就好像一起引吭高歌。」

艾兒希努力想像著。「怎麼唱？」

「很難形容，」現在他的聲音溢滿鄉愁。「那裡的蟲鳴、從葉間穿梭而過的微風……都是我在英國這側彼端無法感受到的。」

「你住在海邊嗎？」

「所有巴貝多人都住在海邊。」地板又吱嘎一聲。「那座島並不大。但我住在一棟種植園的大宅裡，是詹姆斯一世式的建築（注），也許妳知道那個時期的風格。」

艾兒希想了下。「人字形的斜屋頂？」

「沒錯。」巴克斯的聲音顯得很開心。

艾兒希調整腦海裡想像出來的畫面——那個地方陽光燦爛，綠油油一片，還有藍色的汪洋大海，空氣清甜得像咬下的第一口甜點，而太陽下山後，萬物齊聲大合唱。宛如身處童話故事中。「我想看看它，」艾兒希輕聲說：「我是說……我想去巴貝多。我們不需要待在這裡。」

巴克斯頓了幾秒後，緩緩回應：「妳的家人在這裡，艾兒希。」

「我沒——」她猛然停住。**雷吉**，她才剛與他重逢不是嗎？還有奧格登和埃米琳，他們幾乎算是她的家人了。「我們可以分配待在兩地的時間。」

他沒有回應。

艾兒希十指擰絞。「你……你確定你這麼做值得嗎，巴克斯？」

地板吱嘎吱嘎作響，門板突然打了開來。巴克斯站在門口，身穿馬褲，長袖白襯衫，領子敞開。尾端顏色較淺的黑髮，如今濕漉漉地披散在肩上，襯衫被浸濕的部分都變成半透明。

他垂眼看著她，眼神疲憊，但沒有絲毫的怒氣。「我們真的要繼續這個話題嗎？」

艾兒希抿唇。「我認爲這是個合理的問題。」

巴克斯朝她伸出一隻手，艾兒希握住，他一把將她從地上拉起來。艾兒希撫平衣裙，確認自己模樣是否得體端莊。

他抬起一隻手，拇指腹劃過艾兒希的臉頰，激起一陣顫慄竄過她的肌膚。「妳太值得了，艾兒希．肯登。」

艾兒希深深望進他美麗的一對綠眸。它們現在不像狂濤駭浪中的海洋，也不像翡翠，或其他能精準比喻的人事物。也許，它們就是專屬於巴克斯的綠色。它們就像他所描述的那座島一樣不真實，一樣令她難以置信。

她意識到自己正直勾勾地看著他——從她的角度來看，他也正回看她——但她就是挪不開視線。她將他的五官深深刻進記憶中：鼻梁的斜度，髮際線的形狀，鬍髭的輪廓。他的臉頰才剛剃過，聞起來都是肥皂味，有微微的柑橘香氣透出來。

她的心臟在胸腔中躁動，不自覺脫口而出，低語著：「吻我。」

巴克斯緊盯著她。

他的唇滑過她的唇畔，一開始是試探，但艾兒希一將手放到他胸口上，他立刻篤定地像在

注 Jacobean style，十八世紀二〇年代後期於英國流行，混合民族文藝復興時期的復興風格。

馬車上那次一樣帶有侵略性。一陣酥麻穿過她的下巴，順著脖子流淌下來，就像兩指掐著燭火火苗般灼熱。艾兒希的雙手情不自禁地攀上巴克斯的肩膀、脖子，那裡的肌膚都被濕髮沾濕。他雙掌覆上她的側腰。她完全想不起來他的兩手是如何放到她腰上，但在它們的輕壓下，她整個人更加興奮，也更加堅定。

巴克斯的個子很高，艾兒希渴望能更靠近他，於是踮起腳尖，腦袋更歪向右邊，讓兩人四唇更加契合。兩人越吻越深，艾兒希能感覺她的心和臀之間有條隱形的線被扯緊，一道熱流穿過她的下唇。艾兒希隱約認出那是他的舌，不禁雙膝一軟。巴克斯必定感應到她的虛軟，連忙收緊雙掌扶住她。艾兒希雙唇微啓喘著氣，巴克斯乘機長驅直入。艾兒希全然敞開接納了他。

去他的造像魔法，這才是眞正的宇宙奧秘。物理、靈性、理智、時間……全都翻攪成一個歡愉極樂的球形，她迫不及待想要破解它，找出球中心隱藏的祕密。

巴克斯的左手離開了她的側腰，留下一道涼意。她聽到那隻手拍了下門框，緊抓住它。艾兒希的手指插進他的濕髮中，與他的鬈髮纏繞。她吸吮他的下唇，聽到他發出一聲微乎其微的輕吟，不過這聲輕吟更像是從她嘴唇感應到，而不是從耳朵聽到。

他的速度慢下來，薄唇退離開她，雙眼無比深沉。他用鼻子吐出一口長氣後說：「艾兒希，在我控制不住前，我們得先趕緊停下。」

艾兒希感覺到雙唇腫起來，她舔了舔嘴唇。

自從得知他們已經意外訂婚後，這是她第一次眞心盼望新婚之夜到來。

樓梯上傳來腳步聲，嚇得艾兒希連忙退開，受傷的腳踝頓時傳來一陣刺痛，痛得她皺起臉。巴克斯伸手扶住她，正好埃米琳走上了二樓，側臀上撐著一籃的衣服。艾兒希害羞得全身發熱，但是埃米琳──親愛的、貼心的、天眞的埃米琳──壓根沒注意到艾兒希和巴克斯站得太靠近，也沒發現他們兩人衣衫凌亂。

「再過幾個小時晚餐就煮好了。」埃米琳愉快地笑著，把籃子放到她臥室的門內。「但我想肯登先生會提早抵達。他說了，今天的工作應該會提早結束。」

這個稱呼仍然令艾兒希十分陌生。「噢！我都忘了雷吉要過來……」他要來報告他們登報的最新情況。如果他成功讓那幾篇文章上報，應該會有一些進度發展。

埃米琳從圍裙口袋抽出一條長長的亞麻繃帶。「我先幫妳纏腳踝，再幫妳更衣。」她看著巴克斯說：「我也很樂意幫您洗衣服，凱爾西法師。」

巴克斯清清嗓子。「我自己來就可以了，謝謝妳。」

艾兒希避開巴克斯的目光，否則臉頰又要紅得像甜菜根。她接受埃米琳的攙扶，一瘸一拐地走回她們的共享臥房，埃米琳開始體貼地幫她包紮腳踝。之前穿的那件連身裙，經過可怕的綁架事件折騰後早已全毀。太可惜了。埃米琳幫她換上她去禮拜時的衣服，她最好的一件。這件連身裙現在穿特別適合，因爲她昨天顯然錯過了上教堂。

現在該如何對付菲利普斯法師？艾兒希和奧格登匿名舉報默頓的努力，終究是石沉大海。告發菲利普斯法師的舉動，是否也會同樣徒勞無功？艾兒希手上沒有任何證據，只有巴克斯這個目擊證人。他們兩人或許能一五一十地供出綁架經過，也能解釋清楚巴克斯之所以能及時趕去救她的原因，但這麼做，必定會洩露兩人虛假的交往關係。再者，那也不是出自菲利普斯法師的意願。當然必須想辦法阻止他，但他畢竟是無辜受到控制，不該爲默頓的行爲買單。

雷吉的確早到抵達——艾兒希才剛把頭髮夾好他就來了。埃米琳也換上她做禮拜的連身裙，把深色頭髮捲成一縷縷、包覆住臉龐，整個人顯得明媚亮眼，讓艾兒希一時挪不開目光。以前無論是誰到家裡作客，都沒見埃米琳如此費心打扮，甚至用上了髮捲。她如此用心不是爲了她自己。艾兒希對此相當好奇，但打算等到兩人獨處時再來問個清楚。

「全都上報了。」雷吉一邊說，一邊在艾兒希的對面坐下。晚餐全都已經上桌，而艾兒希的胃開始翻攪。她就坐在巴克斯身旁。巴克斯也是盛裝出席，擦乾的頭髮向後梳成一條有點隨意的馬尾。奧格登坐在桌頭的主位，埃米琳則坐在巴克斯的對面、雷吉的旁邊。現在整張桌子只差一個位子就滿席了。「最後一篇會在明天的《每日電郵報》刊登，所有文章就會全部上報了。」

艾兒希終於可以鬆口氣。「謝謝你。」

「你能追蹤後續發展嗎？」奧格登切著雉雞肉一邊問：「看看有沒有人回應？」

雷吉咀嚼地說：「我可以去問問。問了應該不礙事。」

埃米琳分完菜後坐下，撫平裙襬問：「快跟我說說你們是怎麼印刷的。那些字母是倒著印出來的嗎？」

「沒錯。」雷吉挺起上半身。「字母以一種方式排好後，就像這樣——」

〈有人來了。〉奧格登的聲音突然在艾兒希腦中響起，害得她背脊一陣顫慄。巴克斯也略微一凜，顯然他也聽到了。

果然，片刻後有人敲門的聲音傳來。

最近他們已有兩批意外的訪客：先是警察上門來逮捕她，再來是雷吉……按此模式來看，難道眼前這次的造訪會是壞事？

埃米琳正打算起身去應門，卻被艾兒希抬手叫住：「你們繼續聊，我去開門。」

巴克斯嘆口氣。「等妳一拐一拐地走過去，對方也早就離開了。」他站起身子。

艾兒希張口正準備抗議，卻發現無從辯駁。她向來獨立，早就習慣凡事只靠自己，也一向做得不錯。但她最近發現，自己其實滿喜歡放手、享受他人照顧的感覺，於是順著巴克斯讓他去應門。他一向住在大宅邸裡，例如七橡園、露絲．希爾法師的家、他在巴貝多的莊園……以往應該都是僕人為他去應門的。

艾兒希一聽到艾琳的聲音從作坊前門傳來，立刻忘記腳傷連忙站起來，結果又是痛得她一陣顫抖。

艾琳匆忙的腳步聲從通道間逐漸靠近，一身紫羅蘭色的她出現在廚房裡，一手按著帽子。她的雙頰發紅，胸口劇烈起伏。巴克斯走在她的後方。

奧格登看到她也站了起來。「普雷斯科女士，發生怎麼事了？」

艾琳用力呑嚥。「我一聽到消息就趕過來了。」

艾兒希靦腆一笑。「妳也看到了，我沒事的。」

雷吉來回看著兩位破咒師，這時才發現艾兒希的腳傷。「妳是指妳的腳踝？」

但艾琳搖搖頭，試著緩和呼吸。「不，我不是來……等等，妳的腳踝怎麼了？」她抿了抿唇集中注意力。「是這樣的，我今天去了趟倫敦物理學府。我——」她看了看雷吉有些猶疑。

艾兒希感受到空氣中一陣波動，是個理智魔咒。片刻後，奧格登出聲說：「說吧。他很安全。」

艾兒希咬著唇。終究還是把她哥哥牽扯進來了。能和哥哥坦然相處，她既感到鬆一口氣，卻也不想連累他陷入險境。

「警方逮捕了菲利普斯法師，」艾琳抓著椅背拉出一張椅子。「他是幫兇。」

艾兒希和巴克斯、奧格登交換一個眼神。「我們知道，但不知道如何舉報他。」

雷吉張口正要說話，卻被艾琳搶話：「你們知道？什麼時候的事？」

巴克斯回答：「就在昨晚。」

「他也是被操控的。」艾兒希說著，同情地瞥了奧格登一眼。

艾琳聞言不禁蹙眉。「但這不對啊。」

「莫頓只要碰他一下就能制咒了，」巴克斯提醒她：「而且她有的是機會找到他並設置好魔咒。」

但艾琳搖搖頭。「不是，一定是你們搞錯了。他是自主行動的。」

奧格登的眼角和嘴角出現一道道細紋。「妳在說什麼？」

艾琳的目光在他們之間流轉，臉上堆滿困惑。「警方帶走菲利普斯法師後，我人還留在學府裡。警官後來接到一個消息。」

「什麼消息？」巴克斯問。

「是關於默頓，」艾琳解釋著：「她死了。」

18

艾琳的話彷彿搧了奧格登一巴掌。

「什麼？」一個讀心魔咒——中級的，從表面輕掠而過，幾乎是自主性地發射出去，掃描並確認她是否誠實。而奧格登得到的答案，就是她沒有說謊，正直坦率、帶著訝異，而且情況緊急。艾琳的情緒激動，她是真的相信自己說的話。

「莉莉．默頓法師已經死了。」艾琳又一次重複，而這次，她的話像子彈般擊中他的胸口，正中多年來那個操控他的魔咒所在。「……他們知道的並不多。我也是不小心聽到。她年紀也不小了，雖然身體一直不錯，不過還是有可能是自然死亡，否則那個凶手會在出手——」

「她就是那個凶手！」奧格登一掌拍在桌上，桌面上的盤子隨之震動彈起。艾兒希嚇了一大跳。埃米琳更是尖叫一聲，伸手碰了碰雷吉的肩膀跟他低語一句。他們兩人隨即起身離開廚房，讓其他人私下談話。希望埃米琳會向那男孩說明情況，如此奧格登就能省下麻煩，不用一次次重複那些已知的事。

「許多遭到竊取的藝譜集，都在菲利普斯法師的倫敦府邸裡找到——」

「沒錯，但不是全部對吧？」奧格登收回手，無限疲倦地抹了抹臉，感覺自己老好多。

「這一看就是個詭計，普雷斯科女士。現在有什麼比假死更能讓默頓隱身、進而脫罪？」

艾琳好像要哭出來了。「但是奧格登先生，她死後確實有留下一本藝譜集。」

「什麼？」艾兒希脫口而出。

「我也是聽人說的。她最近在羅徹斯特（Rochester）買了一棟避暑別墅——」

羅徹斯特。所以她躲得並不遠。

「——還有，她的鄰居路過時聽到匡啷聲響，報警後，警方到現場只看見她的藝譜集……還有碎掉的玻璃窗，和……」她的臉皺起來。「打鬥的痕跡。血跡。當然，警方會再深入調查。」

巴克斯陰沉地說：「如果她是被人殺死的，那麼，殺她的人必定會拿走她的藝譜集。」

奧格登點點頭，挫敗感在他肌膚下沸騰。

「除非她在斷氣前有防禦魔咒來阻止殺手，或保護她自己。」艾琳迎向奧格登的目光。

「我——我眞的很抱歉，我不是故意要惹你不高興。我只是按照聽到的消息轉述給你們聽。」

艾兒希雙手環抱胸前。「所以現在菲利普斯法師被抓進監獄，而默頓死了？不過可以確定的是，菲利普斯法師被捕一定是她的安排，就像她對我做的那樣。」

「沒錯，整件事都太過巧合。」奧格登抓著桌緣，傾身向前俯在他幾乎沒動過的晚餐上方。「我們眞的要相信，就在我們找到艾兒希、揭發她的傀儡眞面目不到一天內，她就倒楣遇害了？」

「找到艾兒希？」艾琳一臉困惑。「什麼？」

艾兒希嘆口氣。「我就是遭到菲利普斯法師綁架的倒楣受害者，所以我們才會知道他的涉入。我以後再好好跟妳說這件事，但這整件事……」她瞥了奧格登一眼，藍眸透著擔憂。「我同意奧格登的想法。一切都太順理成章了。」

「現在只有一個方法把事情搞清楚，」奧格登的指甲都快掐進木頭裡了。「我們必須親眼看看她的那本藝譜集。」

大家都沉默下來，片刻後，巴克斯才開口說話。

「她的藝譜集不會進拍賣會。」他的語氣陰沉，與奧格登的情緒相呼應。「不過就我們所知，默頓法師並沒有家人。」他看著艾兒希。「這表示，倫敦靈性宗派學府會出面爲她料理一切後事。」

艾琳點點頭。「也許會有房屋家產之類的出售拍賣，就像奎因．渡鴉法師那樣。不過無論如何，她的藝譜集在進到學府前都會受到嚴密看管，不容他人隨便瞻仰。」

「除非他們略過瞻仰的環節，直接把它收入珍品保存庫。」巴克斯說：「反正她沒有家人會抗議。」

奧格登兩手扶著腦袋兩側，太陽穴青筋爆起。「她沒有死，該死的！這是畏罪潛逃。」他絕不會讓她成功。他一推桌子，起身走到後門去拿外套。

艾兒希一瘸一拐地跟上去。「你要去哪裡？」

「去羅徹斯特。」

艾兒希瞥了窗外一眼，太陽快下山了。「**現在**？」

「對，現在。」他斬釘截鐵地說，但說不清楚自己的這股衝動，即便是對艾兒希也是。「我必須知道。我**必須**這麼做，艾兒希。」他嘆口氣，又一咬牙地說：「不用等我回來了。」

他用力拉開後門，踏進清涼的夜晚中，心中暗自慶幸艾兒希扭到了腳。否則，她必定奮不顧身地跟上他的腳步。

雷吉也知道內情了。所以他們現在共有六個人。

巴克斯體貼地扶著艾兒希上樓朝會客室走去，而埃米琳已和雷吉在那裡等著他們。艾兒希不想顯得丟臉，拒絕被抱上來，不過她允許巴克斯扶著她的手肘協助她上樓。艾琳跟在他們後面。

大家就坐後，艾兒希盡可能在不失面子的情況下，簡單交代了綁架的經過，不知怎地，她就是感到彆扭，不像和埃米琳、艾琳在一起時地敞開、自在。幸好，她們兩個都沒有戳破她的異常。輪到艾琳時，她詳細交代了菲利普斯法師被捕的經過，以及默頓死亡消息如何傳來，儘管那些細節大多是關於她當時正在做什麼，或正站在哪個位置。這些都沒有實質價值，也幫不上奧格登。

奧格登。艾兒希祈禱他平安無事。如果他被人逮到在附近窺探……嗯，巴克斯可不能再用婚嫁的藉口幫助他。

「我沒看見菲利普斯法師本人，」艾琳做出結論：「但有看見囚車駛走。他們安排了造像師限制他的行動。」

一個法師級物理造像師，輕易就能摧毀一輛關押他的囚車。

艾兒希躺靠到小沙發的椅背上。「謝謝妳，艾琳，感謝妳做的一切。」

艾琳點點頭，似乎想再多說一些——也許是想問艾兒希被綁架的細節。她一定感受到了會客室內的氛圍，於是開口說：「我該走了。我們再保持聯絡。」

「妳眞的幫了很大的忙。」巴克斯說。他的聲音帶著疲憊，跟以前受到虹吸魔咒影響時一樣。這是他們接下來需要討論的另一件事。

不久艾琳就先離開了，接著雷吉堅持他也必須返回倫敦，因爲明早還要工作——他的工作時間很早——儘管他必須摸黑騎馬趕路。埃米琳送他出門時，蠟燭燭芯已被燒到很短，此時艾兒希對巴克斯說：「七橡園的事。」

他聞言嘆口氣。他和她一起坐在小沙發上，一隻胳膊搭在椅背上，就在艾兒希肩膀上幾公分處。她好希望那隻胳膊會不小心滑下來搭在她身上。

巴克斯揉揉眼睛。「我得寫信發個電報給公爵夫人，跟她解釋一番免得她擔心。明天一早就寫。妳再告訴我郵局在哪裡。」

「那家郵局很好找。」

埃米琳輕手輕腳地走了進來，一副害怕吵到他們似的。「他會沒事吧？」

「雷吉很聰明，而且擅長騎馬，那又是他熟悉的馬。」艾兒希安撫她：「他會沒事的。」

埃米琳微微一笑，但笑容連忙斂住。「其實我指的是奧格登先生。」

艾兒希的心隨之一沉。「我想……我確定他會沒事的。畢竟他都活到五十五歲了，人生經驗豐富，就算再活個五十五歲都不成問題。」

埃米琳似乎這才完全放心下來，在他們對面的一張椅子坐下，無精打采地用拇指翻動昨天的報紙。巴克斯問起埃米琳家人的事，而艾兒希則一心一意都在想著他坐得有多近，聲音就在她耳畔，身體和她只隔了幾公分。他身上散發出暖氣，艾兒希不禁納悶，怎麼會有男人身體已經熱成這樣，還能舒服穿著長大衣。

這更讓她想起上次依偎著他的感覺。艾兒希的身體一陣燥熱，再加上他身體散發出的熱氣使她快難以承受。

她往旁微微靠去，**非常**靠近他。老天這該有多唐突！但巴克斯並沒有退開。相反地，其實上……

如果她繼續靠向他呢？

但埃米琳一直聊著老家艾爾斯伯里（Aylesbury）的景色，她那熟悉、開朗的聲音清楚地提醒艾兒希，她和巴克斯並不是兩人在會客室中獨處。這對大家都好。但艾兒希意識到自己很想伸手去碰觸巴克斯的膝蓋，就是想看看他會做何反應。她想拉著他的手指，讓他環抱住自己；她想要用嘴唇去感受他的鬍髭，因爲她喜歡他對她有非分之想。

但她又想到了奧格登、默頓、菲利普斯法師，頓時覺得自己太過自私，身上的燥熱瞬間消失，卻又害得她一陣寒顫。

巴克斯瞥了她一眼，手臂竟然眞的環住她的肩膀。他緊抓著她的上臂，指尖散發出一股美妙的溫暖——這股暖意清晰明顯，不可能只是指尖的碰觸所造成。是個初級的溫度魔咒，他在爲她保暖。

過去幾天發生那麼多的事，就只有這個小小的舉動令她差點忍不住淚水。

艾兒希連忙打起精神問埃米琳：「妳上次回老家有去沃德斯登莊園（Waddesdon Manor）參觀嗎？」那是當地的一座莊園，經常性地開放給公眾遊覽。埃米琳老是把那座莊園掛在嘴上，搞得艾兒希都覺得她此生非得去一趟才行。

埃米琳搖搖頭。「沒有，家裡有太多事了。但妳應該找時間去參觀一次，艾兒希，我們一起去。我知道的還滿多的，應該可以當妳的導遊。」她嘻嘻一笑。

燭光還在硬撐著，所以他們三人又靜靜聊了一陣子，艾兒希側耳傾聽有無奧格登的動靜，儘管奧格登已說過不用幫他等門。巴克斯第一個撐不住，頭枕在椅背上睡著了。艾兒希打量著他放鬆下來的五官，埃米琳則告訴她小說故事裡的情節。睡著的巴克斯看起來年輕許多，也更加平靜俊美，若不是有埃米琳在，艾兒希應該會鼓起勇氣，在他耳畔說出自己對他的眞實感受，讓他以爲他是夢裡夢到的。

奧格登直到隔天上午十點十五分才回到家。幸好，艾兒希的傷腳已恢復得可以讓她獨自下樓了。

他顯然一晚上沒睡，臉上掛著兩個黑眼圈，外加頹喪垂下的雙肩和駝背，整個人顯得相當憔悴。這可能也是因他那濃得快溢出來的沮喪所致。

「那裡全被層層警戒包圍，」他的聲音彷彿瞬間老了二十歲。「但會有一場家產拍賣(注)，為期四天。那本藝譜集只在第一天展示。」他揉揉發紅的眼睛。「問題是，它何時展示？我確認過，那些守衛顯然都不清楚。我……我根本進不去。太多人了。」

艾兒希抬手輕搭在奧格登的肩上，幸好他沒有甩開。「那我們就繼續等待。我會通知艾琳，既然巴克斯現在沒待在倫敦，艾琳最有可能率先找到答案。」

奧格登點點頭。他現在就像一個參加完摯愛之人喪禮的男人。「我去休息了。」

「早餐呢？」艾兒希問。

但他擺擺手，拖著步伐爬上樓梯。

當週的星期三，艾兒希和巴克斯因婚禮是否延期而發生了爭執，畢竟事情出現如此大的轉折。只剩十天了。巴克斯堅定地否決，他絕不允許默頓來影響他們的生活。除此之外，艾兒希也聽到他沒說出口的心聲：必須先讓艾兒希徹底遠離被判刑的威脅。婚禮請帖早已寄出，負責她案子的治安官艾斯里大人也已收到，並回函確認他會出席。

巴克斯聲稱，無論他們兩人之間的社會地位是多麼懸殊，他都會追求她。但他要如何追求？難道更頻繁地出現在石器作坊？邀請她參加更多場的七橡園晚宴？又或者，他先搭船回故鄉，仔細考慮後，直到下一趟前來英國時再找她？

如果他沒被司法系統逼得不得不出手，現在的艾兒希會是何種處境？當然絕不會是站在裁縫師的量身台上，穿著奶油色的婚禮服讓裁縫師丈量鑲邊。艾兒希一手按在胃部上方。**想想他是如何吻妳的。他並沒有不想要。**

艾兒希咬咬唇，朝附近的鏡子看去。婚禮服尚未完成，但重要的組合裝飾例如衣袖、領子、裙襬等都已就位。三種蕾絲邊被鋪展在埃米琳的大腿上，她輕柔、虔誠地撫摸著它們。艾兒希暗自期望，等到埃米琳找到值得托付終身的另一半時，自己也能坐在那張椅子上陪著好友。事實上，她更期望好友的目光已看上她的某位家人。

注 類似於車庫拍賣、後院拍賣。屋主因搬家、破產、離婚、死亡等原因，將居家用品、家具標價出清，買家可以進入屋主家中參觀選購，只要是有標價的物品，皆是待售商品。

「妳來挑吧。」艾兒希說著，順從裁縫師的指示稍微地轉身。「那三種我都滿喜歡的。」

埃米琳開心地立刻挑了中間那條。「這條最完美。」

艾兒希祈禱巴克斯也會這麼想。

到了星期四，雷吉再次拜訪石器作坊。他帶來刊登文章的報紙複本，雖然艾兒希熟知那些文章的內容，但還是又瀏覽了一遍，並想像奎因．渡鴉讀到之後的反應。她納悶，不知雷吉是否能想辦法透過人脈，反覆多次刊登這些文章。

雷吉將塞在腋下的最後一份報紙遞給奧格登。奧格登因捏陶的工作而把袖子捲起來，手臂的汗毛上沾到些許灰色陶土。雷吉說：「我不確定你們是否有看到這份報紙了。」

奧格登翻開報紙。頭條的字體夠大，所以坐在餐桌前的艾兒希一抬頭就能看清楚。

伊諾克．菲利普斯法師被判盜竊罪和謀殺罪成立

她的嘴唇發乾。

巴克斯嘆口氣。「如果默頓要拿他當代罪羔羊，至少不會再有其他受害人出現。石器作坊應該安全沒事了。」

他沒提到要搬走，艾兒希不禁開心起來。有他在，艾兒希感到的不止是安全，而是更加依賴他穩重的姿態、兩人的夜間談心、他的機智聰明……他總能看見她未曾被發現的那一面。

但這不對。他們絕不能讓默頓如此輕易脫罪。

「如果今天被關進牢裡的是奧格登呢？」她彷彿再次感受到牛津監獄裡的寒意，甚至渾身微微發抖。「菲利普斯法師……他是令人害怕，也在意志受人操控的情況下做出一些壞事，但那並非他的本意。我看見他有在反抗默頓。這樣不對。」

奧格登放低報紙。「妳想要我們怎麼做，艾兒希？」

她抿唇思考著，雷吉在她身旁坐了下來。「我想先寫信給艾琳。也許在他被正式判刑前，她能帶我一起去見他。如果她向官方解釋他身上有魔咒操控，他們會聽她的。這樣就有辦法證明他是被人所利用。」

巴克斯琢磨片刻。「他確實會是個強大的盟友。」

「我馬上去發電報給艾琳。」她猛地起身，椅子跟著往後退開。

「小心信裡的用字遣詞。」奧格登提醒她。

艾兒希拋給他一個銳利的眼神。「是嗎？我小心翼翼躲藏了十年，你覺得我現在會出錯？」

奧格登歪嘴一笑。他擺擺手示意她自便。「也問問她是否有聽到家產拍賣的相關消息，麻煩妳了。」他輕聲說。

艾兒希點點頭，但她知道艾琳目前同樣一無所獲。艾琳答應過一有消息就通知他們，但截至目前爲止，她毫無音信傳來。

星期五，艾琳和艾兒希在破曉前出發，前往關押菲利普斯法師的牛津皇家監獄。艾兒希曾待了三天卻恍如一輩子的牢籠。

一路上，艾兒希描述那個靈性符文的纏結端點，而艾琳則解釋如何把這趟旅行變成她的訓練課程之一。關押造像師的監獄是全國最嚴密牢固的，雇有破咒師來協防。「這份工作吃力不討好，不過薪資相當優渥。」艾琳表示。

今日之後，艾兒希絕不想再踏進這座牛津監獄，更別提在這裡工作生活。

這趟車程似乎永無止境，但當時囚車裡的感受更是漫長難熬。馬車終於抵達那座石製的龐然巨物前方，艾兒希的神經全都繃緊，胡思亂想著自己將再度被揭發、又被關了進去。但如今默頓當然不會再現身，她現在的身分已是死人，而艾琳……她相信艾琳。這個女人沒理由出賣她。

一名警衛引領她們去見典獄長，典獄長身上佩戴著物理造像師的胸針。不是巴克斯那種法師級別的胸針，而是個只用來象徵其魔法派別的藍色別針。艾兒希納悶著對方的法力位階──是中階還是高階？──但最後沒有開口問出來。他的辦公室跟整座監獄一樣都是由灰石建成，只有一扇朝南的欄杆鐵窗。他坐在一張簡單的辦公桌後方，桌上幾乎什麼擺飾都沒有，除了桌角那株木槿、一支大型的放大鏡，以及一杯冷掉的茶水。

艾琳對他自我介紹，並引薦艾兒希是她的徒弟。艾琳有事先發電報過來，所以警衛知道她們的來訪。艾琳向來辦事細心值得信賴。雖然艾兒希以前總認爲她囉嗦，但艾琳．普雷斯科是她認識最能幹的人之一。艾兒希不願去想，如果當初倫敦物理學府指派給她的導師是別人，現在的她會何去何從。

「妳相信這個魔咒在他身上？」典獄長質疑地問，他看起來和奧格登同齡。

「我了解菲利普斯法師，」艾琳強調：「就我的研究……嗯，他是出現了一些症狀。你一定要讓我去確認。如果你不放心，可以派很多的警衛隨我前去。」

「我覺得妳的電報十分有意思，」典獄長向後躺靠在椅背上，雙手交抱在胸前。「因爲他也聲稱有個魔咒在自己身上。」

一陣顫慄竄下艾兒希的脊背。菲利普斯法師當然知道此事。那晚在他的莊園裡，他一直有意識地反抗它，就像當初在碼頭上的奧格登。

艾琳從容地說：「這麼說來，眞相獵人應該也證實了他沒說謊？」

典獄長蹙眉。「我不確定物理造像師是否有辦法躲過眞相魔咒的考驗，但是沒錯，眞相獵人已證實過了。妳可以去看看，普雷斯科女士，但我們沒在他身上看出有任何魔咒的跡象，而且他也說不出是誰在他身上設置魔咒。除非妳知道些什麼。」

艾琳瞥了艾兒希一眼。「這個問題有待商榷。」

典獄長看向艾兒希，但沒對她的存在說什麼。艾琳跟他解釋過，她希望讓學生見識各式各樣的破咒魔法。典獄長最後聳聳肩。「很好。他現在接受我們最高層級的監管，但我會派幾個警衛和妳們一起過去，包括我自己，以防萬一。」他起身指著出口。來到走廊上後，他壓低音量與一個負責站崗、沒有法力的警衛說話，隨後警衛快步離去，叫來了三名警衛與他們同行。

艾兒希發現其中兩名是破咒師，一個是靈性造像師。

這座監獄雇用破咒師是爲了確認菲利普斯法師的冤情嗎？或者，只是單純想破防止他使用魔法？艾兒希瞥了艾琳一眼，但艾琳面無表情。

典獄長拿著鑰匙，領著一行人朝菲利普斯法師的囚室走去。

艾兒希咬緊牙關，以防牙齒打顫。只見典獄長領著他們一路往下再往下，不斷地往下走，四周越來越暗，最後陽光徹底消失無蹤。簡單的魔法燈吊掛在牆上，卻不足以照明，無法添加一絲的明亮歡快。

典獄長並沒有騙人：這裡的囚室受到嚴密的監管。每間房配有兩位武裝警衛，進出口處另外還有警衛站崗，再加上來回巡視的，每個人員都處在備戰狀態下。他們經過時，警衛們紛紛向典獄長點頭致意，然後好奇地打量艾兒希和艾琳。她們是這一層唯二的女子。

菲利普斯法師被囚禁在遠離出口的倒數第二間囚室內。法師兩手被套在魔法手鎧裡，手腕和腳踝都被雙雙禁錮住。他身穿灰色囚服，一臉憔悴，長長的鬍髭像被人不均勻灑上黑胡椒粉和鹽巴。

艾兒希見狀不禁一怔。幸好她只是個破咒師，所以當初被囚禁在此時，不用接受眼前這般的重裝待遇。破咒師對鐵器和石器無可奈何——所以危險性與普通囚犯差不多，在這裡接受的也是普通囚犯的待遇。然而，制咒師可以改變周遭環境，尤其是物理造像師。因此菲利普斯法師甚至連最基本的行動自由都沒有。他雙眼無神地看著他們，直到目光落在艾兒希的臉上。艾兒希擔心他會說一些不中聽的話，所以逗留在一行人的後方，讓艾琳出面應對。

「這些是破咒師，菲利普斯。」典獄長解釋著，把鑰匙交給一個警衛，警衛拿鑰匙打開那扇沉重的門。「我們有個專案小組負責監管你。不要輕舉妄動，我實在不希望更進一步銬住你。」

菲利普斯不吭聲，卻瞥了艾琳一眼，眼神悲悽得令艾兒希心揪。破咒師獄卒率先進入囚房，站到菲利普斯的兩旁。艾琳跟著走進去，撩起裙襬在法師前面跪下來。

艾兒希推開其他人走上前觀看。艾琳點頭致意後，將耳朵貼在菲利普斯法師的胸口上，一副醫師在為人診病的模樣。菲利普斯對她咕噥了幾句，艾兒希過了一會兒才把那些話語組裝成句。

「妳找不到的。」法師說。

艾兒希聞言屏息。艾琳將他前前後後、兩腿都做了徹底搜查，甚至掀起他的上衣。然後她轉身過來，明亮的眼睛先找到艾兒希，然後才看向典獄長。

「抱歉，可能是我搞錯了。」她心虛地說，顯得十分不安。「我得回家多做一些研究學習了。他身上一個魔咒也沒有。」

艾兒希抓住鐵杆，需要扶著東西以穩住身軀。一個魔咒若要從菲利普斯法師身上無聲無息地消失，只有兩種可能。第一，默頓籌備完善，在舉報菲利普斯法師前就先移除掉了魔咒。第二……

莉莉．默頓可能真的身亡了。

19

要想假裝一切如常是多麼困難。他們今天先步行到鄉紳休斯先生家，提交半身雕像的設計稿，並拿出奧格登的業務帳本與對方談好價碼和相關細節，然後回到作坊裡招待上門的客戶。他們的世界仍然繼續轉動，而她的卻已靜止。

菲利普斯法師面對的是極刑，不過眞相獵人的調查結果給了他一線生機。法師說出了三件意義重大的事實——他不是兇手，也沒竊取那些藝譜集，而最後一個則是他受控於某個魔咒。但他沒有任何證據來支持他的陳述……無法自證清白。人們會把假像作爲眞相，相信自己願意相信的——一個自私之人會自以爲善良正直，一個醜八怪會自以爲美若天仙。所謂的眞相其實很弔詭，並不足以證實一個人無罪，尤其是在他家找到那麼多藝譜集的情況下。

沒有證據支持菲利普斯法師的聲明，他也許最後會被當成瘋子去接受法院庭審。儘管他有不在場證明，可以證實案發之時自己不在現場附近，例如拜倫子爵和亞珥瑪．迪格比之死。也許這些疑點能為菲利普斯法師拖延一些時日，讓艾兒希查出默頓究竟在玩什麼把戲，如果她還在這世上的話。

假使艾兒希沒有那麼崇拜兜帽人，不對他們如此言聽計從，這些慘案或許就不會發生。菲利普斯法師、那些死者、奧格登……都不會因她受苦。

這也是她最新的擔憂。昨晚回家的路上，艾琳的一句話像把生鏽的刀戳進艾兒希心裡，而她掙扎地想將心中的刀刃拔出來。

誰知道她還操控了誰。艾琳說完咋舌了下，看向窗外，滿臉掛滿絕望。而艾兒希瞬間覺得，這趟牛津之行是她這輩子走過最漫長的旅程。

莉莉．默頓對待肯特郡公爵夫婦十分友好，艾兒希也是第一次去七橡園赴宴時與她相識——正式認識她。那時，她當然還不知道莉莉．默頓是何方神聖，但這個女人已兩次以兜帽人的名義派她去七橡園執行任務。只是不知默頓的目標是公爵祖傳的藝譜集，或是巴克斯的。也許兩者皆是。

她正拿著總管派克先生簽好名的同意書，從鄉紳家徒步返回。她抬眼將目光從小路上挪開，正好看見巴克斯在石器作坊外等她。他兩手環抱在結實的胸口前，瞇眼對著陽光，遠看一副嚴肅的模樣，不認識他的人可能就會這麼覺得。他的深髮色在陽光下閃耀，腦袋一轉，看見正在走過去的她。他盯著艾兒希，接著也向她走去，經過水井，穿過主街。

艾兒希快步與他在裁縫店附近會合時，胸口開始有些發疼。「怎麼了？」

巴克斯屈起手肘，艾兒希挽住他，接著看他遞來一張薄薄的紙。眼下街上的行人不多，艾兒希沒必要擔心他人目光。

他遞過來的是一張默頓家產拍賣的傳單。

「時間在星期二。」巴克斯輕聲說。兩人正走在通往石器作坊的小巷中。「奧格登打聽到的消息沒錯，這場家產拍賣會持續到星期五，但那本藝譜集只會在星期二展示、供人追悼，然後就會被送進學府收藏。」

艾兒希瀏覽著傳單，上面提供的訊息與巴克斯剛才轉述的一樣。「艾琳呢？」

「她在屋裡，正和奧格登說話。」

艾兒希點點頭，把傳單摺好。「不知道我們要如何接近那本藝譜集。」

「他很有信心，如果我們早點到場就可以接近它。」巴克斯深吸一口氣。「他說他能潛入警衛的腦中改變他們的思緒，讓我接近那本藝譜集。」

艾兒希的步伐放慢下來。「你？」

巴克斯點點頭。「藝譜集都是拉丁文。就我所知，妳的拉丁文不是很好。」

艾兒希蹙眉，但還是點頭同意。「如果有魔咒呢？」

「妳會跟我們一起進去，而且艾琳會在附近待命。他想把雷吉和埃米琳也帶去，以防需要有人幫忙轉移警衛注意。」

艾兒希的胃發緊。「如果他們看見你和那本藝譜集……」

「我們所有人都有承擔風險。」他再屈肘，擠壓她的手試圖鼓舞她。

這確實是一場有風險的任務。奧格登必須同時鑽入幾名警衛的腦袋裡……而艾兒希從未參加過家產拍賣會，更別提一場法師級造像師的家產拍賣會。到時究竟會有多少的警衛？奧格登的魔咒的影響範圍能有多大？

還有默頓的呢？她的魔咒影響範圍又有多廣？

兩人來到作坊門前，艾兒希猛地拉住巴克斯的手臂。「我……可以跟你談一下嗎？」她知道如果獨自承受擔心害怕，任由恐懼在心底作祟不說出來，最後一定會害死自己。眼下事情亂成一團，如果再有問題冒出來，她不確能否還撐得住。

巴克斯聞言眉頭一挑，但還是點點頭。艾兒希帶著他繞過石器作坊，來到後方的草地。這裡有一片雜樹林，提供了幾片林蔭處——他們之前也是在這裡，爲了一起去尹普斯威奇之事發生爭執。

巴克斯停下腳步，牽起她挽在他手肘裡的手。「怎麼了？」

她聞言輕聲笑出來。「這都快成爲年度最受歡迎的問題了，對吧？」

巴克斯嘴角一勾，但眼神仍流露出嚴肅。他耐心等待著，有一縷鬈髮從他的綁帶中鬆脫垂下，艾兒希好想把那縷髮絲塞到他耳後，卻又突然忸怩起來，覺得這個舉動太過親暱，儘管他們都已做過更親暱的事。

「默頓，」艾兒希小聲地說，她四下張望以確定周遭無人。「她有沒有……碰到過你？」

「碰過我？」巴克斯思索片刻。「我的確在晚宴上挽著她入席一次。」他的眼神柔和下來。「她從來沒在我身上設置魔咒。否則，妳會像發現那兩個魔咒一樣早就發現它。」

「現在距離我們去找皮耶羅法師時已過了一段時間。」艾兒希低聲回應。

巴克斯屈指勾起她的下巴。「無論如何，自從那晚亞伯．奈許行刺我失敗後，我就再也沒見過默頓了。」

但他的回應並未帶來應有的撫慰。對一切抱持懷疑，是艾兒希多年來習慣的生存之道，近期更是狠狠嵌在她腦袋和話語裡。她曾那麼盲目地信任兜帽人，而拯救菲利普斯法師的失敗更令她質疑自己的判斷力。「你很有可能是在她的操控下說出這些話。」她撥弄指頭上的戒指。

巴克斯思索片刻，這才走上前，伸手環抱住她的肩膀。附近沒有其他人，但艾兒希仍然到羞澀。巴克斯的下巴靠在她頭頂上。「聽吧。」

放鬆。沒事的，她提醒自己，肌肉在他的環抱中一吋吋放鬆下來，她抬手纏繞住他的肩膀。她歪頭，耳朵靠向他的衣領，專心聆聽。附近草叢中的蟋蟀發出吱叫聲。巴克斯的心跳在她臉頰下方強而有力地跳動，深沉穩定。除此之外，沒有其他的聲響——沒有任何靈性魔咒的聲音。

但她還是喃喃說著：「奧格登把她的魔咒隱藏了九年。」

「如果妳不放心，我可以脫掉衣服讓妳檢查。」

艾兒希頓時愣住，巴克斯見狀大笑出來，艾兒希有些難為情地也跟著笑了，而她這才意識到，自己過去生活中的笑聲是如此不足。默頓甚至不需要魔咒，就掌控了她好多年。

艾兒希往後退開，揉揉頸背，藉機藏起發紅的雙頰。「沒必要吧，凱爾西法師。」一道回憶閃過，當時她的手放在他光裸的胸口上……回想到這畫面使她臉頰更加緋紅。不過，胸口那股陰鬱釋放掉了；她和巴克斯兩人的關係一直都很真誠坦率，從一開始他在七橡園逮到她，到他為了救她而謊稱求婚，再到馬車上的初吻，直到現在……始終如一。這種真誠坦率真實存在，卻也因太過美好而如小說情節般虛幻。現在的每分每秒，艾兒希都可能在翻到下一頁時突然發現故事戛然而止，因為童話故事的本質就是如此。

「山茱萸。」

她回神過來，迎上巴克斯的目光。「什麼？」

巴克斯指著周遭比他還高的鮮綠色灌木叢。「山茱萸。奧格登在那九年裡還有一些自控能力，對吧？他故意留下一些蛛絲馬跡，希望妳能順著線索發現他體內的魔咒。如果默頓還活著，她肯定會試圖對我們其中一人下咒，這個詞就是我們的暗語。」

「山茱萸。」艾兒希重複。她緩緩勾起嘴角。「或者我們恰好又坐在這裡時，我堅持一直跟你聊風景呢？」

「那就說好不能聊風景，或園藝之類的事。事實上，山茱萸並不是我最滿意的暗語，妳可以另外挑一個。」

艾兒希開心地對他一笑，然後把注意力放回到現實。「在家產拍賣之前還有幾天的時間，你想去七橡園嗎？」

巴克斯兩手往後一負，嘆了口氣。

「我邀請他們一家人參加婚禮了，」他回答：「請帖還是公爵夫人挑選的。但我想公爵應該不會出席，即便我原諒了他。」他望進雜木林。一陣風掃盪起地上落葉，彷彿有小精靈躲藏在枝葉之間。

「你會讓他抱著對你的愧疚死去嗎？」艾兒希一說完，巴克斯瞇起雙眼看向她，她連忙揮手表示：「這不是在同情他。但這麼多年來，你們兩個一直情同父子。」

「而我的親生父親是幕後黑手之一。」巴克斯生硬地回應。他最後搖搖頭。「我越抽離這件事，才有辦法不讓內心憤怒滋長。但話說回來，一想起成年後及青少年時所面臨的挑戰、經歷的恐懼，要讓我原諒似乎……或許有可能，但無法那麼快。」他頓了下，用力吞嚥。「我在想，如果當初他們有跟我商量、徵求我的同意，我會不會就此答應……我也不確定，現在也無從知曉解答了。」

「別把責任往自己身上攬。」艾兒希嚴肅地說，卻又不禁輕笑出聲。「好像以前也有人這麼勸我呢。」

巴克斯在她額上印下一吻。她好希望他們能繼續待在這片斑斑林蔭中，好讓她的童話夢境延長一些，但這是不可能的。

他們還有一場鬧劇等著排演呢。

那本藝譜集在二樓的會客室展示。

他們一行人分組行動。巴克斯挽著艾兒希，奧格登和艾琳同行，埃米琳和雷吉則留在花園裡閒逛待命。如果六人一起行動太容易引起注意，他們也不打算直接朝藝譜集前進。這是一場家產拍賣會，他們必須表現出買家的姿態，對現場的各種拍賣品感興趣。艾琳帶給他們的傳單是由各學府所發出，以給予制咒師——甚至是破咒師——優先參與權。爲了表明自己是學府一份子，巴克斯佩戴上耀眼的法師胸針，艾琳也別上了類似的代表性胸針，顯示她是個有證照的破咒師。

他們擬定好計畫，但仍有很多事可能出差錯。巴克斯有些擔心奧格登，擔心他太過情緒化。他一直沒好好睡覺——巴克斯不止一次看見他半夜未眠、拿著素描簿坐在會客室裡，而且左眼時不時地抽動。希望他能考慮到他人的安全，而不是埋頭硬幹只想做個了結。還有，如果那本藝譜集真是默頓的……那麼這趟的冒險行動就算告一段落了。坦白說，巴克斯內心希望是這個結果，儘管這種結局不公不義，但最起碼塵埃落定、一切恢復太平。雖然菲利普斯法師會因此窮途末路……姑且不論巴克斯對菲利普斯法師的厭惡，他的正義感告訴他，任何人都不該爲了他人的罪行而受苦。

他帶著艾兒希欣賞了幾幅畫，假裝對其中幾幅興致盎然，不過其中一幅英國鄉間的風景畫還確實頗得他的青睞。有幾間房間門扉緊閉，並且拉上了封鎖線。一扇破窗被釘上木板封住，地板上有塊顏色較淡的區塊，本來放著一張地毯——一張「遇襲」時沾上血跡的地毯。其他房間仍然在整理中，也有的被拿來當儲藏室使用。

默頓的家雅緻但寬敞，房間很多，超出一名單身女人所需的數量，而且她只有一名僕人——顯然是只負責餐食的廚師。會客室位於大廳盡頭，那幾扇大大的窗戶面向狹窄的陽台，大清早的陽光灑進廳室，照亮整間會客室。有兩個房間分立於會客室兩側，一個是藏書室，一個是默頓的書房，房裡逗留著一些早到的買家在裡面翻書，可能是想在書頁裡發現一些造像魔法的祕密吧。

會客室的牆全被刷成白色，只有做了簡單的裝飾，地毯則是葡萄酒色。過了會客室的中央再往裡頭走，矗立著一座刷了白漆的木製展示台，周圍圍著褐灰色的線，防止參觀人伸手碰觸。展示台上方放著一本厚厚的藝譜集，封面是淡紫和奶油色的大理石紋路，而書頁的頁緣是銀色的，頁角呈現弧形圓角。一本非常女性化的藝譜集。當然，書本是闔上的。

更重要的是，光是會客室內就有五名警衛站崗，各個配備了劍和步槍。一個站在展示台和陽台之間，一個在藏書室的出入口巡視，另一個則守在書房的出入口，另外兩個看守著大廳和會客室的交接處。其中一名警衛穿著藍色翻領，表明他的物理造像師身分。他並沒有別上胸針，這表示他應該只是個中階制咒師，而且魔法造詣已達滿溢，只好離開學府，出來謀求一個執法人員的工作。

艾兒希捏了捏巴克斯的手臂提示他，兩人朝藝譜集走去，像尋常人瞻仰遺容那般看著那本藝譜集。艾兒希緊盯那本藝譜集，用力到視線開始模糊。

「那是眞正的藝譜集沒錯。」她低聲說，隨即吃驚眨眨眼。「我以爲……以爲他們會以投射的方式展示，把眞正的藝譜集鎖在某個房間裡。不過這裡沒有任何靈性魔咒。」

巴克斯刻意不去看警衛，帶著艾兒希緩緩繞著展示台一圈。別人只會以爲他們在瞻仰那本藝譜集。「還有呢？」

艾兒希閉上眼睛，片刻後張開來。「展示台上有個理智魔咒。是情緒方面的魔咒。」

「也許是恐懼吧，用來嚇退那些太興奮又激動的人。」

艾兒希點點頭，視線仍然模糊，試著感應其他魔咒的存在。一些淺淡的雀斑點綴在她的鼻梁上。巴克斯的思緒飄走了，飄到巴貝多島上，艾兒希在海灘上漫步，雀斑散布她整個臉龐……巴克斯很確定，她一定會討厭這種雀斑滿臉的想像，但他腦海裡構築出來的畫面其實很美。

「有個讓空氣密度變濃稠的魔咒，圍繞著藝譜集。還有一個魔咒將藝譜集固定在展示台上。還有……」她嗅聞著。「可能還有個時間魔咒，用來維持書頁的完整，但那可能是藝譜集本身的氣味。我……我聞過的藝譜集並不多。」

巴克斯輕笑出聲，接著趁警衛還沒起疑前趕緊帶艾兒希離開。可惜其他人都無法擔任驗證藝譜集的這項任務，否則，巴克斯其實更想像在克里斯提拍賣所時那樣，製造並引起騷動。不過他的胸針起了作用。他看見不止一位警衛銳利的眼睛掃視過胸針。

〈艾兒希還跟你在一起嗎？〉奧格登的聲音鑽進他腦中。

艾兒希一凜，她也感應到了。巴克斯領著她走進書房。

〈是的，〉巴克斯在意識中回應。〈藝譜集在會客室裡。被幾個物理魔咒和一個理智魔咒看守著。〉

〈如果艾兒希破除了魔咒，你能換上你的物理魔咒嗎？〉

艾兒希說的那幾個魔咒，都是巴克斯已擁有的魔咒。〈可以。但我不知道那個理智魔咒要怎麼處理。〉

〈你盡力就好。〉

他們兩人在書房裡徘徊，他和艾兒希輪流瞄一眼出入口。又一對男女進入會客室，是對老夫婦，兩人都沒別胸針。也許是住在附近的居民？無論如何，他們都必須盡快行動。進來參觀的人會越來越多。

原本聚集在藏書室的人也陸續走進會客室，但不知是否剛剛已看過藝譜集的關係，這群人竟全部直接朝大廳走回去。

兩人繞進藏書室，巴克斯一手輕撫過橡木書桌的桌面。它的標價是一百英鎊。

「是奧格登。」艾兒希低語，音量小到巴克斯差點沒聽到。巴克斯的脈搏加快，但仍繼續徘徊，並打量了幾件物品，然後在他的競價卡上寫下**銀燭台，兩英鎊**，這樣他才不會因空手離開而顯得奇怪。艾兒希抓著他的手臂的手收緊，不過表情上沒有任何變化。

兩人終於又繞回到會客室，看見奧格登在陽台上，而艾琳正在研究對面牆上的古董時鐘。剛才那對老夫妻終於走進了藏書室。

〈趁現在。〉奧格登的聲音強行鑽進巴克斯的腦中。

忽然之間，所有警衛都抬頭往上看，瞇眼看著天花板上的某個東西，某個只有他們看得見的東西。

艾兒希衝到展示台前，手指在空氣中比劃，就好像在編織一張隱形的網。巴克斯快步跟上。藝譜集是否固定在展示台上並不重要，因爲他們不需要拿走它，只是要看一下——

巴克斯的手猛地抽開，彷彿被那本書咬了一口。

艾兒希將手伸向那道把他手彈開的理智魔咒。

「先別動它。」他咬牙地低語。奧格登同時轉移五名警衛的注意力，已把自己逼到極限，可能騰不出手來更換那個理智魔咒。

巴克斯伸出顫抖的手抓住書本封面，緩緩翻開。他的心跳劇烈地在肌膚底下震動。不過至少他汗濕的手能輕易翻動頁面。他終於翻到書本最後，那裡的法師級魔咒意外地潦草。難道默頓的的筆跡是這樣嗎？他想不起來了。

老天，這個恐懼魔咒就像將他的手強制塞進一條蛇的嘴裡。艾兒希攙扶並穩住了他微顫的身軀，雖然他的呼吸仍然太過急促。只要她的手還抓著他，他就知道那幾個警衛的注意力還在他處。他的任務，就是專心閱讀。

恐懼，促使他飛快地瀏覽頁面。

每個魔咒他都必須讀完幾行，才有辦法知道它們的作用。其中有許多的詛咒和祝福魔咒，也有與植物和動物溝通的咒語——

「噢，我好喜歡您的連身裙呢！」艾琳的聲音從藏書室傳來。那對老夫妻肯定正朝會客室走來，艾琳正想辦法轉移他們的注意力。「您是在哪兒買的？這顏色和您眞搭配！」

巴克斯發抖的雙手扯破了一頁藝譜集。他的臉部因恐懼而扭曲，他翻過一頁投射自身靈像的魔咒，接著是個十分類似的咒語——投射他人靈像的魔咒。

這時，他已翻到書本的封底。

他用力闔上書本，踉蹌退開，恐懼魔咒瞬間消散。巴克斯大口喘氣，抹了抹額頭輕聲說：「不是她的。」這本藝譜集裡沒有一個魔咒可以操控他人。默頓利用另一個造像師的藝譜集，製造出自己死亡的假象。

一陣嘔吐聲將巴克斯拉回到現實。

「喂！你不能吐在那裡！」兩個警衛衝向陽台。只見奧格登彎下腰，正對著大理石地板不斷作嘔。

「噢，好可憐的人！」艾兒希大喊，演得有些誇張。「來，給您。」她走過去將手帕遞給他。奧格登一臉蒼白，眼神空洞。「生病了就不要出門。幸好是吐在石頭地板上。」她一手按住奧格登的肩膀。「我叫艾兒希。我來扶您出去。」

趁警衛們將注意力看向陽台，巴克斯則拿自己的手帕擦拭額上的汗珠，然後快步走過去。

艾兒希的兩手都在發抖。奧格登除了嘔吐，還狂流著鼻血。他把自己逼過頭了。

如果剛才巴克斯翻閱得稍微慢一些，奧格登肯定會等不及地衝過來自己翻閱。

他快步走過去扶住奧格登。「我們送您回家吧，」巴克斯說，隨即壓低音量：「不是她的。」

奧格登閉上眼睛，整個人似乎精疲力盡。他證實自己的推斷沒錯。但這表示默頓仍然逍遙法外，繼續她的陰險計畫。

「噢，好心人，他是跟我來的。我來扶他就好。」艾琳輕柔地接替艾兒希的位置。她不斷地向警衛道歉，其中一名警衛跟著他們一行人護送奧格登走出了默頓家。巴克斯把艾兒希的手帕按在奧格登的鼻孔上，防止血滴在地毯上。手帕當然是髒了，但這不重要。反正艾兒希很快就要更換手帕了。手帕上的姓氏縮寫刺繡即將從**肯登**換成**凱爾西**。

巴克斯四人走出去時，埃米琳和雷吉剛好在房子正前方徘徊。兩人看到他們走出來，雷吉連忙衝到石匠的身側，埃米琳臉色一下變得跟奧格登一樣蒼白。

「我去叫車。」雷吉說著，連忙快步跑到一條街巷中。巴克斯和艾琳將奧格登攙扶到草地扶他坐下。他好像又要吐出來了。

「把她帶走。」艾琳咕噥著，腦袋朝艾兒希一歪。「最好不要被人看見我們幾個待在一起太久。」

艾兒希張口欲要反駁，卻又閉上嘴，雙唇緊抿成一條線。巴克斯牽起她的手帶她走開。他們會自己叫馬車回家。

「他沒事的，」巴克斯安撫她：「過一會兒就好了。」

他們快走到艾兒希的哥哥衝進去的街巷，艾兒希回頭張望。一輛小馬車繞了過來，應該是來載奧格登的。馬車不能停得太靠近大門；上午很快就過去，越來越多的人會陸續抵達，而那些自駕前來的人都把自家馬車盡可能停得離大門很近。那些戶外的警衛，此刻應該都像老鷹般正緊盯著奧格登的動向。

艾兒希深深吸了一口氣；巴克斯從來無法想像，女人在腰上包著那一圈東西的情況下，是如何正常呼吸的。也許以後再問問她。「他會沒事的。」艾兒希說服自己般地重複道，接著又說：「我想我們不會買那些銀燭台了。」

巴克斯都忘了口袋中的競標卡。「是啊。」

艾兒希捏捏他的手臂，貼向他，巴克斯完全不介意她的靠近。「你確定那本眞的不是……」

「那本藝譜集裡的書頁偏厚，而且容易翻頁。我讀了書裡每一個魔咒。那不是默頓法師的藝譜集。」

艾兒希點點頭，兩眼直視前方。兩人走到大馬路上，巴克斯帶著她轉向朝西邊走去，以避開陽光直射。他們需要散步一下，排解掉一整個早上的緊張情緒，再叫馬車回家。即便是巴克斯也需要緩一緩，他的身體尚未從那個理智魔咒的影響中恢復過來。

「接下來呢？」他問。

艾兒希聳聳肩。「繼續在報紙上刊登文章？也許等奧格登恢復後，他會在羅徹斯特周遭尋找線索……但老實說，我不——」

她突然愣住，整個人僵在原地。她兩眼恍然地盯著那對正在過馬路的男女。那對男女沒什麼特別的，身上衣著的確不錯，卻不到貴族世家那樣高檔。男子差不多與巴克斯同齡，薑黃色的頭髮精心梳理過，額上的髮際線已在往後退縮。女子看起來年齡較大，約是艾琳的年紀。她的帽子帽沿很寬，兩人走在一起時帽沿幾乎就要打到那個男子。

「妳認得他們？」巴克斯問。

艾兒希點點頭。「他就是阿弗烈德．米勒。」

巴克斯花了些時間才反應過來；畢竟，艾兒希只提過這個男人一次。

這是她的前任情人。

巴克斯稍微調整兩人的路線，刻意與那對男女擦肩而過。

艾兒希並未出言反對，不過她的手緊抓著巴克斯的手臂。那對夫妻似乎沒有注意到他們，於是巴克斯故意清清嗓子。

阿弗烈德率先抬眼一看，立刻看到了艾兒希。他一臉詫異，但很快就換上一張大大的笑臉。「噢！親愛的，妳看，妳記得這位小姐——」

他的目光挪到巴克斯身上，巴克斯整整高出他一顆頭，體格更是他的兩倍壯。巴克斯抬高下巴，用鼻孔看著那個人。這又要感謝那枚華麗俗氣的法師胸針了。

雙方在馬路邊雙雙停下，艾兒希往巴克斯貼靠上去。「噢，阿弗烈德。你看起來過得不錯。」她無視他妻子的存在。「你怎麼會跑到這裡來呢？」

「當然是參加那場家產拍賣……」阿弗烈德的目光時不時地掃向巴克斯，似乎想忽視他的存在，但實在做不到。巴克斯終於體會到身高優勢的樂趣。

「噢，我沒想到你會對這個感興趣。」艾兒希微微一笑。「你最好離那個陽台遠一點，別怪我沒提醒你呢，我聽說有人把胃裡的早餐都留在那裡了，就在他看過所有物品的標價後。」

阿弗烈德的臉微微發紅。「妳怎麼會在這裡，艾兒希？」他瞥了巴克斯的胸針一眼。

巴克斯搶在她前頭說：「你沒聽說嗎？凱爾西太太是一名破咒師。她有優先權。」

男人泛紅的臉頰刷白。「妳真的是嗎？」

他妻子扯了扯他的手臂。「阿弗烈德。」

「我們走吧。」巴克斯點了個頭，便帶著艾兒希往前走去。兩人頭也不回地往前走。艾兒希把背脊挺得筆直，直到轉過了街角。

她立刻整個人鬆懈下來，大笑出聲。

「太有意思了。」她說著，放開了巴克斯的手臂，兩手一拍。「你看到他臉上的表情了嗎？太好玩了。你眞是一點面子都不留給他，巴克斯，實在太壞了。」

巴克斯揚唇一笑。「是嗎？」

艾兒希輕戳了下他的肋骨。「不要裝無辜了。這比我們對付莫里斯夫人時更精采。」她的笑容緩和下來，環視一圈。這條狹窄的小路上有幾間店家。一些男孩在聊天，其中一個拿著狗鍊。

「要不要我去問路？」巴克斯看見她的表情變了，問了一下。

但艾兒希擺擺手。「噢，不用，不是這件事。只是……你剛才叫我凱爾西太太。」

「算是合理吧，」他說：「反正妳就快要是了。」

艾兒希微微一笑，雖然她似乎還有些抗拒。「是啊。」

再過四天。這是眼前無盡黑暗中的一點光亮。

巴克斯屈起手肘，艾兒希挽住他，兩人緩緩朝布魯克利走回去。

20

一些薑茶外加大量的休息後，奧格登終於恢復了正常。

回到布魯克利後，艾兒希幾乎沒離開過他。如果必須離開，她就會叫埃米琳來守著他，留意他的氣息以及是否發燒。艾兒希難以想像，她的破咒法力要施展到什麼地步，才會達到奧格登這個程度的耗損。她自己經歷過最慘的後遺症是手腕劇烈發癢，巴克斯則說過他的是頭痛。奧格登在那個陽台上施咒分散五名警衛的注意力，究竟經歷了多大的折磨？還有，她也要謝謝艾琳。倘若沒有她分散那對老夫妻的注意力，他們很可能失手當場被擒。

不過，當奧格登宣告他要再去羅徹斯特一趟時，艾兒希還是實在不放心。

「也許等到婚禮後吧。」艾兒希說。他們正在餐廳裡吃午餐，埃米琳像往常般忙裡忙外地伺候他們兩人。「這樣比較保險。」

「我很好。」奧格登撕下一塊抹了奶油的麵包。至少他的胃口恢復了。昨天從家產拍賣會回來後，他幾乎沒吃東西。「我必須現在就去，在家產拍賣會結束之前，以免那裡有人發現了什麼。」

「如果現場有破咒師，」巴克斯說：「他們可能會識破你。」

奧格登蹙眉，拿起他的餐刀切派。「那我就想辦法不被逮到。」

「您之前是怎麼說的，理性行事之類的？」巴克斯問。艾兒希不知他指的是什麼，但奧格登壓根沒理他。

艾兒希張口想說些什麼，但她其實很清楚現在什麼都阻止不了他。他向大家證明了，他是個出奇固執的人。不過在某種程度上，他的確有權固執。

「應該讓一個人陪你一起去。」艾兒希提議。

奧格登擺擺手否決了她，他嘴裡塞得滿是食物，說不出話來。好不容易吃完後，他把盤子一推，擦嘴後站起身。「在我走之前，還有一件事。」他示意要艾兒希跟著，然後爬上樓梯。

她有些莫名其妙地瞥了巴克斯一眼，然後跟著奧格登上到二樓，來到他的臥室裡。他招手要艾兒希進房關上門，然後走到床鋪底下的大皮箱前。他應該已經翻找過了，因爲他要的東西就放在最上方。

是一個木製的戒指盒。

「奧格登?」艾兒希問。

「昨晚我才想到,凱爾西法師還沒有合適的婚戒。」他把盒子放在掌心中,然後將它正面轉向艾兒希。「我要妳收下它。」

艾兒希遲疑地拿起盒子,緩緩打開。盒子裡是一枚細細的金戒,精緻地雕刻成一條盤繞的蛇——象徵永恆的符號。

她又驚又喜,雙唇不禁微啓。「奧格登……」

「這是我父親留給我的。」他聳聳肩。「我想我是用不到了。」

艾兒希闔上木盒,搖搖頭。「我不能拿這個。」

「妳可以。」他上前,一隻手覆住她的雙手,讓她的手包住那個戒指盒子。他看著她的眼睛,緩緩地說:「艾兒希,妳是我認識的人之中,最像女兒般存在的人。」

淚水湧出她的眼眶。

「我知道妳或許不是這麼想,尤其是在知道默頓對我們人生的干涉破壞之後。但我眞心疼愛妳,能把這個傳家寶傳給我的合法家人,我很欣慰。」

艾兒希緊抿雙唇,不斷抽泣。她用袖子拭去淚水,點點頭。

奧格登嘴角一揚,將她擁抱入懷。就像父親的擁抱一樣,溫暖又堅定。

「我父親的體格很壯碩,」他咕噥著。「所以那個戒指的尺寸,應該剛好合適妳樓下的男人。」

艾兒希輕笑出聲。「反正他自己就能調整尺寸。」奧格登退開時，艾兒希又說：「我不介意成爲艾兒希．奧格登。至少還可以擁有這個身分幾天時光。」

她彷彿看到奧格登的眼睛也濕潤起來。「我很喜歡這個主意。」

沒多久後，奧格登就出發了。爲了以防萬一，埃米琳準備晚餐讓他帶著，艾兒希還幫他打包了一個旅行袋。巴克斯交給他一根魔法鉛筆，但被他拒絕了，他說他會一直到處走動，用不太到。

「羅徹斯特有電報機。」說完，他戴上帽子走出石器作坊。

奧格登不在，作坊裡也就沒什麼待辦工作，而即將到來的婚禮又十分簡單，也沒什麼要籌備的。艾兒希乾脆將整個店面大掃除一番，把櫃檯好好擦拭一遍，接著掃地拖地。她還拿了刮刀，刮除滴在地板上的油畫顏料。才剛刮完，外面就傳來狗吠聲。她打開前門，看見一隻郵差犬喘著氣，牠身側掛著一個小袋子，袋子裡有三封信。她拿走信後拍拍狗兒的腦袋。可憐的小東西，在這個七月的大熱天裡，應該熱得快虛脫了。

郵差犬完成任務後便離開，往下一家跑去。艾兒希回到屋內。第一封是奧格登的債權人寄來的，提醒他還款。第二和第三封都是寄給巴克斯的。

「噢？」她翻看第二封信的正面，上面是七橡園的火漆印，但第三封上面的火漆印她就不認得了。

她把第一封催款信放到櫃檯上，然後快步上樓，在會客室找到正在寫信的巴克斯。他經常這麼做——不是寫信爲自己在倫敦的立足做準備，就是寫工作指示寄回巴貝多島。全都是十分正式的書信往來。

「你知道你差不多已在布魯克利安身了呢，收到的信比我們還多。」她對他微微一笑，走過去把信交給他。

巴克斯放下筆接過信。他先拆開那封陌生的信，默默讀信，然後嘆口氣。

艾兒希在他身旁坐下。「信裡說了什麼？」

「好消息，我們不會當流浪漢了。」他把信遞給她。「倫敦那棟房子的出價，對方接受了。」

「噢。」艾兒希的肚子彷彿有老鼠爬過。所以這是正式書信。他們要一起住到其他地方去了。這也提醒她，一切眞的在發生。但願吧。坦白說，要她跟石器作坊告別，她實在捨不得。一旦住到首都的中心，就很難繼續在作坊裡工作，不過沒了工作，她就可以全心投入假訓練課程中，更快取得合格的破咒師資格。但是不能天天見到奧格登和埃米琳，她會很思念他們的。不過至少她能與哥哥雷吉住得更靠近一些。

還有，會更靠近巴克斯。

她沒去理會脖子上的燥熱，接著說：「另一封是七橡園寄來的。」

巴克斯的臉一垮，翻過信封，指腹撫弄著上面的火漆印。「的確是。」他把信遞給她。

「收信人是你。」

「我知道妳很好奇。」他對著她擠出一抹苦笑。

艾兒希輕咬著唇，拆開火漆印攤開信紙。信的內容簡短，字跡工整。她瞥了信末署名一眼。「是公爵夫人寫的。」她開始緩緩閱讀信。

「噢。」才看了幾個字，她不禁出聲。

巴克斯挑眉。「噢？」

她讀完信，把信放到大腿上。「公爵對於發生的事很愧疚。」

巴克斯把下巴撐在拳上。「都是她在說的。」

「公爵移除了虹吸魔咒。」

巴克斯坐挺身軀。「什麼？」

她把信遞給他，但他沒拿。「信裡說，公爵移除掉新設置的魔咒，也就是我破除你的魔咒後，他重新設置的那個。公爵夫人說，他們要一起面對人生的眞實步調。」

巴克斯聽完後，這才接過信親自閱讀。「我……我很驚訝。」他只說了這些。

艾兒希一手輕按他的背。「你還好吧？」

他搖搖頭。「我不知道。」

一道尖叫聲穿透空氣傳來，有東西掉到地上碎裂。

艾兒希砰地彈跳起身。「埃米琳！」她朝門跑去，巴克斯隨即跟上。她速度太快使得整個人差點滾下樓梯。

她匆忙跑進廚房，率先映入眼簾的是地板上碎裂的托盤，然後見埃米琳背貼在牆上，圓睜著雙眼瞪著對面的一處角落。那裡站著一個人。不對，是個靈像投射。但投射的那個人距離太遙遠，所以這道影像輕薄得簡直就像一縷幽魂。靈像看不出五官，就是一團朦朧的棕色、灰色、黑色、桃色色塊組合。

艾兒希的胃狠狠一揪，喉嚨發緊。她好不容易擠出聲音詢問：「默——默頓？」

「我跟這個人不熟。」一道粗啞的男性聲音回應，彷彿他的聲音是穿透牆壁而來。但更重要的是，他帶著美國口音。

艾兒希全身發涼。

他眞的找上門來了。

奎因．渡鴉法師。

「我們成功了。」艾兒希低語。

靈像微微晃動。「妳大聲一點。」

艾兒希正要上前幾步，巴克斯抓住她的肩膀拉住她。艾兒希轉向巴克斯說：「這只是他的投射靈像，傷害不了我們。」

巴克斯緊抿嘴唇，但最後還是點點頭。艾兒希轉回來，繼續向前走去，鞋子踩得陶器碎片嘎吱作響。

「我叫艾兒希．肯登。我跟你在朱尼伯唐見過面。」

「是，我知道。」他朝她吼了回來。他顯然對她存有誤解，但艾兒希一時也解釋不清。

「妳說過那些文章都不是妳寫的，但現在文章到處都是。請妳解釋一下。」

「最原始的那些不是我所寫，是莉莉．默頓法師的手筆。」

渡鴉頓了一下，才說：「她不就是最近才死去的那個法師？」

「她是裝死的。我們檢查過那本藝譜集。」

站在她後面的巴克斯問：「你認識她嗎？」

「不熟。」美國人言簡意賅地回答。

「默頓就是寫文章刺激你的那個人。」艾兒希繼續。因爲渡鴉顯然沒什麼耐心，她必須盡可能快速地說明相關訊息。他們需要他這個盟友。現在是關鍵時刻。「她用魔咒操控我的老闆九年，再透過他操控我。她殺害了好幾個造像師，然後盜走他們的藝譜集。她顯然一直在找你。」

渡鴉暗罵一聲，好像是在詛咒什麼。「她一開始想賄賂拉攏，後來又刺激打壓我，威脅恐嚇我的友人。」他頓了下，再開口說話時，聲音變得有些緊繃。「他們好多人現在都已變成書了……我萬萬沒想到她會去攻擊亞珥瑪。」他清了清嗓子。「我必須做出了結。」

所以，這就是他爲何來到英國，爲何循線找到艾兒希。特納和其他遇害的造像師，都是他認識的人。默頓用最殘忍的方式將他逼出來。「她爲什麼那麼執著一定要找到你？」艾兒希試探性地問。

他輕哼了一聲，也可能是出於艾兒希的想像。「爲什麼有人想要找我？他們是想要我知道的事！多年的研究，全心的投入。只因爲你跟某個人稍微提了一下，然後整個宗派的人就死纏著你不放。只有我『死』了，他們才會放手。只有一個除外。」

「拜託，」巴克斯說：「我們一起把她找出來，終止這一切的混亂。」

「但我們不明白的是，為什麼？」艾兒希又說：「那些藝譜集……她一定是想把你引誘出來，並在過程中強化她自己。但她最終目的是什麼？」

「我爲什麼要相信妳？」渡鴉的聲音好像在研磨的研缽。「妳跟她一樣都在逼我啊。妳也在利用我。」

「我是個破咒師！」艾兒希忍不住怒斥：「這點你很清楚。我演示給你看過！」

「那其他人呢？」

艾兒希回頭看了一眼，巴克斯點點頭。埃米琳只是目瞪口呆地瞪著渡鴉，好像他就是鬼魂。「我們這裡沒有靈性造像師。」她繼續說：「這位是物理學府的巴克斯．凱爾西法師，這位是我們的女僕。我的老闆是庫斯伯特．奧格登，他也是物理宗派的。」渡鴉很明顯不相信他們，警戒心很高，讓他知道奧格登是非法的理智造像師，對大家沒有好處。

「但妳怎麼會知道文章裡的暗示，如果——」

「是一個魔咒對不對？」艾兒希打斷他：「就是她想從你那裡得到的東西。」

渡鴉遲疑了。「妳刊登文章是爲什麼？想要我對妳留下深刻印象？」

「我想要你成爲我的盟友。」她的怒火越來越高漲。「你以爲只有你在受苦嗎？」

他不吭聲。

艾兒希乘勢而追。「你不也希望做個了結？」

他大大吐出一口氣。「妳這女人眞難纏。」

巴克斯說：「如果你還不相信我們，那就本人過來一趟，自己用眞相魔咒驗證。」

「我沒笨到那個地步。」渡鴉法師頓了下，又說：「我在朱尼伯唐時就知道肯登小姐是個老實人。」

埃米琳小心翼翼地問：「那你……你會協助我們嗎？」

靈像哀吟一聲，微微向左右晃了下。很難判斷是投射影像晃動，還是渡鴉站不穩。「那是一個傳染魔咒。」

艾兒希蹙眉。「什麼？」

「一個傳染魔咒。我發現的那個魔咒。」

巴克斯搖搖頭。「魔咒不會被發現。它們被創造出來後就被記錄下來了。」

「別把我當笨蛋，小子。」渡鴉喝斥：「魔咒跟任何形式的知識一樣——都可能被遺忘。誰知道有多少的魔法在我們祖輩手上消亡，被歷史的洪流吞沒？在二十年前，我發現了它存在的蛛絲馬跡。」他稍作停頓，接著說：「如果你是固定去教堂做禮拜的人，應該很熟悉那裡的群眾祝福魔咒吧？」

的確，艾兒希很熟悉群眾祝福魔咒。通常，被派任在教堂裡的靈性造像師，會在布道會結束後施放這個魔咒，讓教眾感到祥和美滿，確定自己上教堂崇拜的決定是正確且具有意義。魔咒通常都是爲教眾祈求平和寧靜，模擬被聖靈籠罩的感覺。祝福魔咒只是初級魔法，但是到了法師級靈性造像師的手上，就可以擴散、甚至影響到一小群人，就像流感般，讓祝福從一個接一個傳染至全體。

「我發現有證據顯示，世上曾經存在一個類似的魔咒，不過這個魔咒是作用於肉體健康的層次。它也許能消除瘟疫，其歷史可以追溯至黑死病。我投入生命去研究，試圖找出相關的古籍重新翻譯，將失傳的碎片拼湊出來。最後，我找到了答案，而這個答案讓我相當驚訝。」

他緩緩地說：「這個魔咒並不是什麼療癒魔咒——倒不如說它是個法師級的傳染魔咒。就像某種瘟疫。一旦感染人數超過三十個以上，就會以倍數增長，而且再也不可逆。只有法力最強大的造像師，才有能力施制這個魔咒。」

這表示奎因．渡鴉是其中一個。

「繼續說，」艾兒希低語，又連忙清清嗓子。「請繼續。」

「我說完了。它的效用會成倍數無限增長。妳還不了解嗎，如果這種強大的魔咒落到壞人手裡，將會有什麼樣的後果？**無限增長**。疾病、祝福、詛咒、理想——」

「理想？」艾兒希重複。

「是，我剛才不就是這麼說的？」他語氣裡的尖銳穿透廚房。

但艾兒希幾乎沒注意到。她的思緒飛轉。默頓被迫和家人分開，在救濟院裡長大，被迫乞求和做小伏低，才能得到機會提升自己的社會地位，最後成爲一名制咒師。

在謀殺盜竊之前，默頓經常去救濟院裡爲大家祈福。**虔誠的基督徒，為了和平努力奔走，**莫里斯夫人是這麼形容的。

她仇富，把階級差異比喻成一場戰爭。

渡鴉再度開口說話，但艾兒希沒聽進去。

如果她和默頓想要的，都是一樣的事物呢？

「這個魔咒能強迫人們合作嗎？」她問：「分享資源、和睦相處？」

渡鴉朝她大吼：「我說了，妳說話大聲一點——」

「這個傳染魔咒，」艾兒希捺著性子說：「它能傳播祥和寧靜嗎？就像群眾祝福魔咒那樣？」她想到了奧格登。「或者強迫他人順服或聽話？」

巴克斯好奇地看了她一眼。

渡鴉又遲疑了。「理論上可以。」

「如果你的魔咒……被用來散播一個可以操控他人的靈性魔咒呢？」巴克斯喃喃地說：「到時會發生什麼事？」沒等渡鴉咆哮要他大聲一點，艾兒希趕緊揚聲重複一遍。

渡鴉沉默了許久，才緩緩地說：「後果會十分可怕。這種誤用將會造成災難。」

埃米琳困惑地問：「怎麼會？強迫人們去分享還有和睦相處，這種事怎麼會可怕？」

渡鴉不屑地譏笑。「哼，你們這些英國人的天真和理想化。怎麼會？妳想想**自由**。妳能想像，把和平主義像瘟疫一樣在每座城市、每個國家、每塊大陸上蔓延嗎？等同剝奪人們的自由意志？」

「不論代價，保證人人平等。」艾兒希搓揉著發涼的手臂。也許事情不是這樣，但根據默頓過去數年的所作所爲……艾兒希感覺這就是她的目標。沒錯，默頓是有可能說謊，隱藏了她眞正的理想和目標，但從眼下掌握的訊息來看，都有一些共通性，而她早期指派給艾兒希的任務，的確都在援助弱勢的邊緣人。但最終，這些都不重要了——因爲，如果一個擁有數十本藝譜集的連續殺人犯握有這樣的魔咒，那將會是場災難。

現在只有渡鴉知曉這個魔咒。他成功吸納了這個魔咒，難怪他資產報表裡的大量滴幣會消失。這是造像師判斷魔咒是否正統合法的唯一方法。如果滴幣沒被吸收，就表示這個魔咒是假的，又或者，這個造像師的法力不足以操控和使用它。而如果滴幣被吸收了……

「來見我們，」巴克斯朝那個影像走去。「跟我們談談。協助我們想辦法阻止她。」

「我覺得沒必要。」

「不，你一定要。」艾兒希進逼。「而且必須這麼做。因爲如果你不在乎，就不會躲躲藏藏這麼久，也不會循線來找我，你現在更不會在這裡跟我們說話。因爲你終究會面臨死亡，而你不希望你的藝譜集被莉莉·默頓這種人找到。」

投射靈像晃了晃，艾兒希幾乎感覺得到奎因·渡鴉正在瞪視她。

接著它閃了下，徹底消失。

埃米琳又一陣驚呼。

「他會回來的。」艾兒希環抱著自己，瞪著剛才美國人所在的角落。「他必須回來。」

因爲他脫不了關係。即使默頓的「死亡」限制住她的行動，她也絕不會罷手。這項事實無須任何魔咒的協助，艾兒希就能見識到那女人的決心。

21

奧格登於星期四從羅徹斯特返回，一臉的陰霾。就如艾兒希所料，他沒找到默頓相關的線索。所有他探尋到的心智都相信默頓已經死亡。

所幸，跟他說完渡鴉法師造訪一事後，他立刻精神一振。這對星期六的大事而言是件好事，因爲他要送艾兒希出嫁了。

也就是今日。

她今天就要成爲新娘了。

她倚靠在埃米琳臥室門邊的牆上。巴克斯的貼身家僕瑞勒和約翰，已把她的物品和行李都搬去倫敦的新家，所以埃米琳的臥室內已經恢復原狀。艾兒希奶油色的婚服完美地包覆在她身上；她頭髮上繫著頭巾和髮捲，也用髮夾固定完成；她兩手按在胃部上，掙扎著想多呼吸到一些空氣。但她的束腹並沒有很緊。

埃米琳走進房間，手上提著一籃花瓣，等等準備要撒在教堂的走道上。她一看到艾兒希，嘴巴不禁微啓並且兩眼瞬間散發光芒。

「一切都會很順利的！」埃米琳一邊說，一邊用手上下輕按著艾兒希的手臂。

艾兒希搖搖頭。一切都不可能會如此順利。她昨晚幾乎沒睡，今早也吃不下早餐，現在又快焦慮地不能呼吸。

埃米琳噘起唇。「眞是的，凱爾西法師一定會是個好丈夫——」

「不是**凱爾西法師**的問題，」她的語氣恍然。「相信我，小埃，我是眞心想嫁給巴克斯。但我有種很強烈的預感，不久後，一定會發生不好的大事。我可以從骨頭深處裡感覺到。我不配擁有這麼大的幸福。」

埃米琳聞言大笑出來。「妳才幾歲骨頭就有感覺了！一切都會完美的，我這個星期天天爲妳禱告呢。」

對於這樣的樂觀，艾兒希只能感激一笑。「謝謝妳。」她又緊張地用力吞嚥。「他們不會全部都擠到教堂吧？」他們預期這只是一場少數人出席的小型婚禮。若不是爲了表演給治安官艾斯里大人看，艾兒希壓根不會同意在報紙上刊登結婚啓事。但她也不後悔這麼做，因爲雷吉就是看到了那則啓事，他們兄妹倆才能再次重逢。

埃米琳挪開目光。「這個嘛，人們都很好奇。噢艾兒希，快深呼吸。」

艾兒希順從地做了幾次呼息後，才又說：「默頓還在逍遙法外，渡鴉法師隨時可能突然造訪。而菲利普斯法師已經脫離了掌控他的魔咒……想當然，默頓現在肯定又找了一個新傀儡，而這個傀儡可能隨時出現，殺掉我們所有人。」

「艾兒希——」

「他不會到場的。」艾兒希喉嚨綁緊。「然後我一出場，教堂鐘聲敲響，而他沒有在紅毯盡頭等我。全鎮的人都會親眼見證這個大笑話，我就在所有人面前顏面盡失。」

埃米琳放下籃子，牽起艾兒希的雙手。艾兒希的手指像冰塊般冰涼，而埃米琳的手則像剛烤出來的麵包一樣暖和。「妳看妳都在胡思亂想什麼。他看妳的那種方式和眼神……他不可能不到場。我早上親眼看到他出發去教堂了。」

艾兒希捏了捏好友的手。「他還是有時間改變心意。」如果他眞的那麼做，她就要從此遁世隱居，躲在房子裡再也不出門。或許可以領養一隻貓陪自己作伴。

她雖然早已極力克制自己不去妄想，到頭來仍是懷抱過多的希望與期盼。這次如果搞砸，她絕對撐不過去。因爲這次是巴克斯。

埃米琳親吻了下艾兒希的臉頰。「今天的婚禮一定很漂亮又感人。而且很簡短。」

艾兒希深吸一大口氣，將肺部塞滿空氣，然後點點頭。等等的婚禮確實會很短，一下就結束了。婚宴原本打算在七橡園舉行，但基於他們與公爵夫婦的尷尬關係就只能取消了。

「妳真的很美，婚服也很完美。」埃米琳一再向她保證。

艾兒希輕笑一聲，挺直身子站好。「該來的總會來，躲也躲不過。賴在這裡也阻止不了壞事發生。」

「沒錯，而且那樣只會阻止好事發生。走吧，他們已經在等妳了。」埃米琳面露微笑。

「他在等妳了。」

艾兒希點點頭，讓埃米琳牽著她走出房間。

拜託，請讓一切順利圓滿。拜託。拜託。拜託。

教堂距離石器作坊並不遠，也就沒叫出租馬車的必要，儘管艾兒希實在不願頂著一身新娘裝束在大街上步行。她還沒戴上頭紗，只能假裝沒看見路人的注目禮，兩眼直直地盯著前方。這一小段路的走動讓她情緒穩定下來。也許埃米琳是對的。也許這場婚禮眞的一眨眼就過去了。也許她眞的就像小說故事裡的角色一樣，從此過著幸福美滿的生活。也許。

她們從教堂高塔底下進入教堂內，埃米琳把頭紗夾上艾兒希的頭髮時，教堂鐘聲正好響起。艾兒希感覺一陣涼爽從兩肩竄到腳底，使她不禁一陣顫抖。

埃米琳輕捏了捏艾兒希的雙頰，把它們稍微捏紅，然後對艾兒希微微一笑，無聲地鼓勵她，隨即快步走進中殿撒花瓣，再找個位子坐下。撒花瓣是個傳統，象徵著爲新娘開啓一段通向快樂幸福的路程。

艾兒希緊抿雙唇，又做了個深呼吸。

鐘聲止住，教堂瞬間死寂一片。她並沒有安排唱詩班來塡補這個空檔，因爲她一直認爲會有事情發生，阻止這場……嗯，這一切。

她握著由十二朵白玫瑰組成的簡單捧花。這捧花幾乎跟她的婚服一樣昂貴了。

如果他就在走道盡頭等我，一切就會沒事，她一邊這麼想，一邊朝通往中殿的門走去。**如果巴克斯在那裡，那麼就算默頓突然出現，或跑出來一個拿刀的制咒師，又或者是渡鴉本人冒出來，這些我都有辦法面對。**

拜託，上帝，讓他出現在那裡吧。

如果他不在，埃米琳一定會衝回來警告她。

管風琴樂音響起。她的心劇烈地怦跳，像有把破城槌狠敲著她的肋骨。艾兒希等著一個不超過十歲的小男孩爲她拉開通往中殿的門。通往聖壇的走道上，已散落滿滿的白色玫瑰花瓣。教堂的座席如預期般大部分都空著。她的目光向前望去，看見了奧格登、牧師、教區執事，以及——

巴克斯。

他就站在聖壇的左側，一身藍色禮服，頭髮全部往後梳得服貼，艾兒希從沒見過他的頭髮如此整齊。她朝他走去，在無數雙眼睛的注視下，眼前的走道似乎永無止境。她瞄了列席者們一眼。肯特郡公爵夫人朝她欣慰一笑，但沒看見她丈夫和女兒的身影。站在公爵夫人對面、走道另一邊的是治安官艾斯里大人；他言出必行，果眞前來見證他們的婚禮。他前面站著埃米琳、雷吉和艾琳。公爵夫人旁邊是個坐在輪椅裡、年紀稍長的女人，她的金髮摻著些許灰絲。艾兒希愣了下，這才認出她就是露絲．希爾法師！見她臉色已恢復紅潤，實在令人欣慰。

她的目光又回到巴克斯臉上。他的綠眸深深望進她的眼中，那抹綠在教堂燭火的照明下，讓她聯想到森林裡的夜晚。他是個無懈可擊的男人，在各方面皆然。艾兒希的緊張和焦慮化成輕飄的迷醉。就讓默頓來吧。只要有巴克斯在，默頓根本傷害不了她，誰都不行。

巴克斯看著她的眼神無比溫暖。所以埃米琳說的是眞的？巴克斯看她的目光確實與眾不同？是因爲她穿著這身婚服的關係？但巴克斯的眼睛絲毫沒有看向婚服啊。

她朝巴克斯一步步走近，心臟跳動得好像要上戰場。佳賓們紛紛坐下來，牧師說了一些什麼，但艾兒希沒聽進去。

她結婚了。她結婚了。*她結婚了。*

艾兒希，千萬別給我哭出來。

「誰來把新娘交給新郎？」牧師問。

奧格登走上前笑著說：「我來。」

艾兒希對他露出微笑。她會想念一大早看見一頭亂髮的他，想念和他、埃米琳用餐的日子，想念跟他抬槓他幾歲的鬥嘴。老天，她會多麼地想念。

奧格登將她牽到聖壇前方，接著回到座位席坐下。艾兒希意識到自己時不時地瞄著門、窗戶和陰影處，側耳聆聽異樣的聲響，但周遭一切再尋常不過。

她看到雷吉的笑容都快揚到耳朵去了，這才意識到自己也是，雙頰笑得都快發疼。

她的目光又回到巴克斯臉上，發現那對森林色綠眸仍然深深看著她的臉，她突然心慌意亂，感覺自己像是墜落又是飛翔，心臟好像脫離了身體，在旁邊怦怦亂跳。

接著他開口說話，帶著濃濃、毫無遮掩的巴貝多口音。

「我，巴克斯．凱爾西，娶汝，艾兒希．肯登，做我的妻子，從今爾後，無論順境或是逆境，富有或貧窮，健康或疾病，我將永遠愛汝、珍惜汝，直到死亡將我們分開，在上帝神聖殿堂的見證下，我宣誓對汝信守誓言，始終如一。」艾兒希的視線模糊了，她眨眨眼試圖擠走淚水，心裡湧起一股異樣的情感。牧師接著朝她說話，而很奇妙的是，她都不知道自己是如何完整覆述牧師的話。

「我，艾兒希．肯登，嫁汝，巴克斯．凱爾西，做我的丈夫，從今爾後，無論順境或是逆境，富有或貧窮，健康或疾病，我將永遠愛汝、珍惜汝，直到死亡將我們分開，在上帝神聖殿堂的見證下，我宣誓對汝信守誓言，始終如一。」

巴克斯伸手牽起她。她昨晚將婚戒交還給他了，現在他再把婚戒套進她的手指，她卻覺得這是自己第一次見到這枚戒指。就在兩人手指滑過彼此時，時間霎然靜止，如入永恆。

「藉著這枚婚戒，吾與汝結合，藉著肉體，吾敬重愛慕汝，藉著俗世的一切，吾將自己獻予汝。奉聖父、聖子、聖靈之名，阿門。」

她將奧格登的家傳戒指套進巴克斯的無名指，內心湧起這輩子最虔誠的感受。「藉著這枚婚戒，吾與汝結合，藉著肉體，吾敬重愛慕汝，藉著俗世的一切，吾將自己獻予汝。奉聖父、聖子、聖靈之名，阿門。」

站立在她右邊的牧師闔上了《祈禱文》。「我現在宣告，你們二人成為夫妻。」

艾兒希的心臟猛地劇跳一下，差點站立不穩。就這樣。結束了。她嫁給了巴克斯，巴克斯娶了她。

「你可以親吻新娘了。」

艾兒希猛地回神，只見巴克斯朝她低頭，將唇輕覆上她的唇。這是他給過最真誠純潔的一吻。

而她居然開懷笑了出來。

接下來的記憶全都一片模糊。來賓的歡呼喝采皆是朦朧的幻影，甚至連治安官艾斯里大人是何時離去的她都沒注意到。她和巴克斯被一群人浩浩蕩蕩地帶到教區議會，領取他們的結婚證明。牧師率先簽上名，接下來是巴克斯。輪到艾兒希時，她雙手略微顫抖，潦草地簽下她的姓名：艾兒希．亞曼達．肯登。她直至此時此刻才終於確定這個中間名。這個全名看起來滿順眼的。**艾兒希．亞曼達．肯登……凱爾西**。

婚禮的小型親友團不斷向他們兩人投送祝福，又是親臉頰，又是握手祝賀。艾兒希接受教區牧師的祝福後，連忙把埃米琳拉到旁邊去。

「我知道妳不算是正式的伴娘，但對我而言妳就是。」艾兒希一邊說，一邊摘下婚服上的鴿形胸針。「我要妳收下這個。」

埃米琳倒抽口氣。「裁縫店裡的那枚胸針！噢，艾兒希，這一定很貴。」

「妳也知道我是個破咒師，」艾兒希抬頭挺胸。「在這行業裡很搶手的。我要妳收下這個，這樣我不在妳身邊的時候，妳才會想起我。」

埃米琳一把將她拉入懷裡，緊緊擁抱著。「我怎麼都不會忘記妳，小傻瓜！謝謝妳。」埃米琳退開，腦袋往艾兒希的背後一歪。艾兒希轉身過去，看到肯特郡公爵夫人不好意思地走過來。埃米琳捏捏她的手後便隨即離開。巴克斯也注意到了，他走過來並一手搭在艾兒希的肩上。

「我**真的**很開心，看到你們兩個如此幸福。」公爵夫人手上拿著一個東西——是個綁著緞帶的華麗盒子，玻璃蓋的下段沾黏著優美精緻的乾燥花。「以賽亞和女孩們其實都很想前來，但情況又不太合適……」她聳聳肩。

艾兒希微微一笑，伸手握住公爵夫人的手臂。「妳能來我很榮幸，艾比蓋兒。」

公爵夫人一聽到艾兒希叫她的教名，整個人眉開眼笑。「我也很榮幸能來參加你們的婚禮。」公爵夫人的目光輕快地挪到巴克斯臉上。「這是我們送的結婚禮物。」她將盒子遞出去，巴克斯收下了，但蹙著眉頭。

「這不是……」巴克斯看著公爵夫人。

艾兒希眨眨眼，好奇地問：「是什麼？」

公爵夫人柔柔一笑。「事實上，巴克斯，以賽亞本來就打算要把它傳給你了。你一直就像他的兒子。再說，就一對魔法師夫妻來說，這是最適合的禮物了。」

艾兒希好奇地接過巴克斯手中的盒子，拉開鍛帶，隔著玻璃蓋望著裡面的物品。盒裡是一本書，書封是類似墨色瑪瑙的深色皮製封面，嵌著寶石型的花朵，這些花朵與盒蓋上的相似。書本的四角被剪成流蘇狀，厚厚的書頁頁緣是像夕陽般閃著微光的橘黃色。

艾兒希目瞪口呆。「這——這是一本藝譜集對不對？」

公爵夫人伸手過去牽起艾兒希的手，堅定地把她的手放到盒子上。「好好照顧它。我們能做的也只有這個了。」公爵夫人看著巴克斯。「大方收下吧。我們把它送給你們，不是基於內疚，而是出於愛。」

巴克斯點點頭，兩眼濕潤。「謝謝您。」

雖然他們省略了婚宴，但必要的傳統巴克斯一樣也沒少。教堂外面等著一輛馬車——一輛封閉式馬車，謝天謝地——拉車的是兩匹灰馬，瑞勒就坐在駕駛座上。車外裝飾著白玫瑰，當馬車行進時，它們肯定會在前往倫敦的路上掉落，但這種不切實際卻帶著一種浪漫的甜美。巴克斯牽起她的手朝馬車走去，賓客們紛紛拿著堅果撒向天際。艾兒希感覺自己再度臉紅——那是傳統，堅果象徵著旺盛的繁殖力。

她鑽進車廂時，瞥見好奇的鎮民在外圍圍觀，萊特姊妹就在其中，她們臉上淨是詫異。不知道她們今天又要拿什麼來說三道四，不過她不在乎了。

巴克斯跟著她進來車廂，不過沒坐在她對面，而是坐在她身旁。他伸出手，艾兒希與他十指交扣。

「我們結婚了，凱爾西太太。」他俏皮地說。

這個新稱呼還滿悅耳的，尤其他還帶著巴貝多的口音。「你今天是鐵了心不當英國人？」

他的拇指撫過她的指尖。「我鐵了心要做自己。」

一陣酥麻竄過她……

馬車轉向北方朝倫敦駛去。雖然搬進了新家，不過他們都同意，在默頓繩之以法前會盡量停留在石器作坊。沒錯，巴克斯早已爲了保護艾兒希而搬進石器作坊，而他其實也算是保護了奧格登，畢竟奧格登跟她一樣很有遭受默頓伏擊的可能。但今天是他們大婚的日子。大婚的日子。多麼魔幻而不真實。

他們低調地抵達市區的房子。這裡距離國會廣場的西側大約五公里遠，裡面有座小花園，與大街之間有圍牆隔開。想一想還真是諷刺。她以前仇視這些富人階級，總是看不慣這些排外的圍牆，然而現在，她即將入住其中一道圍牆之內。艾兒希感到一陣五味雜陳。

兩人踏上陽台來到大門前，巴克斯拿鑰匙開門。瑞勒已經駕車離去了。看來，現在只剩他們兩個。

艾兒希突然又緊張起來，緊緊抓著胸前的時間藝譜集。

大門打開了，率先映入眼簾的是一道小玄關，左邊有道樓梯。巴克斯指著右手邊的廳室說：「那是會客室。」然後他抓著她的手放進他的肘彎裡，引著她穿過玄關。「這是餐廳，廚房從這裡穿過去。」

各間廳室都配有適當的家具——會客室還能再放張椅子——但牆上空無一物，需要再裝潢，壁爐台也是。巴克斯帶著她回到玄關。

「我覺得這面牆可以掛一張畫像。」艾兒希說。

巴克斯點點頭。「裝潢由妳負責，妳拿主意。」

艾兒希瀏覽著那面牆，不知該說些什麼。她當然不會過問預算的事，至少現在不會。最好是等到她能貢獻一點財力的時候吧。

他們走上樓梯，巴克斯繼續爲她介紹。他指著一個空房。「我想這間可以當作書房，除非妳想把它改成藏書室。這邊還有個比較大的廳室，妳想要的話，也可以把它作爲起居室，就像石器作坊那間一樣。它有西向的窗戶。」

他領著她參觀各個房間，兩人一間間地各繞了一圈。這些房間裡已放著幾個行李箱，除此之外空無一物——就像一塊空白的油畫布，等著他們兩人攜手揮灑。牆上貼有舊壁紙。艾兒希想像著換上花紋壁紙，再加上一張精緻的沙發，或者再來一張遊戲桌。不過她的想像力一直卡住，因爲身旁這個男人害她分心，還有樓上那幾個關鍵的房間。

他們來到三樓。樓梯旁邊有個小房間。

「客房或僕人房，」巴克斯提議：「我覺得我們應該雇用一個女僕，也許埃米琳會想過來？」

艾兒希搖搖頭。「我不能跟奧格登搶她。」不能丟奧格登一人獨守那棟房子。「我想這裡可以改成你的書房，至於幫傭可以睡樓下。這樣……隱私性比較好。」

巴克斯點點頭，領她去看第二個房間，接著是最裡面的第三間房，這間比屋內其他的房間都還大。這個房間已安置好家具，一張鋪著海洋綠被罩的大床，兩側各有一張床頭櫃，附近還有一張玻璃桌面的早餐桌；一個大衣櫥和梳妝台，以及一個白色書架。艾兒希的行李箱就放在床腳邊，那張床大得絕對裝得下兩個人。她輕輕將時間藝譜集放到上面。

巴克斯搓揉著頸背。「約翰挑了和被套一樣花色的窗簾，如果妳想換掉，我沒意見。」

她走過去，伸手撫摸著拉上的窗簾。「幸好我認識一個制咒師，他可以輕鬆幫我換掉窗簾的顏色。那是他的愛好之一。」

巴克斯輕笑出來。「聽起來這個人像一位花花公子啊。」

艾兒希聽到巴克斯不再吭聲，便轉過身去看。只見巴克斯一臉嚴肅，心不在焉地搓弄著鬍髭。

她還沒來得及說話，巴克斯便放下手說：「艾兒希，我很清楚我們的結合並不……尋常，可能還有些便宜行事。當然，有些夫妻之間的義務……我的意思是，如果妳需要時間，我不會強迫妳。」

艾兒希的神經像小精靈般在肌膚下舞動。她感到胃部的跳動。「你的風度讓人敬佩，巴克斯。」她鼓起勇氣說：「但一個女人在那樣與你親吻之後，你不能期待她完全沒有準備好迎接她的新婚之夜，也許她很渴望呢。」說完，她雙頰發燙，兩眼死盯著窗戶，一副被窗戶樣式深深吸引的模樣。「就算現在是白天。」

「我明白了。」巴克斯的聲音變低沉，性感十足。艾兒希鼓起勇氣瞥了他一眼，只見他的雙眸變得比平常更加深邃。

艾兒希兩手滑下她的上襯衣，那張祕密的藝譜集今天沒收在她的束腹下，而是藏在她小行李箱內襯中。她轉身背對著他。「請你幫我解開衣服。」

她心跳怦怦地聽著巴克斯朝她走來，他的手指輕拂過她的頸背，撥開幾縷鬈髮。艾兒希感受到他的氣息輕觸到她的髮絲。他的手指靈巧地解開了第一顆鈕釦，然後是第二顆、第三顆。那位裁縫師還眞是用心縫上好多鈕釦。

艾兒希兩手按在胸前，不僅壓住鬆脫的衣服，也想按捺住狂跳的心臟；隨著他的手指解開她的內衣，她的心跳越發劇烈。巴克斯當然也感覺到了。但這次，不是焦慮慌張讓她心跳加速，而是興奮。自從他們一抵達倫敦，她一次也沒想到默頓或渡鴉這些煩心事。

她穩住自己，感覺到巴克斯的手指來到了她的腰部。她用力閉上雙眼，對他輕聲低語：「我愛你。」

巴克斯的手指頓住。死寂降臨。

她不禁一陣心慌意亂。

她屏住呼吸，不允許自己胡思亂想。等待、聆聽、期望。她眞是大錯特錯，根本不該挑這個時候告白。她感覺到一秒變成了一分鐘，一分鐘又變成一小時，漫長無邊。她既是害怕，又滿懷期望，胃部狠狠揪在一起。最後她受不了地出聲。

「巴克斯？」艾兒希輕聲喊他。

他強壯的臂膀突然環抱住她，薄唇吻上她的頸窩，一陣顫慄竄上她的後頸。他的頭髮搔得她的臉頰發癢。

「我當然愛妳，妳這個如此可愛、如此獨特的女人。」

淚水湧出艾兒希的眼眶。

「我愛妳，遠超過我愛巴貝多島、超過魔法、超過我自己。妳佔據了我的心，我的理智，我的一切。現在我們屬於彼此。我愛妳，艾兒希。」

接著他脫下她的外衣、束腹和內襯。

艾兒希完全袒露在他眼前。

22

現在當然沒有什麼蜜月旅行，尤其在一切尚未塵埃落定之前。

但他們一起度過的第一個夜晚絕對是最美好的。美好到如果之後雇到了僕人——除了巴克斯從巴貝多島帶來的貼身家僕外——艾兒希就不想離開他們的臥房了。但是想歸想，現實世界仍然如常運轉，仍有很多事情等著她去處理。

她好想沉浸在這讓人迷戀的幸福中，直到宇宙出手再次把她揪出來。

巴克斯，這個責任感重的男人，率先起床迎接新的一天。看著他穿衣，就像看著他脫衣般地同樣讓人害臊。這也證明他已完全從虹吸魔咒的耗損中復元。他披垂著頭髮，領結懸盪在脖子兩側，他走回床邊自在且輕柔地親吻她。這些表現全都是出自眞心、發自肺腑，因為他身上沒有任何一個魔咒。艾兒希徹底地檢查過了。

「如果我們想要吃東西，就必須走出這扇門。」巴克斯輕笑著說。

「我聽說齋戒斷食對身體不錯。」艾兒希耍賴道。巴克斯對她微微一笑，又親吻了她一下，但還是朝房門走去。

「我這星期會找到一位女僕，再買輛兩輪輕便馬車。」他抬手爬梳過黑色鬈髮——髮尾仍是被烈陽曬過的毛躁感——然後將其綁成一條馬尾。「這樣方便我們在倫敦和布魯克利之間往返。」

艾兒希坐了起來，抓著胸前的被單，凌亂的頭髮披掛在她雙肩上。埃米琳不在她身邊了，她今天只能梳個簡單的髮型。反正有帽子可以遮擋。「這樣也好。我呢，再過一年，喔，再接受三年的假訓練，就能出錢幫助家裡的開銷了。」

巴克斯撇嘴一笑。「到時候我會告訴妳，妳不用這麼做。我絕對有能力養一個妻子。」

妻子。她喜歡聽他說這個詞。「我也絕對有能力養一個丈夫。」

他的目光落到她半掩住的乳房上。「妳是啊。」

艾兒希的雙頰泛紅。

巴克斯見狀輕笑出來，向她告退後便去盥洗了。艾兒希打了打哈欠又伸懶腰，終於掀開被褥下床，光腳走到大行李箱前，從裡面找出一件乾淨的內衣。她撿起地上的束腹。束腹的帶子是在前方，她可以自己綁好。接著她從小行李箱抽出那張皺巴巴的藝譜集，塞進束腹裡。

她現在有了新的生活形式，束腹或許不再是藏藝譜集的好地方了。問題是，她需要留下它嗎？當初她迫不得已隨身攜帶它的原因已經消失了，但又不能賣掉它。也許奧格登會用得上，如果他還不知道這個魔咒——

有道刮擦聲傳來，她的注意力轉移到巴克斯的其中一個行李箱上，裡面好像有隻老鼠躲藏其中，正瘋狂地想掙扎逃出來。艾兒希朝那個行李箱走去，抬起箱蓋聆聽那陣刮擦聲。她挪開兩件上衣和一雙鞋子，那個聲音倏然停止，但她還是即時找到了肇事者。

是巴克斯的魔法鉛筆。筆端有個銀藍色的小符文閃爍著。

她之前把自己綠色的魔法鉛筆留給了埃米琳。她抽出那根鉛筆想找張羊皮紙，但沒找到。她嘆口氣，拿著鉛筆來到漆成白色的窗台邊。她可以等等再來清理。艾兒希拿筆寫下小小的字：**麻煩重寫一遍，我剛才沒有紙。**

片刻後，埃米琳熟悉的字跡浮現出來：**渡鴉又出現了！他同意三小時後再出現。他想跟妳談談。**

她背後的房門打開了。「我覺得就穿那件紫色的吧，不過我還滿喜歡妳現在的打扮。」

只穿著貼身衣物的艾兒希，轉身對他說：「我們得馬上去布魯克利。渡鴉法師同意見我們了。」

這次奎因．渡鴉的靈像清楚多了。這是個好現象，代表他願意冒險靠近石器作坊。巴克斯其實並不清楚靈魂投射的魔咒作用範圍有多遠。這應該與該造像師的法力高低有關。不過，按照渡鴉法師上次投射時所透露的事情來看，他應該是法師級制咒師的最頂級。

「我們還沒辦法追蹤到她。」奧格登說。每個人都拉來椅子，坐著面對角落裡那個一臉陰鬱的中年男子。渡鴉法師的腳懸空在地板上方幾公分處，穿著一身黑衣；他的鬍髭變長了，而且戴著帽子。在這次更清晰的靈像裡，巴克斯可以看見他有個大鼻子、剛強堅毅的唇型和窄下巴。

「你們沒有用心找。」那個美國人喝斥。

奧格登雙臂交抱在胸前，壓制住怒氣。「我向你保證，能做的我們都做了。」

「她已經藏身一段時間。」艾兒希一邊說，一邊挑著袖口的線頭。她只要一緊張就會挑線頭，但巴克斯覺得她並沒意識到自己有這個習慣。「她先是向學府申請退休，然後搬家，再來又假死。除非必要，她絕對不會現身。」

巴克斯說：「我們必須下餌把她釣出來。」

渡鴉語帶諷刺地說：「她不是就想要這個女人嗎？也許你可以把她吊在你的那架大鐘裡晃

盪，把默頓釣出來。」

奧格登傾身向前。「我認爲你來當誘餌更適合。」

渡鴉法師立刻反駁：「絕對不行。」

「你才是她最想要的人。」艾兒希強調。她的語氣有些豁出去。巴克斯的拇指撫過她的前臂，放到她大腿上。

「你知道我犧牲了什麼嗎？」那個靈像晃了下，只見渡鴉法師把重心換到另一條腿上。「我就像個亡命之徒，躲藏逃亡了超過十年。我從來不在同個地方停留超過一個月。我失去了財產、人生、我的研究——」

「你不想喘口氣嗎？」巴克斯冒險打斷他的話：「我們會保護你。我們一起合作揭穿她，然後你就可以找個喜歡的地方定居下來。」

靈性造像師並未被說服。

埃米琳輕聲說：「這樣的結果一定很棒。」

艾兒希也精神一振。「沒錯。如果你想要的話，一定會達成的，渡鴉法師。一個受人敬重的制咒師，死後復活並拯救了世界！」

渡鴉法師咋舌。「荒謬。」不過，雖然艾琳曾評論此人是個遁世者，但巴克斯察覺到對方聲音裡透著一絲興趣。十一年是段很長的時間，特別是對一個已經習慣掌聲和名聲的人來說。

「我們要如何利用他？」奧格登搓揉著下巴說，彷彿渡鴉法師已經點頭答應。「我們要如何誘出默頓？她會發現那些我們刊登在報紙上的文章嗎？」

「她既然躲起來，很可能看不到報紙。」艾兒希說：「我們的文章主要是要引起渡鴉法師的注意，而默頓也並未對此做出任何回應。她不知道渡鴉法師已經來到英國了。」

「奧格登先生，」巴克斯說：「您知道那種讓人產生幻覺的魔咒嗎？」

奧格登瞇起眼。「知道，但那只是個中級魔咒。我……一直無法找到或購買到其他更高級的魔咒。」

「幻覺？」渡鴉法師低聲重複。他混濁的雙眼移到艾兒希臉上。「妳跟我說他是個物理造像師！」

「他的確是。」艾兒希回應：「合法的那部分。」

渡鴉法師難以置信地大笑。「我已經不知該說什麼了。老天啊，請給這群人一點腦子吧。」

巴克斯沒理會他的挖苦，繼續問奧格登：「您能創造多大範圍的幻覺？」

奧格登四下張望。「大約這間餐廳這麼大，如果幻象夠簡單的話。」

「鳥群夠簡單嗎？」

石匠的額上微微露出細紋，隨即又消失。「你是想要我製造烏鴉的幻象嗎？」

「只要我們在對的地點製造出一場看頭十足的戲，就會引起輿論。」巴克斯提議：「默頓法師雖然躲了起來，但如果她仍然在找渡鴉法師……她總會想到辦法。」

「在哪裡進行？」

巴克斯一邊思索一邊說：「我是想到幾個能引起注意的聚集點。」

埃米琳問：「但群眾不會知道幻象是他製造出來的嗎？」

「只要他待在馬車上就不會。」艾兒希插話進來：「我們不是正打算買一輛嗎？」她對巴克斯會心一笑，那抹笑容使得她的藍色眼眸更加明亮。

「沒錯。」

渡鴉法師咕噥了一句。

「抱歉，您說什麼？」艾兒希問。

「好吧。」他的語氣斬釘截鐵。「但你們放聰明點，千萬別被抓到。留在原地不要動，我正在過去找你們的路上。」

艾兒希從椅子上彈起來。「您正在過來？」

「別太高興。如果你們洩露了我的行蹤，就別怪我不客氣。我有的是魔咒對付你們。」

應該大多都是祝福和祈願的魔咒吧——這些是靈性造像師工作時最常使用到的魔咒。

奧格登說：「但我們不只是想引起默頓的注意。我們要的是找到她的人。我們必須把她引到一個安全的地方，可以在不被人看到的情況下抓住她。」

幾個人都沉默下來，片刻後，埃米琳說：「刺棘地（Thornfield）的穀倉如何？」

「什麼？」奧格登連人帶椅轉過去看著她。

埃米琳臉紅了。「就在去……去艾爾斯伯里的路上，有一座荒廢的大穀倉。我回家時都會路過那座穀倉。穀倉的主人十多年前去世了，他的農場只剩一半還在運營，但穀倉不在其中。」

「也許，我們可以先從羅徹斯特開始。」艾兒希的手覆在巴克斯手上，輕捏他的食指，她可能下意識地想從巴克斯那裡汲取勇氣。「在那棟房子附近製造烏鴉群飛的幻象，然後在倫敦如法炮製，直到各大報紙報導。」

巴克斯接著補充：「之後再來一遍，一路製造幻象到那座穀倉。」

「然後我就在那裡被當作肉餌掛在魚鉤上，等魚上鉤。」渡鴉法師咕噥著。

「我會留下來陪您，」艾兒希提議：「巴克斯可以負責駕駛馬車。」

「留下兩個有用的人，卻把我丟給一個三腳貓功夫的破咒師？」

艾兒希蹙起眉頭。「我才不是什麼三腳貓功夫。」但她仍試圖安撫他：「不過，如果您需要制咒師——」她瞥了巴克斯一眼。「凱爾西法師也可以保護您。而我正好知道還有個人十分擅長駕車。」

「誰啊？」奧格登問。

「當然是艾琳了。」艾兒希微微一笑。「這樣我們就會有兩名破咒師，合力出手挫敗默頓的魔法。然後埃米琳再去向當地警方報案，那我們就有了警力的支援。我和奧格登可以在警方到達前開溜。」

埃米琳急切地點頭。「這個我做得到。」

「我們需要再仔細捋順一遍流程，大家見面後再討論。」奧格登看著渡鴉法師的投射靈像。「我們等你。」

23

從大馬路上就能看到那座刺棘地穀倉，但要走過去仍有一段距離。野草掃過巴克斯的雙膝，他無法想像一個穿裙子的人步行過去會是多麼困難。艾兒希緊抓著他的手肘，兩人朝那座廢棄的穀倉前進。穀倉以前應該是藍色的，如今褪成了灰藍色調，與背後的陰霾天空幾乎融合在一起。渡鴉法師走在他們的前面，步伐穩健有力，一副要征服大地的氣魄。

他的身高比巴克斯以爲的要矮些，不過，巴克斯畢竟只看過他懸浮在地板上方幾公分的靈像。

兩天前，渡鴉法師抵達了石器作坊，像個陰沉的聖誕老人捎來了幸運的祝福。艾琳和奧格登在當晚就駕車出去，隔天也是，兩人在烏鴉不會出現的地方散播群鴉飛舞的景象。如此一來，居民才會把注意力全放在烏鴉的幻象上，而不會注意到是有人在動手腳。而如他們所預期般，今早的報紙都報導了這個異象。他們趁勢而上，決定今晚出擊。太陽開始西沉，奧格登和艾琳正在過來穀倉的路上，並沿途發送出烏鴉的幻象，希望能把躲起來的默頓吸引過來。如果今天失敗了，他們打算過幾天重頭再來一次。若還是失敗……巴克斯其實不確定該怎麼辦，也不知他們能否說服渡鴉法師再多待幾天。

埃米琳已就定位，預備一收到渡鴉法師靈像的訊息，立刻向當地的警方報案。雷吉也陪著她。

他、艾兒希和渡鴉法師三人悄悄進入了穀倉。閣樓的一扇門歪斜地懸掛在最上面的鉸鍊底下。整座穀倉的牆體結構微微向北歪傾，但沒有發出吱嘎聲響，不足以威脅他們的安全。不過保險起見，巴克斯覺得給它安插一個強化魔咒並無傷大雅。通往外面草地圍場的門都上了鎖，但穀倉兩側的小門是插梢門閂，可以直接打開。巴克斯發現一根橫梁上掛著一盞老舊的煤燈，便用魔法點亮它。燈光一照亮室內，有東西便匆匆竄逃開來。他瞥了艾兒希一眼。不過如果她聽到的只是老鼠在竄逃，她並不會多做反應。

艾兒希撩起裙襬走過骯髒的地板。穀倉三分之二的地面至少都鋪有木板。有些木板早已爛透，有些好像被什麼重物壓彎。乾草的貯藏隔間裡空無一物，聞起來又冰涼又霉濕。那兩道廄牆仍然矗立著，大約一百二十公分高，布滿著蜘蛛網。

「挺舒適的啊。」渡鴉法師兩手緊抱在胸前。他緩緩轉了一圈，掃視那些木椽和窄窗。

巴克斯看著艾兒希說：「其他人很快就到了。我先去四周轉轉，以免有不相干的外人或意外突然闖入。」他剛剛並未發現附近有人跡，但最好做萬全準備，絕不讓默頓有逃跑的機會，也不能有任何疏忽害自己人被抓。

艾兒希緊抿雙唇，扯著袖口。最後她點點頭。「我也在裡面查看一下。」

渡鴉法師冷笑一聲，但沒說話。

室外越來越冷了，儘管現在還是仲夏。遠方肯定有暴風雨正在接近中。天空灰灰藍藍的，西邊地平線透出的金光逐漸消失，快天黑了。遠方的大樹在狂風中搖擺。若是有其他物理造像師相助，巴克斯可以加速暴風雨通過，甚至讓它暫時性靜止，但眼下單靠他一人之力，根本撼動不了大自然。那座穀倉也許能提供一些掩護，但應該擋不住傾盆大雨。

他掃視著樹林的邊緣，期待有陰影移動，但什麼也沒有。這塊土地已被荒廢很久，無人照料。他繞著穀倉走了一圈，中途停下來施放魔咒以增強一根支柱。他從穀倉後方繞出來時，聽到有動靜，連忙停下腳步，瞇眼掃視陰暗的田野。一隻野兔竄逃出去，可能是被他嚇到，又或者有其他掠食動物潛伏在附近的長草叢裡。

就在此時，巴克斯感到一陣身心愉悅、無比自在。他的胸口漾起暖意，緥緊的神經和肌肉放鬆下來。有種很熟悉的感覺……恍惚間，他納悶爲何自己會有如此祥和寧靜的情緒，就在一座破敗的穀倉之外，等待他最強大的敵人——

他猛然驚覺過來。這就是他參加倫敦的教堂禮拜時，主持靈性造像師所喚起的內在平靜，或者那種聖靈充滿的感受。難道是渡鴉法師……

他隨即轉身，被後面的黑影嚇了一跳。一隻手伸向他的脖子，冰涼的手指按在他的脖子上。巴克斯往後彈開，正要放聲大叫。

「住嘴。」一道熟悉的聲音低語。

巴克斯的嘴唇就像被一條無形絲線操控，立刻闔上。他一陣心慌，想拔腿跑回穀倉示警，但他的身軀已不再聽從他的使喚。

黑影朝他走上前來，昏暗的光線下顯露出一張臉。他和這張臉的主人在許多場合中共進過晚宴。巴克斯一迎上她的雙眼就知道發生了什麼事，胃部猛然一揪。恐懼就像慢溢出的油滲入他四肢，如一月的冷風令他渾身發顫。

巴克斯抗拒著那道魔咒，用盡全力想張開嘴。如果能發出警示——

「別打歪主意。」控制他嘴唇的力道加倍。默頓對他蹙眉，這個動作加深了她的面部皺紋。「你很顯眼，是個容易追蹤的目標，凱爾西法師。我可以殺了你並奪取你的法力，但她永遠不會原諒我。既然如此，那我們不妨就合作吧。這不是很有意思嗎？」

默頓沒有開口說話，但巴克斯感應到了她的指令。他用盡全力反抗，但身軀徒勞地服從對方轉了過去。

一定會成功的。必須成功。

艾兒希一邊搓手一邊踱步，她看見一隻蜘蛛躲進地板的木條接縫處。煤燈的火光忽明忽暗，戶外的天空則越發幽暗，如果他們需要突然衝出去，眼睛有可能適應不了突然的黑暗而影響視線。是否該熄掉燈呢？不行，這樣默頓才能看到渡鴉法師在這裡。

她瞥了那個靈性造像師一眼，他似乎正在沉思，雙手環抱胸前，嘴巴撇向一邊。他灰色的長髮披垂在雙肩上，鬍鬚幾乎要碰到頭髮了。他的頭上仍然戴著帽子。

突然，一個魔咒的低吟聲傳來。

她挺直身子。「您想做什麼？」

渡鴉法師並沒有立刻回應她。他的動作緩慢，像一隻陷入蜂蜜中的蟲子。接著他壞脾氣地開口。

「我正在把自己投射到馬路上，監視路上的情況。」他低頭又施放出一個魔咒。一開始，艾兒希感覺這個魔咒的低吟聲相當和諧，就像兩種聲音在共舞，但艾兒希一集中注意力聆聽，就發現它是與剛才相同的魔咒。

她回去繼續搓著雙手。目前一切正常，不會有事的。默頓是個強大的敵人，但他們人多勢眾。奧格登能封死她的大腦意念，巴克斯則可以同時凍住她的肉體，讓她動彈不得，也施放不了魔咒。就算她施制出魔咒，艾兒希和艾琳也能立刻破除。埃米琳會帶來警力支援，而且他們還有渡鴉法師。艾兒希難以想像兩個靈性宗派制咒師之間的決鬥會是何種場面，但最好祈求情況別來到那個地步。

最要緊的，是保護好渡鴉法師。他們都知道默頓的戰利品中至少有一本理智藝譜集。一個法師級的讀心魔咒，可以長驅直入鑽進渡鴉法師的大腦中，強行揪出默頓想要的傳染魔咒。這種事絕對不能發生。

問題在於，默頓是否一人單獨前來。如果她又帶上菲利普斯法師的替代品，肯定會比較有優勢，但就算如此，他們的人數仍然佔上風……

側邊的小門被打開，巴克斯走了進來。一看到他，艾兒希整個人放鬆下來，她這才知道原來自己全身一直緊繃著。「有狀況嗎？」

巴克斯搖搖頭。「一切正常。」

渡鴉法師輕哼一聲，但沒再說話。

艾兒希走過去站到巴克斯身旁，在他的體溫之中尋找慰藉。但她只站了一下，巴克斯就朝一扇圍門的窗戶走去。

「我看到他們過來了。」渡鴉法師眨眨眼，挺直身軀並調整外套衣領。「這一切最好不要是白忙一場。」

「您可以探觀整個情勢，默頓也可以。」艾兒希說。

「她知道這是個陷阱。」

「本來就是陷阱。」艾兒希的內心充滿焦慮，語氣又急又兇，顧不上客氣。「沒錯，我們利用烏鴉引誘她過來，但前提是她願意爲了您的魔咒而冒險，她才會上鉤並豁出一切前來。」除非艾兒希搞錯那女人的動機。但她曾有十年的歲月乖乖聽命於莉莉·默頓的指揮，再加上兩人近期的私下接觸，她很清楚自己的推測沒錯。

她做了個深呼吸，走到巴克斯身旁。金色的落日餘暉從地平線的雲層後方滲透出來。整座農場荒煙蔓草，讓艾兒希有種身處一片荒野中的錯覺，儘管遠方冒出了圍欄的蹤影。

「天還沒全黑，他們有足夠的光線不會迷路。他們會把馬車停在後面。」她已經聽到有馬蹄聲穿過草叢朝他們而來。

巴克斯點點頭。「會沒事的。我只是在欣賞山茱萸。」

「噢。」艾兒希望著窗外，但沒看到任何和石器作坊外一樣的高枝或白色花蕾。她傾身向前試圖尋找，但只看見一片草原，遠方的樹木和更遠的山丘正緩緩被夜色吞沒。

「哪裡有——」

她的四肢瞬間結凍。

山茱萸。

她的思緒倒流回到兩人在石器作坊外、站在山茱萸樹蔭下的時候。**這個詞就是我們的暗語。**

剛才渡鴉法師在制咒時，她明明聽到了**兩道**低吟聲。當時巴克斯就在外面，獨自一人。所以默頓已經來了。她並沒有特地帶來一個傀儡——她隨手創造了一個巴克斯。

艾兒希的心瞬間一涼，就在此時側門被推開，艾琳氣喘吁吁地快步走進來，奧格登跟在她後面，關門時還差點夾到艾琳的裙子。

「完成了，」他說：「現在我們——」

艾兒希猛地轉身。「帶著渡鴉快跑！」

艾琳一臉茫然，但奧格登一凜全神戒備。

她快速衝向他們。「快帶他走——」

古老的木地板突然抖動起來，震得艾兒希跪在地上。渡鴉法師和艾琳摔倒在地；奧格登抓住門閂穩住自己，目光投向巴克斯，只見巴克斯緩緩伸出兩手。

「你在做什麼？」奧格登大吼，卻見地面再次翻湧、包覆住他們的腳。

艾兒希的心臟已快跳出胸口。「默頓在操控他！」她伸手搆到困住她的地板，破解了那個魔咒。艾琳也已經解救完自己，正跑去爲奧格登破除魔咒，卻又被地板抓住、狠狠摔在地面，差點扭到她的腳。

巴克斯轉身朝渡鴉走去，並朝艾兒希施放一個魔咒，提高她周遭空氣的密度。艾兒希感覺自己像穿行於一團毛線中。她已經看見那個符文在她前面閃爍，但要搆到它，就像在蜂蜜裡呼吸一樣地困難。

巴克斯抓住渡鴉法師的領子往地上一摔。渡鴉法師的衣服瞬間硬化，整個人看起來就像一尊胡桃鉗玩偶。巴克斯扣住渡鴉的一手，接著軟化木板包覆住那隻手，再硬化木板將其牢牢禁錮住。

艾兒希用力吸氣，終於伸手搆到符文破解了它。周遭的空氣密度瞬間恢復正常，她整個人一下摔倒在地板上，不斷大口喘氣。

「現在，妳終於注意到我了。」一道甜美的聲音說。艾兒希猛地轉頭，看見默頓就站在中間的圍門附近，穿著樣式簡單的紫蘿蘭色連身裙，灰髮往後梳成一道彎曲的細馬尾。她臉上的笑容略微抽動。「我們有個破咒師仍然可以自由行動呢，凱爾西法師。」

她指的不是艾兒希，而是艾琳。艾琳正奮力爬向奧格登。巴克斯的右手向前一揮，一陣大風掃過穀倉捲起艾琳，將她狠狠摔向圍門。

「住手！」艾兒希大叫並朝她衝過去，但膝蓋附近有個符文一閃，又加大了空氣密度。不過，這次只有她膝蓋附近的空氣密度變濃。

「奧格登！」艾兒希大叫。

奧格登搖搖頭。他的臉漲得通紅，滿頭大汗地想掙脫巴克斯的魔咒。「我進不去她的大腦！她有著跟菲利普斯一樣的魔咒……」空氣一陣波動，一個理智魔咒游移向默頓。「不對，這不一樣。不同於——」

「你太吵了，庫斯伯特。」默頓說著，手一揮打發掉他。默頓的目光移向渡鴉法師。「這麼多年了，沒想到我們是在這種情況下相遇。我原本希望我們的第一次見面能再友好些。」

渡鴉法師朝默頓的方向吐口水。

默頓淡然地轉向艾兒希。「我還是想跟妳好好談談，親愛的。就妳和我。」

艾兒希聽完簡直難以置信，不知該說什麼回應。她彎腰去解開困住自己的魔咒。

「妳跟我走，我就放他走。」默頓再次出聲。

艾兒希一凜。默頓指的不是渡鴉法師。

艾兒希的目光挪到巴克斯臉上，巴克斯正在看守那個美國人，等待下一道指令。他站得筆直，一動也不動，但目光中流露出絕望和反抗。

艾兒希眨著眼將淚水擠回去，低聲問：「那個魔咒在哪裡？」

「眞要這樣嗎？」默頓不耐煩地說，但她的目光盯著艾兒希的背後。「妳就不能乖乖待著？」

艾兒希轉過頭去，看見艾琳正在破除困住奧格登的魔咒。

「唉。看來沒必要讓妳活下去了。」默頓的手一揮，只見巴克斯抬起了手。

「巴克斯，不要！」艾兒希朝他跑去。天空一聲霹靂作響，一道閃電從他指尖激射而出。

艾兒希出手攔截住，手臂隨之震晃了下，就跟在七橡園破解奈許的閃電時一樣情況。

「太精采了！」只聽得默頓讚嘆一聲。「艾兒希，妳實在是個人才。我們兩人攜手必定將無人能敵。雖然沒有妳，我也能自己打拚，但是——」

艾兒希沒聽那個瘋女人在講什麼，因爲巴克斯再度射出一道閃電，撞上那扇圍門。同時，地板接連翻湧凸起堵住了那扇圍門，阻止他們逃走。奧格登伏低身軀躲過了電擊，隨即朝默頓衝去。

巴克斯也衝了過去攔截他。兩人狠狠撞在一起。巴克斯的身形高大，但奧格登精壯的體格也不容小覷。巴克斯的左手掐住奧格登的氣管，用力一握——

「住手！」艾兒希衝上去抓住巴克斯的手臂，想扯開他的手。她成功了，但巴克斯的手像條毒蛇般反撲向她，一道符文的閃光在她眼前閃現。他的手抓住她的胸口，以驚人的力道將她拋飛。她的上衣被扯破，肩膀重重著地，一陣劇痛從鎖骨處炸裂開來。她摔傷了，但沒有摔斷骨頭。

巴克斯走回去抓住奧格登，用魔咒將他禁錮在地板上。接著巴克斯一轉身，送出另一道陣風。陣風越過艾兒希的腦袋，朝著正跑向渡鴉的艾琳飆去。渡鴉還有一手可以自由活動，只聽得整座穀倉充斥著他的魔咒低吟聲。

默頓大笑。「你的詛咒對我沒有用，老頭子。」

「默頓，住手！」艾兒希爬起來。「妳不是想跟我談嗎，那我們就來談談！」

默頓微微一笑。「稍等一下，親愛的。等我們不會受到打擾的時候吧。」

渡鴉的注意力轉向巴克斯，艾兒希的腦袋裡響起一陣低吟聲，一個魔咒被設置到巴克斯身上。巴克斯一個踉蹌，突然麻木僵住。艾兒希乘機衝到奧格登身旁破除地上的魔咒。

一道冰涼的氣息拂過艾兒希的肌膚，奧格登加入了戰局。他放出一個理智魔咒，設置進巴克斯的大腦中。巴克斯突然抱頭大吼大叫，向四面八方射出閃電，其中一道差點擊中渡鴉。穀倉的牆體就像在狂風暴雨中吱嘎作響、左右晃動——但巴克斯無法同時施放出兩個魔咒。肯定是默頓也同時操弄了一個物理魔咒。如果她帶來一個法力夠強大的藝譜集魔咒，他們必輸無疑。

艾兒希爬到渡鴉身旁解除他一隻腳上的魔咒，此時，一道閃電擊中了她大腿後側。她痛呼一聲連忙彈開，急忙去撲滅裙子上的火苗。她感到一陣灼痛。艾琳一瘸一拐地跑到她身旁協助渡鴉。巴克斯一拳正打中奧格斯的臉，痛得這個理智造像師鬆開了他。

重獲自由的渡鴉也衝向那扇圍門。巴克斯的注意力回到渡鴉身上，與此同時，整座穀倉在另一波震動下劇烈晃動。

默頓看著他們三個，手裡拿著一張摺起的藝譜集輕敲肩膀，彷彿很悠哉地欣賞著巴克斯毀滅他們。她爲何不乾脆拿那張魔咒來結束這一切？如此，她的收藏就會多了奧格登和巴克斯的藝譜集。接著再把艾兒希關起來，殺死艾琳，拷問渡鴉——

這種方式太奇怪了，周遭情況天翻地覆，她卻能不慌不忙地站在那裡觀看。默頓從未眞正弄髒自己的手。在奈許大鬧七橡園時，她立刻逃出餐廳。她向來都是花錢聘雇或用魔咒操控傀儡，讓他們代替她的雙手去殺戮、去綁架、去偷搶——事後她本人都是遠遠躲開。至於那兩次她冒險在監獄和菲利普斯莊園的地窖現身與艾兒希交談，都是以靈魂投影的方式。

艾兒希瞇眼打量著默頓。

我進不去她的大腦！她有著跟菲利普斯一樣的魔咒，奧格登剛才是這麼說的，不對，這不一樣。不同於……

同樣都是阻止理智魔咒入侵的防禦魔咒，怎麼會不一樣？

爲什麼默頓剛剛只施放出一個藝譜集魔咒，並且是射向牆壁，而且就不再有動作了？

一個可以從**外面**施放的魔咒？

艾兒希倒抽一口氣。默頓並沒有對付奧格登入侵的防禦魔咒。而渡鴉法師的詛咒確實是可以對付她的。

這就是說，假使默頓眞的就在這裡。

而眼前這個默頓人影，只是一道靈魂投射。一定是這樣。但這個投射影像如此清晰明確……默頓必須十分靠近這裡，才能製造出這以假亂眞的靈像。

艾兒希拉起渡鴉法師將他推向艾琳。「帶渡鴉出去！」

艾琳抓住渡鴉法師的手臂朝後面圍門衝去。

巴克斯轉向他們，不過他的動作僵硬緩慢，仍受制於渡鴉的詛咒法術。閃電再次從他指尖激射而出——

艾兒希沒停下來關注閃電的去向，繼續衝向最靠近她的圍門，並從它的上層窗戶爬過去——裙襬被被卡住了兩次。她用力扯鬆卡住的裙襬，卻感到有東西咬了膝蓋一口。她掙扎地掉落屋外的草地上，再次撞到之前受傷的肩膀。她咬牙吞下到嘴邊的痛呼。四周塵土飛揚，她吃進了一嘴的土，野草扎著她的雙眼。艾兒希奮力爬起來，寒意竄上全身，夜間的寒涼滲進扯裂的衣服中，底下的內襯都露了出來。

穀倉外的景色已變得很黑，儘管有月光從雲層間透下來，但並未比穀倉裡明亮多少。她花了點時間讓視覺適應黑暗。

她粗魯地把裙襬抓成一團，布料劃過腿上的傷口時，痛得她臉整張皺起。然後她大步繞著穀倉巡視，試圖尋找那個本尊。但什麼也沒發現。她的心跳加快，身上處處傳來疼痛，手心和腰背都有汗水。她閉上雙眼，回想在菲利普斯法師地窖時的感知力。

穀倉裡傳來艾琳放聲尖叫。

艾兒希咬緊牙關，讓自己全神貫注。魔法痕跡像螢火蟲閃爍著——在穀倉裡，物理、靈性、理智魔咒你來我往。一個物理魔咒撼動了整座穀倉，幾乎讓老建築分崩離析。地面又震動了下。

然而……還有另一個魔咒，就在北方。它遠離這裡的魔咒紛擾，就在那叢雜木林中。艾兒希繞著樹林邊緣走，直到發現一個女人的微弱輪廓。她也聽到了微弱的低吟。

艾兒希的思緒飛轉，屏息地走了過去。她腦中閃過了那些寫在灰紙上簡要的任務指令，閃過了在晚宴上、監獄裡、地窖裡的談話片段。這些記憶碎片隨著她的每一步，漸漸組合在一起。

她還沒來得及靠得太近，默頓就已驚覺到她，朝她轉過身來。

「妳說得對。」艾兒希搶先開口。她放下拉起的裙襬，豎起雙掌做投降狀。「我想跟妳談一談。別傷害他們，跟我說話吧。」

天色太黑，難以看清默頓的表情。「妳一直是個聰明人，艾兒希，所以我才這麼喜歡妳。

僅此而已，別多想。」

「妳知道我父母的事。我的家人。」艾兒希的喉嚨哽住，她用力吞嚥。「妳也失去了妳的家人。」

默頓沒有回應。

「他們丟下了我。」艾兒希低語。

「他們不知道妳是什麼。」那個輪廓轉過身，一手拿著一頁的藝譜集魔咒，另一隻手則是一堆蓄勢待發的靈性魔咒。默頓似乎顯得有些分心——畢竟，她需要挪些心力去操控巴克斯，還需要讓穀倉裡的靈像以假亂真。這些都有利於艾兒希。

「眞希望我一開始就知道是妳。」艾兒希說著，向前挪了幾公分並緩緩移動——腿上傷口開始劇痛——希望默頓沒察覺到。「沒錯，我們的看法不同，但妳始終是對的。所有的事。我愛上一個有錢人之後，再也不想關心人間疾苦，忽視那些人的痛苦、掙扎、受到的壓榨。妳只是想讓世界變好——」

「世界一定會更好。」默頓的語氣堅定。「我一定會讓世界變得更好。我一定會拿到渡鴉的魔咒，讓世界變得更好。」她的聲音變得嚴厲。「那個人是個懦夫。如果他聽我的話，事情就不會變成現在這樣。是他逼我的。」

「但妳不想再獨自一人，」艾兒希猜測。「而妳也不會是一個人。我可以幫妳分擔，可以幫助妳。」

默頓停頓了下。

艾兒希又上前一步。現在她距離默頓只剩下四步距離了。「我希望當時能知道是妳，」她更輕柔地再次說：「因爲這樣，我可能就會有一個母親。」

沒有回應。艾兒希又上前幾公分。

「我不喜歡死亡。」艾兒希謹愼地遣詞用字。她需要聽起來很眞誠。「但妳是唯一一個在我需要時，一直陪伴著我的人。當我以爲妳死掉時，我才恍然大悟。在我最需要的時候，陪在我身邊的不是我的家人，不是奧格登。即便是我的丈夫，他也只是出於英雄情結才勉強娶我爲妻。」她又上前一步，兩手按在胸口上。「是妳拯救了我，莉莉。」又上前幾公分。艾兒希的兩指伸進束腹中。「我在救濟院裡活得像個乞丐，是妳救我脫離苦海。如果這些年妳沒有對我隱藏身分該有多好——」

「我也不想。」默頓說。她的姿態仍然緊繃，但面部表情柔軟下來。「我不能出錯。我必須確認妳值得信賴。一般人不會願意爲了世界眞正的和平統一、眞正的平等而費心費力。我必須測驗妳、訓練妳。親愛的，妳完全超出我的預期，但妳在那棟府邸裡待太久了。我眞不該派妳去七橡園的。別再上前了。」

艾兒希立刻停住。「我又能做什麼呢，莉莉？我只是個破咒師。如果我想要妳離開穀倉，就會破除那個投射的魔咒。」

她用力吞嚥，口水滑過酸澀的喉嚨。那些被她壓抑下來的負面情緒，仍繼續煎熬她的心。她對巴克斯的愛，以及這份愛所延伸出的患得患失。她的恐懼——巴克斯、奧格登、艾琳，甚至是渡鴉，很可能會在今晚一一遇害。更甚者……在她得知她那從未相認的同胞大哥已去世時的震驚，得知妹妹下落不明的哀傷。還有，促成那麼多造像師死亡的罪惡感。

她哽咽一聲，眼淚翻湧出來。更關鍵的是，她克制不住自己顫抖的哭音。這讓她聽起來就像真的在袒露心意。

「莉莉，拜託。我……我不要他們死。我不想。」因爲她當然不希望死亡降臨到她的所愛之人身上。「但……我們也許可以重新開始。也許妳可以跟我說說妳的故事。妳可以都說出來。」

又上前一步。

「我想了解妳。拜託。」

默頓的肩膀垂下來。「也只有妳能懂那是什麼樣的感覺。那種徹底的孤單……是什麼滋味。」

艾兒希點點頭。「我懂妳的意思。」

她冒險拉近兩人間的距離，去擁抱她的敵人。

默頓沒有阻止，也沒有注意到她抽出那頁藝譜集的沙沙聲。

艾兒希抱住莉莉．默頓法師，任由臉頰上的淚水流向她。她雙手環抱住默頓的背。

接著她輕聲低語：「激化。」

那張藝譜集從她指間消失。默頓在她雙臂之間癱軟下來。

穀倉裡的混戰隨之趨於平靜。

「噢。」年長的女人退出了她的懷抱。一道銀色月光灑落她們之間，艾兒希看見默頓臉上的驚訝，以及困惑。「噢，親愛的……妳是誰？」女人後退一步，環視一圈荒廢的老農場。「天啊，我在哪裡？我……剛剛不是在學府的辦公室裡……」她輕拍著臉頰，可能是想確認自己是否清醒。「噢天啊。親愛的，妳叫什麼名字？」

「艾兒希．亞曼達．凱爾西。」艾兒希說，清晰感受到身上的每一處傷口疼痛。

「艾兒希。很好聽的名字。」

艾兒希用力吞嚥。既然默頓甚至不記得她叫什麼名字，看來那張藝譜集魔咒至少取走了她十年的記憶。不過這還不夠。最重要的是，要讓她忘掉最關鍵的那個人。

「今年是哪一年？」艾兒希問。

默頓眨眨眼。「咦，當然是一八八〇年。明天就是聖誕……」她猛地轉身，發現周遭竟然是涼爽的夏夜。她抬手摀嘴。「我……怎麼會這樣？這是時間魔咒之類的嗎？」

女人抬手打量著雙手，好似很不習慣手背上的皺紋。

後面有沉重的腳步聲朝她們走來。艾兒希轉身看見一道黑影接近。既然現在已沒人在另一頭操控，那個操控魔咒也已變得形同虛設。

艾兒希向來者伸手示意。「沒事了。她現在再也無法傷害人了。」

巴克斯停下腳步。「無法傷害？什麼意思？」

「凱爾西法師，」艾兒希小心翼翼地說：「這位是莉莉．默頓法師。學府一直在找她。你要我們來這裡找人果然沒錯，但恐怕她什麼也不記得了。」

巴克斯瞇起雙眼。只見奧格登也走出了穀倉，他將一盞燈高舉過頭。他走到附近時，艾兒希抓住默頓的手，證明她已經無害。「我當時沒把所有的藝譜集魔咒都扔到泰晤士河裡。」艾兒希坦白地說。

巴克斯聞言眉頭蹙得更緊，但奧格登明白她在說什麼。奧格登看看艾兒希，又看看默頓，最後輕聲問：「妳留下了哪一個？」

「遺忘魔咒。她以爲現在是一八八〇年的十二月。」

默頓一凜。「什麼……你們是誰？」她來回看著這兩副新面孔。「我怎麼會在這裡？」她抬起另一手撫著額頭。

艾兒希吐出一口顫抖的氣息。「現在沒事了。大家都安全了。」

「還沒結束。」

艾兒希轉身，在奧格登的提燈光線下，她幾乎看不見渡鴉的黑影。「她已經失去十五年的記憶，」艾兒希說：「什麼都不記得了。她已經不記得您了。」

「誰？」默頓的語氣透著焦急。艾兒希捏了捏她的手。

但渡鴉搖搖頭。「她還是同一個人，有著同樣的動機。光是遺忘還不夠。妳的小魔咒消除不了她的罪行。我的朋友們……永遠回不來了。」

默頓哭了出來。「什麼罪行？」

艾兒希咬牙說：「奧格登，分散她的注意力，拜託。」

她感覺到空氣微微波動了下，只見默頓的氣息突然平靜下來。女人的目光挪開，注視著某個不存在的東西，嘴角往上微微一揚。奧格登塞進她大腦的畫面應該很美。

艾兒希的注意力回到渡鴉的臉上。「她不記得了。」

「這不重要。」渡鴉不願妥協。

「在她現在的記憶裡，她是無辜的，沒做錯什麼事——」

「艾兒希。」奧格登的聲音輕柔，注意力都在他施放的魔咒上。他盯著默頓，緩緩說出：「她不是無辜的。我……」他的聲音緊繃，並且用力吞嚥。「我的那些歲月回不來了。我永遠都忘不了。」

艾兒希的心狠狠一擰。她眨眼擠回眼淚。「你當然忘不了。」沒人可以遺忘自己曾經歷的最深沉傷害，只能學著好好承擔起那份傷痛。

巴克斯低語。「我們可以把她送交政府處置。只是她不可能供認任何罪行了。」

「只要審訊人員問對問題，她就會招供。」渡鴉走到光線之中，乾燥的野草在他靴子底下嘎扎嘎扎響。他走到默頓的背後，一手搭在默頓的肩上，一個清晰且甜美的低吟響起。他施放出的是個高音的強勁音調——一個法師級魔咒。

「您做了什麼？」艾兒希低語。

「我詛咒了她。」渡鴉回答，艾兒希聞言胃部一揪。「她現在只會說實話了。」

艾兒希愣了下。這個低吟與他在朱尼伯唐時施放在她身上的魔咒類似。

「您要把她送給警方。」巴克斯推測。「外加一張寫著控訴罪行的紙條。匿名的。」

渡鴉只是點點頭，神情嚴肅。

艾兒希深吸一口氣，用力吐出。「這樣比較公平。也許應該由您來寫，渡鴉法師。您的筆跡最難被認出來。」

「她自己寫。」奧格登說著，挺直身子。「我來引導她。」

艾兒希看看他，又抬眼看看巴克斯。巴克斯的眉頭堅定，但眼神哀傷。艾兒希也感到悲傷，但這是她該做的正確決定。不過她剛才跟默頓說的事，不完全是騙她的。她們兩個在許多方面都很相似。在另一個世界中，她們或許能成爲家人。

「好吧。」她不安地搓揉手臂。「不過要讓她招認一切，包括她操控和陷害菲利普斯法師。我們必須澄清所有一切。」她看了看他們，全身一涼。「噢天啊，還有艾琳。艾琳呢？」

奧格登抽回魔咒，默頓猛然驚醒。「我在哪裡？」

「幫我一起把普雷斯科女士送上馬車。」奧格登看向巴克斯。「她需要讓醫師治療。」

兩個男人快步朝穀倉走回去。默頓抽回手——艾兒希都忘了自己一直握著她。「親愛的，」默頓說：「這究竟是怎麼回事？妳能幫我弄清楚嗎？」

艾兒希只能勉強擠出一個微笑，安慰她：「當然。」接著她看向渡鴉。「您要去哪裡？我們送您過去。」

24

艾兒希並沒有留下來目睹默頓接受訊問的過程。他們都沒有。他們當時迅速將艾琳送往醫院，叫回埃米琳和雷吉，並在隔天早上將默頓押送到當地警官的家。默頓的身上帶著一封信，信的火漆印並沒有任何圖章。

兩天後，這件事才登上報紙。

頭條標題是：**失憶造像師死而復生，供認殺人**。這是當天的熱門新聞。三天後，頭條標題換成了：**伊諾克．菲利普斯法師無罪釋放**。至此，所有人才終於鬆了一口氣。艾兒希一直不敢相信事情已經結束，但它就是結束了。默頓被押送到牛津皇家監獄。不過由於她的心智狀態，她應該能避開死刑。她現在已不能說謊，所以當她說她不記得時，這就是事實。

雖然默頓不記得她曾在巴克斯身上設置操控魔咒，但它的低吟聲一直都在。巴克斯從醫院返回後，艾兒希立刻幫他破除了魔咒。

就這樣，一切都結束了，彷彿它從未發生過。至於殘存的遭竊藝譜集尚未全部尋獲，因爲默頓法師已不記得它們的藏匿處。但根據奧格登的探測，他們知道警方正全面搜尋默頓的房子，並在當地進行地毯式搜查。這些遺失的魔咒讓艾兒希十分不安，就像小說失去了最後一頁，感覺事情並未眞正結束。

奎因．渡鴉法師在默頓落網的報導撲天蓋地散播開來前，就不告而別地離去——其實對一個獨居多年的遁世者來說，這種舉動也很正常。但數星期後，奧格登在布魯克利當地報紙的第二版上，看到一則有趣的報導。文章的標題是：**美國藝術家向英國夥伴表達感激**。文章很短，語句不通且邏輯混亂，美式英式拼寫交雜。甚至連文章中提到關於「藝術」的一張照片都沒有，但作者自稱爲**黑鳥**。他們並不清楚，那位法師是否會再重新回到社會中。

奧格登的工作進度落後了一段時間，逼得他不得不立刻全力趕工，而艾兒希答應接下來的四週會每週三天過來助他一臂之力。奧格登雖然嘴上沒說，但艾兒希推測他仍然需要時間療癒恢復，儘管他的加害者已被繩之以法。不過，庫斯伯特．奧格登是個熟悉大腦的人，療癒對他來說並不是難事。艾兒希最後一天去石器作坊時，奧格登已經又露出了笑容，並且終於找到她的接班人——一個十分迷人的小伙子，來自艾爾斯伯里，似乎很崇拜奧格登不帶魔法的才華，而且本身也是個挺在行的繪圖師。

艾琳．普雷斯科花了六個星期待在家裡休養她的斷腿——當時，她正朝一個方向衝去，但地板卻在魔法作用下突然竄起，將她的腿骨往反方向一撞。艾兒希當時一聽到她的尖叫，就隱約猜到是什麼造成的。不過魔法對巴克斯造成的影響更深，他深感愧疚，以至於在艾琳療傷的前兩個星期都沒臉去探望她。後來還是在艾兒希和艾琳的不斷保證下，才把他拉到艾琳在倫敦的住所。在那裡，友誼得以修復，「訓練課程」繼續進行，艾琳還接受了他們的推薦，雇用一個女僕。

說到愧疚，又或者是爲了化解愧疚，巴克斯帶著艾兒希出席了肯特郡公爵的葬禮。葬禮中，他一直站在公爵夫人和她女兒們身旁，甚至在墓前說了一些弔唁詞，話裡沒有帶著任何怨懟。他原諒了公爵。

但他仍無法原諒自己，儘管大家並沒有責怪他。他全程都清醒地目睹自己的所作所爲，因爲默頓的魔咒只作用在他的精神，而非掌控理性的神智。他對妻子和朋友發出的每一次攻擊，他都清清楚楚，以至於整整有一個星期他碰都不敢碰艾兒希，尤其是艾兒希腿上的灼傷仍然觸目驚心。直到艾兒希失去了耐心，兩人爆發第二次爭吵——艾兒希仍清晰地記得他們初遇時發生的爭執——巴克斯這才放下冥頑不靈，接受了她的愛和寬恕，終於又能與她享受夫妻之歡。

至於伊諾克．菲利普斯法師，他雖然已被釋放，法院也撤銷所有對他的控訴，但他的名聲是再也無法恢復了。因此他辭職時，沒有任何人感到驚訝。據艾琳聽到的側面消息，菲利普斯法師和家人賣掉了那棟鄉村莊園，舉家移居到巴黎。令人欣慰的是，他的議會首長職位由露絲·希爾法師接替，而希爾法師一上任，就幫助巴克斯實現了他千里迢迢從巴貝多來到英國的目標，應允了他那個移動魔咒。

巴克斯當然欣然接受。

艾兒希終於迎來久違的蜜月旅行。在蕭瑟的秋日裡，還有哪裡比得上晴空萬里的巴貝多？

她用力地將最後一件襯裙塞擠進行李箱中，就算所有衣物因此被壓得皺巴巴也無所謂。她堅持只帶一個旅行箱，以便輕裝出行，所以這件襯裙必須裝進去。但行李箱箱蓋一直鬧彆扭，她只好索性轉身整個人坐上去，像彈簧般地擠壓那些摺疊起來的衣物。她從未去過英國以外的地方，如何知道哪些服裝比較適合熱帶島嶼？安全起見，她最好帶上所有衣服。她剛把彈簧鎖扣好，巴克斯正好走進房間，而他們的馬車已在大門外等候。

巴克斯感到好笑地挑眉問：「這個行李箱，我會不會一拿起來就爆開來？」他的巴貝多口音調皮逗趣。

艾兒希輕笑出聲。「你要是能單憑一己之力拿得動它，我就對你另眼相看。」雷吉隨時會過來幫他們把行李拿下樓。

「噢？」他走過去傾身向前，兩手放到她腰際兩側，鼻子輕蹭著她的鼻尖。「怎麼個另眼相看？」

艾兒希大笑著吻上他，他的鬍髭搔得她的唇發癢。

「去巴貝多的旅途遙遠，」巴克斯在她唇上低語：「現在可能是我們的最後機會——」

樓梯上傳來腳步聲。巴克斯咕噥一聲，不情願地退開，挺起身子看向來者。雷吉探頭進來，摘掉無邊帽搧著風。他的目光落到那個行李箱上。「那行李也太巨大了吧！是想殺了我嗎，艾絲。」

艾兒希嘻嘻一笑。「那裡面只有兩本書，你一定搬得動的。謝謝你來幫忙。」

雷吉聳聳肩戴回帽子。「家人是幹嘛用的？」

艾兒希一定會很想念這個哥哥。過去兩個月來，他們來往頻繁，都想彌補之前被殘忍剝奪的親情。「聖誕節時你一定要過來找我們。」艾兒希說。她和巴克斯打算回倫敦過節。

「當然。」他的目光轉移到巴克斯。「我看見馬車了——我本來打算等搬完後再說，但或許在解決這大行李箱前先說比較明智。」

「說什麼？」巴克斯問。

雷吉伸手進外套裡，從暗袋抽出一張剪報。艾兒希見狀胃部一揪——她現在突然看見報紙都會不自覺地緊張。這回又是什麼？默頓的事早已結束，不可能再上報了。

雷吉把剪報遞給她，但他臉上的笑容搞得她一頭霧水。「快看啊。」

艾兒希將紙張翻過來和巴克斯一起閱讀。剪報是匆匆撕下的，四角都還有其他文章的殘餘。報導的標題是：**紐卡斯爾時間學府的新進成員**。接下來羅列了幾個姓名。

「然後呢？」艾兒希瀏覽那份短名單。

「看看倒數第二個名字。」雷吉說。

艾兒希的目光跳到那個姓名，倒抽一口氣。

那裡的印刷字體清楚地寫著：愛麗絲．肯登。

雷吉之前說過，他們的小妹叫做愛麗絲。

「現在先不要抱太大的期望。」她哥哥輕柔地拿走她手中的剪報。「這個名字算是常見，但不能排除這可能。」

艾兒希搖搖頭，沒去理會腰部的麻癢。「我……那時愛麗絲只是個嬰兒。她不會知道自己的名字才對。」

巴克斯將手搭在她肩上安撫。「她或許有可能不是在嬰兒時期被拋棄的。」巴克斯的語氣沉靜。

雷吉點點頭。「也許她被某個知道她姓名的人領養走了。也或許……她沒被我們父母拋棄。」

沒被拋棄。若是這樣，愛麗絲就會知道他們父母的下落。艾兒希不確定自己是否已準備好與他們，甚至是她相認。如果這個眞的是她！

艾兒希的腦子好亂，連忙深呼吸幾次，又在行李箱上坐下來。

「看到了吧。所以我才說要等搬完後再說。」

「我們……」艾兒希迎上巴克斯的目光，試著釐清混亂的思緒。

「我們可以延期，」巴克斯堅定地回答她：「更改航期。」

「會退錢嗎？」艾兒希問。

巴克斯擺手，要她不用操心這種事。「這不要緊。這件事對妳很重要，我們應該馬上追查。」

「關於這點嘛，你們就不用麻煩了。」雷吉摺好剪報塞回口袋中。「我已經查過了，但目前什麼都沒查到。你們也不用更改行程，如果眞有什麼，我一定馬上通知你們，甚至使用靈訊也沒問題。我保證。更何況——」他微微一笑。「我等等還有個約會。如果失約了，我肯定會被罵死。」

艾兒希眉頭蹙起。「什麼意思，你有個約會？」

雷吉嘻嘻一笑，一指勾住褲子的吊帶。「妳也知道，就是跟一個女孩見面，我們約在布魯克利。我問她要不要跟我約會，她說好。」

艾兒希瞬間意會過來，開心地大笑。「你這傢伙！」埃米琳曾暗示過艾兒希，說自己喜歡上一個小伙子，但她就是不願多說。艾兒希當時是抱有希望，但不想多管閒事。

雷吉聳聳肩繼續賣關子，但艾兒希知道自己猜得沒錯。她站起身，高興中混雜著一些不安。她靠向巴克斯。「但是愛麗絲……」

「這個週末我會跟一個朋友過去找人問問。真的，艾絲。妳別操心這件事了，好好去度蜜月吧。如果因此搞砸了妳的蜜月，我會內疚的。」

巴克斯的手搓揉她的背。

艾兒希挺直身子點點頭，從手提袋裡掏出幾個硬幣。「就用靈訊吧。」她把錢幣放到雷吉手掌中。

雷吉吹口哨。「是的，夫人。要不是您的服裝時髦，我都不好意思收下這些錢了。」

巴克斯無語地輕哼一聲。

樓下的大門打開了，艾兒希聽到瑪莉亞招呼的聲音。那位新來的女僕將負責幫他們照料房子。

艾兒希放開手提袋，一把抱住哥哥。「謝謝你過來幫我們。有任何消息一定要馬上通知我。」

「妳可能都還沒到巴貝多呢——」

「馬上。」她再次聲明，這才放開哥哥。她看著他的藍眸，與她一模一樣的藍眼珠。「你保證。」

雷吉揚起嘴角一笑。「我保證。」

艾兒希後退一步。如果這個愛麗絲．肯登不是她妹妹，光是這麼想她就難以承受。她需要找點事做讓自己分心。也許巴克斯在隱蔽的馬車車廂中能幫她一點忙。一想到這裡，她的嘴角俏皮地彎起。

「兩位男士能否行行好，不然我們就要錯過船了。」她指著那個巨大的行李箱。

雷吉對她一鞠躬。「是的，夫人。」他和巴克斯抓起了箱子手把，接著對巴克斯說：「你能讓這傢伙變輕一點嗎？」

「不行。不准對我的衣服施魔法。」艾兒希開玩笑地說，引來兩個男人的大笑。他們最後抬著那傢伙走出房間下樓。

儘管哥哥帶來的消息給她措手不及，但艾兒希仍因即將到來的旅行而感到雀躍，儘管還是有些擔心自己是否承受得了長途的海上航行。她終於能和丈夫共度美妙的時光，並見到他的另一種生活——另一種饞嘴柳橙和熱愛海洋的生活。她無比期待與巴克斯在海灘上散步，在棕櫚樹下野餐。她好期待與他無憂無慮地在一起，沒有猜疑、恐懼、焦慮，或任何殺手的威脅。然後他們會回來英國過聖誕節，邀請奧格登、埃米琳和雷吉來家裡一起聊聊鄰里的八卦；新年時，再到七橡園與公爵夫人過年，一切就此塵埃落定、歲月靜好。

他們在巴貝多島爲她安排了一位家教，以記錄下她所有出色的進步，如此一來，當她回到英國時的訓練進度就能超前。之後，就只剩下一年的訓練，然後她就再也不用躲躲藏藏，能夠光明正大地成爲她想成爲的人。

一名破咒師。

《制咒師》完

誌謝

我的第一個雙集系列作，就此下台一鞠躬。我十分幸運，總有一群人陪伴我赴湯蹈火，永遠支持我的美妙職業，協助我雕琢一個又一個故事。我萬分感激這些人。我永遠欠你們一份情。

由衷感謝Jordan，我的柱石。二〇一九年，我在寫這本書的初稿時遇到許多挑戰，是他，牽著我的手一路克服走來，他告訴我，我絕對有能力重新站起來，並恢復正常的水準。如果沒有他，我今天的成就必然打折。

感謝Tricia、Rebecca，以及Leah，謝謝她們耐心讀完我粗糙的初稿，並協助我完成第一輪的修改。妳們的投入像黃金般珍貴，感謝妳們願意花時間在我的專案上！

我要感謝我的編輯Adrienne，她收留了我，並接受這套系列故事。以及Angela，她從目光遠大的角度，精準巧妙地編輯、校訂我出版的每一本書。謝謝我的經紀人Marlene，爲我挖掘機會，甚至在戰場上捍衛我。在出版了十四本書之後，我終於能將妳放到了故事開頭的獻辭了！

再次感謝我的天父，在小說創作及眞實生活中不斷地指引我。我發現自己一直受到深深的眷顧，有能力做我想做的事，達成我的目標，並且有一群讀者喜愛我寫出來的故事，而這份眷顧和祝福，都是祂賜予的。

中英名詞對照表

A

Abel Nash 亞伯・奈許

Abigail Scott 艾比蓋兒・史考特

Abingdon-on-Thames 泰晤士河畔亞平敦

Agatha Hall 亞嘉莎・霍爾

Alexandra Wright 亞莉珊卓・萊特

Alfred Miller 阿弗烈德・米勒

Algarve 阿爾加維

Alice Camden 愛麗絲・肯登

Alison Abrams 艾莉森・艾布蘭

Allen Baker 艾倫・貝克

Allen Scott 艾倫・史考特

Alma Digby 亞珥瑪・迪格比

Assembly of the London Physical Atheneum 倫敦物理宗派學府議會

aspector 造像師

Astley 艾斯里

Aylesbury 艾爾斯伯里（地名）

B

Bacchus Kelsey 巴克斯・凱爾西

Bamber 班柏

Barbados 巴貝多（地名）

Baxter 霸克特

Betsey 貝絲

Birmingham 伯明罕（地名）

Boston Herald《波士頓先驅報》

Boston Spiritual Atheneum 波士頓靈性宗派學府

Brixton 布里克斯頓（地名）

Brookley 布魯克利 （地名）

Byron 拜倫

C

Cassius Bennett 卡西烏斯・班奈特（法師）

Camberwell 坎伯韋爾（地名）

Clunwood 克朗林 （地名）

Childwickbury 柴爾德維克伯里（地名）

Christie's Auction House 克里斯提拍賣所

Colchester 科爾切斯特鎮（地名）

Colindale 科林達（地名）

Cowls 兜帽人

Crimean War 克里米亞戰爭

Croydon 克羅伊登 （地名）

Crumley 克朗萊

Cuthbert Ogden 庫斯伯特・奥格登

D

Daily Telegraph《每日電郵報》

Douglas Hughes 道格拉斯・休斯

drops 滴幣

Dulwich 杜威治鎮（地名）

E

East Sussex 東薩西克斯郡（地名）

Edenbridge 埃登布里奇（地名）

Elizabeth Davies 伊麗莎白・戴維斯

Elsie Camden / Els

艾兒希・肯登／艾絲

Encyclopedia of Runes until 1804

《符文百科全書：至一八〇四年》

Enoch Phillips 伊諾克・菲利普斯（法師）

excitant 激化

Emmeline Pratt / Em

埃米琳・普瑞特／小埃

F

Felton Shaw 費爾頓・肖

four alignments 四大宗派

Foxstone 福克斯通（地名）

Fred Scott 弗雷德・史考特

G

Gabriel Parker 加百列・派克

Green 格林

Green Knoll 綠墩鎮（地名）

H

Hadleigh 哈德利（地名）

Halsey 哈爾西

Harrison 哈里森

Henry Hall 亨利・霍爾

Her Majesty's Prison Oxford 牛津皇家監獄

High Court of Justice 高級法院

Highwood 高木區

Hyde Park 海德公園

I

Ida 愛達

Ipswich 伊普斯威奇（地名）

Irene Prescott 艾琳．普雷斯科

Isaiah Scott 以賽亞．史考特

J

Jacques Pierrelo 賈克斯．皮耶羅（法師）

James 詹姆斯

Johan Ulf 喬漢．奧爾弗（法師）

John 約翰

John Clive 約翰．克萊夫

Jonathon 強納森

Josie 喬西

Juniper Down 朱尼伯唐（地名）

K

Knockholt 納克霍特（地名）

Kyle Landon Murray 凱爾．藍登．穆雷

L

Lambeth 蘭貝斯市

Lena Scott 蕾娜．史考特

Levi Morgan 利維．摩根

lightning staff 引雷棍

Lily Merton 莉莉．默頓（法師）

M

Madeira 馬德拉葡萄酒

magistrate 治安官

Manchester 曼徹斯特（地名）

Manchester Guardian 《曼徹斯特衛報》

Mariah 瑪莉亞

Marie 瑪里

Matilda Morris 瑪緹妲・莫里斯

Matthew 馬修

Markson 馬克森

Martha Morgan 瑪莎・摩根

Maurice Barre 莫里斯・巴爾

N

Newcastle upon Tyne 紐卡斯爾（地名）

New York Times 《紐約時報》

News Letter《通訊報》

novel reader 小說期刊

O

Old Wilson 威爾遜老城區（地名）

opus 藝譜集

Orpington 奧爾平頓（地名）

P

parish council 行政教區議會

physical 物理宗派

Physical Atheneum 物理宗派學府

Pingewood 坪吉林

post dog 郵差犬

Q

Quinn Raven 奎因・渡鴉（法師）

R

Rainer Moor 瑞勒・摩耳

rational 理智宗派

Reading 雷丁鎮（地名）

Reginald Camden / Reggie 雷吉納德・肯登／雷吉

Rochester 羅徹斯特（地名）

Rose Wright 蘿絲・萊特

Ruff 拉夫

Ruth Hill 露絲・希爾（法師）

S

Seven Oaks 七橡園

spellmaker 制咒師

spellbreaker 破咒師

spiritual 靈性宗派

Spiritual Atheneum 靈性宗派學府

spirit line 靈訊

St. Katharine's 聖凱瑟琳碼頭

Swallow Street 燕子街

T

temporal 時間宗派

Temporal Atheneum 時間宗派學府

The Curse of the Ruby 《紅寶石之咒》

Theodore Barrington 西奧多・巴靈頓

Theophile Bowles 泰奧菲・包爾斯

Thom Thomas / Two Thom

湯・湯瑪斯／阿湯

Thompson 湯普森（法師）

Thornfield 刺棘地

top off 滿溢

truthseeker 真相獵人

Turnkeys 土恩其（地名）

W

Waddesdon Manor 沃德斯登莊園

Walter Turner 華特・特納

water staff 引水棍

Westerham 韋斯特勒姆（地名）

Wide Springs 寬泉園

Wilson 威爾森

V

Victor Allen 維克多・亞倫（法師）

BEST嚴選 143
制咒師

原著書名／Spellmaker
作　　者／夏莉・荷柏格（Charlie N. Holmberg）
譯　　者／清揚
企畫選書人／劉瑄
責任編輯／劉瑄
版權行政暨數位業務專員／陳玉鈴
資深版權專員／許儀盈
行銷企畫／陳姿億
行銷業務經理／李振東
總　編　輯／王雪莉
發　行　人／何飛鵬
法律顧問／元禾法律事務所　王子文律師
出版／奇幻基地出版
城邦文化事業股份有限公司
台北市104民生東路二段141號8樓
電話：(02)25007008　傳眞：(02)25027676
網址：www.ffoundation.com.tw
e-mail：ffoundation@cite.com.tw
發行／英屬蓋曼群島商家庭傳媒股份有限公司城邦分公司
台北市104民生東路二段141號11樓
書虫客服服務專線：(02)25007718・(02)25007719
24小時傳眞服務：(02)25170999・(02)25001991
服務時間：週一至週五 09:30-12:00・13:30-17:00
郵撥帳號：19863813　戶名：書虫股份有限公司
讀者服務信箱 e-mail：service@readingclub.com.tw
歡迎光臨城邦讀書花園　網址：www.cite.com.tw
香港發行所／城邦（香港）出版集團有限公司
香港灣仔駱克道 193 號東超商業中心 1 樓
電話：(852) 2508-6231　傳眞：(852) 2578-9337
e-mail：hkcite@biznetvigator.com
馬新發行所／城邦（馬新）出版集團
【Cite(M)Sdn. Bhd】
41, Jalan Radin Anum, Bandar Baru Sri Petaling,
57000 Kuala Lumpur, Malaysia.
Tel: (603) 90578822 Fax:(603) 90576622
email:cite@cite.com.my

封面設計／朱陳毅
排　　版／HAMI
印　　刷／高典印刷有限公司
■2022年（民111）8月30日初版
■2023年（民112）3月3日初版2.8刷

售價／450元

國家圖書館出版品預行編目資料

制咒師 / 夏莉・荷柏格（Charlie N. Holmberg）作；清揚譯. -- 初版. -- 臺北市：奇幻基地，城邦文化出版：家庭傳媒城邦分公司發行，民111.08
面：　公分. -（Best嚴選；143）
譯自：Spellmaker
ISBN 978-626-7094-86-0（平裝）

874.57　　111009294

ISBN　978-626-7094-86-0

Printed in Taiwan.

廣	告	回	函
北區郵政管理登記證			
台北廣字第000791號			
郵資已付，免貼郵票			

104台北市民生東路二段141號11樓

英屬蓋曼群島商家庭傳媒股份有限公司城邦分公司 收

請沿虛線對摺，謝謝

奇幻基地

每個人都有一本奇幻文學的啟蒙書

奇幻基地官網：http://www.ffoundation.com.tw

奇幻基地粉絲團：http://www.facebook.com/ffoundation

書號：1HB143　　書名：制咒師

請於此處用膠水黏貼

奇幻基地

讀者回函卡

謝謝您購買我們出版的書籍！請費心填寫此回函卡，我們將不定期寄上城邦集團最新的出版訊息。

姓名：______________________ 性別：□男 □女

生日：西元__________年__________月__________日

地址：______________________

聯絡電話：__________傳真：__________

E-mail：______________________

學歷：□ 1.小學 □2.國中 □3.高中 □4.大專 □5.研究所以上

職業：□ 1.學生 □2.軍公教 □3.服務 □4.金融 □5.製造 □6.資訊

□7.傳播 □8.自由業 □9.農漁牧 □10.家管 □11.退休

□ 12.其他______________________

您從何種方式得知本書消息？

□ 1.書店 □2.網路 □3.報紙 □4.雜誌 □5.廣播 □6.電視

□7.親友推薦 □8.其他______________________

您通常以何種方式購書？

□ 1.書店 □2.網路 □3.傳真訂購 □4.郵局劃撥 □5.其他

您購買本書的原因是（單選）

□ 1.封面吸引人 □2.內容豐富 □3.價格合理

您喜歡以下哪一種類型的書籍？（可複選）

□ 1.科幻 □2.魔法奇幻 □3.恐怖 □4.偵探推理

□ 5.實用類型工具書籍

有更多想要分享給
我們的建議或心得嗎？
立即填寫電子回函卡

您是否為奇幻基地網站會員？

□ 1.是□ 2.否（若您非奇幻基地會員，歡迎您上網免費加入，可享有奇幻基地網站線上購書75 折，以及不定時優惠活動：http://www.ffoundation.com.tw/）

對我們的建議：______________________

____

____

請於此處用膠水黏貼